›Heikle Erinnerungen‹ nennt sich das Buch, und in einer heiklen Lage befinden sich die Protagonisten der vorliegenden zwölf Erzählungen allemal, nicht nur Stefania R. in ›Abenteuer einer Ehefrau‹ oder die beiden Krieg spielenden Kinder Giovannino und Serenella in ›Ein schönes Spiel währt nicht lang‹. Entstanden in den frühen 50er Jahren, zeigen die zwölf Geschichten eine Auswahl aus dem 1958 herausgegebenen Sammelband ›I racconti‹. Schon hier, in seinem Frühwerk, beweist Calvino, wie genau er seine nächste Umgebung wahrnimmt, wie feinziseliert und dezent-ironisch er diese Beobachtungen literarisch umsetzt. Doch auch das groteske, phantastische Element blitzt bereits in einigen Erzählungen auf, das in späteren Werken den Erzählstil Calvinos charakterisiert: Parabeln für die Zerrissenheit des modernen Menschen.

Italo Calvino, am 15. Oktober 1923 in Santiago de las Vegas/Kuba geboren, wuchs in San Remo auf und kämpfte im Zweiten Weltkrieg als Partisan gegen die Deutschen. Er studierte Literatur und Philosophie, arbeitete als Redakteur bei literarischen Zeitschriften und als Lektor des Verlages Einaudi. Er starb am 19. September 1985 in Siena.

Italo Calvino
Heikle Erinnerungen

Erzählungen

Deutsch von Nino Erné, Julia M. Kirchner
und Caesar Rymarowicz

Mit einem Nachwort
von Ute Stempel

Deutscher Taschenbuch Verlag

Ungekürzte Ausgabe
Dezember 2000
Deutscher Taschenbuch Verlag GmbH & Co. KG,
München
www.dtv.de

Umschlagkonzept: Balk & Brumshagen
Umschlagfoto: © GRAPHISTOCK/Eric Dinyer
Gesamtherstellung: C. H. Beck'sche Buchdruckerei,
Nördlingen
Gedruckt auf säurefreiem, chlorfrei gebleichtem Papier
Printed in Germany · ISBN 3-423-12840-2

Inhalt

Abenteuer einer Ehefrau

Frau Stefania R. kam um sechs Uhr morgens nach Hause. Es war das erste Mal.

Der Wagen hielt nicht beim Haustor, sondern etwas vorher, an der Ecke der Straße. Auf ihren Wunsch hin setzte Fornero sie dort ab; die Portiersfrau sollte nicht sehen, daß sie, Stefania, beim Morgengrauen in Begleitung eines jungen Mannes nach Hause kam, während ihr Mann verreist war. Kaum war der Motor verstummt, als Fornero auch schon Anstalten machte, seine Arme um ihre Schultern zu legen. Stefania R. entzog sich ihm, als habe die Nähe des eigenen Hauses nun alles verändert. Mit einer etwas plötzlichen Hast sprang sie aus dem Wagen, beugte sich zur Scheibe nieder, bedeutete Fornero durch ein Zeichen, die Zündung wieder einzuschalten und loszufahren; dann enteilte auch sie mit ihren schnellen kleinen Schritten, das Gesicht tief im Mantelkragen. War sie eine Ehebrecherin?

Das Haustor war noch versperrt. Das hatte Stefania R. nicht erwartet. Sie trug keine Schlüssel dafür bei sich. Aus diesem Grund hatte sie die Nacht außer dem Hause verbracht. Das war es ja gerade! Bis zu einer gewissen Stunde hätte es hundert Möglichkeiten gegeben, sich die Tür aufschließen zu lassen. Sie hätte natürlich rechtzeitig daran denken müssen, daß sie den Hausschlüssel nicht bei sich trug. Statt dessen: nichts; als wäre es mit Absicht geschehen. Am Nachmittag war sie im guten Glauben aufgebrochen, zum Abendessen wieder zu Hause zu sein, doch dann hatte sie sich von ihren Freundinnen verleiten lassen. Mein Gott, man hatte sich seit langem nicht mehr gesehen, und dann redeten ihr auch die jungen Freunde der Freundinnen gut zu, die ganze Gesellschaft: erst zum Essen und dann zum Trinken und zum Tanzen, mit einem der Herren und dann mit dem andern. So war es zwei Uhr nachts geworden; zu spät, um sich an den fehlenden Hausschlüssel zu erinnern. Es kam wohl alles daher, daß sie sich in diesen Jungen, Fornero, ein wenig verguckt hatte. Verguckt? *Ein wenig* verguckt. Man mußte die Dinge so sehen und so nennen, wie sie waren, nicht mehr, nicht weniger daraus machen. Sie hatte die Nacht mit ihm verbracht, das stimmte; doch dieser Ausdruck war schon wieder zu stark, jedenfalls hier nicht am richtigen Platz. Sie hatte in Begleitung dieses jungen Mannes die Stunde abgewartet, in der das Haustor geöffnet werden mußte. Das war alles. Sie dachte, es würde um sechs Uhr geöffnet, und um sechs Uhr hatte sie sich beeilt, nach Hause zu kommen. Schon allein, damit die Putzfrau, die um sieben Uhr einzutreffen pflegte, nichts von Stefanias nächtlicher Eskapade bemerken konnte. Und am Tag sollte dann ohnehin ihr Mann wiederkommen.

Und nun stand sie da allein vor verschlossener Tür, auf der verlassenen Straße, in jenem Licht des frühen Morgens, das durchsichtiger ist als zu jeder anderen Stunde des Tages und die Gegenstände so erscheinen läßt, als betrachte man sie durch ein Glas. Ein Erschrecken durchzuckte sie und der Wunsch, seit vielen Stunden in ihrem Bett zu liegen, in jenem tiefen Schlaf, der an allen Morgen dem Erwachen vorausging; der Wunsch auch nach der Nähe ihres Mannes und seinem Schutz. Doch war dies alles nur ein Augenblick, vielleicht nicht einmal das. Vielleicht hatte sie diese Empfindung nur erwartet und dann gar nicht wirklich empfunden. Gewiß war es ärgerlich, sehr ärgerlich sogar, daß die Portiersfrau das Haus noch nicht aufgeschlossen hatte, doch lag etwas in der Luft dieses frühen Morgens, in der Tatsache, daß sie dort zu dieser frühen Stunde allein auf der Straße stand, irgend etwas, das einen leichten, gar nicht unangenehmen Aufruhr in ihrem Blut verursachte. Es tat ihr nicht einmal leid, daß sie Fornero fortgeschickt hatte; in seiner Gegenwart wäre sie sicher etwas nervös geworden, allein hingegen empfand sie einen ganz anderen Schauer, etwa so wie zuweilen als Mädchen, wenn auch auf andere Weise.

Sie mußte es zugeben: Keinerlei Reue darüber, daß sie die Nacht außerhalb des Hauses verbracht hatte, beschwerte sie. Ihr Gewissen blieb ruhig. Aber warum blieb es ruhig? Weil sie den Sprung gewagt, weil sie endlich ihre Ehepflicht hintangestellt, oder im Gegenteil darum, weil sie der Versuchung widerstanden hatte und allem zum Trotz treu geblieben war? Das fragte sie sich, und diese Unsicherheit, diese Ungewißheit, wie die Dinge nun eigentlich in Wahrheit standen, vereint mit der Frische des Morgens: Das war es, was sie mit leichtem Schauer überlief. Mit einem Wort: Mußte sie sich selbst nunmehr einen

Fehltritt eingestehen oder nicht? Sie ging ein paar Schritte auf und ab, die Hände in den weiten Taschen des Mantels vergraben.

Stefania R. war seit einigen Jahren verheiratet und hatte nie daran gedacht, ihren Mann zu betrügen. Allerdings gab es in ihrem Dasein, diesem Leben einer Ehefrau, eine Art Erwartung, das Bewußtsein, irgend etwas könnte noch fehlen. Es war eine unbestimmte Fortsetzung ihrer Jungmädchenerwartung, als habe sie ihre Minderjährigkeit noch nicht restlos abgestreift oder als müsse sie sich von einer neuen, zweiten Minderjährigkeit befreien, ihrem Mann gegenüber, um endlich, vor den Augen der Welt, auf gleicher Stufe mit ihm zu stehen. War es Ehebruch, was sie erwartete? Und der Ehebruch, hieß er Fornero?

Auf der anderen Straßenseite, ein paar Häuserblocks weiter, hatte man die Rolläden der Cafébar schon emporgezogen. Sie konnte einen heißen Kaffee brauchen, und das gleich. Sie ging hinüber. Fornero war ein Junge. Unanständige Gedanken waren im Zusammenhang mit ihm albern. Er hatte sie in seinem Wägelchen die ganze Nacht hindurch spazierengefahren, einmal so herum und einmal so um den Hügel kutschiert, dann den Fluß entlang, bis der Morgen dämmerte. Einmal war das Benzin ausgegangen, sie hatten gemeinsam den Wagen schieben und einen Tankwart wecken müssen. Wie Kinder waren sie zusammen gewesen die ganze Nacht. Drei- oder viermal wurden Forneros Bemühungen etwas gefährlich, einmal war er sogar mit ihr bis zu der Pension gefahren, in der er wohnte, und hatte sie hartnäckig bestürmt: Jetzt hör doch schon auf, Geschichten zu machen, und komm mit mir rauf! Stefania war nicht »raufgekommen«. War das richtig gewesen? Und nachher? Sie wollte jetzt nicht mehr daran denken, sie hatte sich eine Nacht um die Ohren geschlagen und war müde. Nein: eigentlich merkte sie noch gar nicht, daß sie müde war, das lag an diesem ungewohnten kleinen Aufruhr in ihrer Seele; doch wenn sie erst einmal im Bett lag, würde sie von einer Sekunde zur anderen in Schlaf sinken. Für die Putzfrau konnte man einen Zettel schreiben, sie wolle nicht geweckt werden, und ihn auf den Spülstein in der Küche legen. Vielleicht würde dann später ihr Mann sie wekken, wenn er heimkehrte. Hatte sie ihren Mann noch gern?

Natürlich hatte sie ihn gern. Na, und? Was weiter? Wozu Fragen stellen. Sie war ein wenig verliebt in diesen Fornero. Ein bißchen. Aber wann ging denn dieses verdammte Haustor endlich auf?

Im Barraum waren die Stühle noch aufeinandergestellt, Sägemehl bedeckte den Boden. An der Theke stand der Barmann. Stefania trat auf ihn zu; sie fühlte sich durchaus nicht unbehaglich hier, zu dieser seltsamen Stunde. Wer wußte schon etwas von ihr? Sie konnte früh aufgestanden, auf dem Weg zum Bahnhof sein oder eben von dort angekommen. Außerdem war sie hier niemandem Rechenschaft schuldig. Auch das war ein angenehmes Gefühl, so empfand sie deutlich.

»Einen doppelten Espresso, und ganz heiß!« sagte sie zu dem Kellner an der Theke, und das in einem selbstsicheren, vertraulichen Ton, als wäre es eine alte Gewohnheit zwischen ihr und dem Mann; dabei hatte sie seine Bar noch nie betreten.

»Gewiß, Signora, einen Moment bitte, die Maschine ist bald heiß und der Kaffee dann auch gleich fertig«, sagte er. Und er setzte hinzu: »Morgens kommt's mir noch mehr darauf an, mich selber anzuheizen als die Maschine.«

Stefania lächelte, drückte das Kinn tiefer in den Mantelkragen und schüttelte sich ein wenig: »Brrr ...«

Noch ein anderer Mann war in der Cafébar, ein Gast, er stand abseits am Schaufenster und blickte hinaus. Bei Stefanias Ausruf wandte er sich um, und sie bemerkte ihn erst jetzt. Als habe die Gegenwart zweier Männer sie plötzlich wieder ganz zum Bewußtsein ihrer selbst gebracht, betrachtete sie sich aufmerksam in der Spiegelscheibe hinter der Theke. Nein, man konnte nicht sehen, daß sie die Nacht über unterwegs gewesen war; nur etwas blaß sah sie aus. Sie holte die Puderdose aus der Manteltasche und begann sich etwas zurechtzumachen.

Der Mann war an die Theke getreten. Er trug einen dunklen Mantel mit einem weißen Seidenschal, darunter einen Abendanzug.

»Zu dieser Stunde«, erklärte er, ohne sich an irgend jemanden zu wenden, »teilen sich die Wachenden in zwei Kategorien: die Nochs und die Schons.«

Stefania gab ein dünnes Lächeln von sich, ohne ihn ins Auge zu fassen. Übrigens hatte sie ihn schon genau beobachtet: Sein

Gesicht, etwas pathetisch und etwas banal, deutete auf einen jener Männer, die vor lauter Nachsicht mit sich selbst und mit der Welt einen Zustand erreicht haben, in dem sie, ohne wirklich alt zu sein, halb weise sind und halb kindisch.

»Und wenn man einer anmutigen Dame begegnet und ihr einen ›Guten Morgen‹ gewünscht hat ...«, fuhr er fort, indem er die Zigarette aus dem Mundwinkel nahm und sich verbeugte.

»Guten Morgen«, sagte Stefania, ein wenig ironisch, aber nicht kalt.

»... dann fragt man sich: Noch? Schon? Noch? Das ist das Geheimnis.«

»Wie bitte?« sagte Stefania, mit dem Ton dessen, der zwar verstanden hat, aber auf das Spiel nicht eingehen will. Der Mann betrachtete sie sorgfältig, nicht gerade taktvoll, doch Stefania war das gleichgültig, selbst wenn er begreifen sollte, daß sie zu den »Nochs« gehörte.

»Und Sie?« meinte sie nun spöttisch; es war ihr klargeworden, daß sie einen Herrn mit der üblichen Suada der Nachtbummler vor sich hatte, den es tief kränken würde, wenn man ihn nicht auf ersten Anhieb als solchen erkannte.

»Ich? Noch! Grundsätzlich noch.« Dann überlegte er kurz. »Und warum? Haben Sie das nicht gespürt?« Er lächelte ihr zu, doch er machte sich jetzt nur über sich selbst lustig. Als habe er etwas Saures im Mund, schluckte er, wie er da so vor ihr stand, und sagte zerstreut, als rezitiere er einen auswendig gelernten Text: »Das Licht des Tages verscheucht mich, und ich muß mich davor verstecken wie eine Fledermaus.«

»Hier ist Ihr Milchkaffee und der Espresso für die Signora«, unterbrach der Barmann.

Der Mann begann über seinen Kaffee zu pusten und kleine Schlückchen davon zu kosten.

»Ist er gut?« fragte Stefania.

»Ekelhaft«, erklärte er. »Das soll ja entgiften. Was kann es mir noch nützen? Wenn mich eine giftige Schlange beißt, bleibt sie selbst auf der Strecke.«

»Solange man noch gesund herumläuft ...«, sagte Stefania. Vielleicht trieb sie den Scherz zu weit? Denn schon entgegnete er: »Es gibt nur ein Gegenmittel, ich kenne es, soll ich es Ihnen sagen?« Er war imstande, es bis ins letzte auszumalen.

»Was macht es?« sagte Stefania zum Kellner.

»Die Frau, die ich immer gesucht habe …«, redete der Nachtbummler weiter.

Stefania ging hinaus, um nachzusehen, ob das Haustor unterdessen geöffnet worden war. Nach ein paar Schritten blieb sie stehen. Nein, immer noch geschlossen. Jetzt war auch der Mann aus der Cafébar getreten und schien ihr folgen zu wollen. Stefania drehte sich auf den Hacken herum und ging wieder in die Bar. Das hatte der Mann nicht erwartet, er schwankte einen Augenblick, ob er ebenfalls umkehren sollte, dann überkam ihn wie eine weiche Welle Resignation, und er ging, hustend, seinen Weg weiter, davon.

»Haben Sie Zigaretten?« fragte Stefania den Kellner. Sie hatte keine bei sich und eigentlich beabsichtigt, gleich nach ihrer Heimkehr eine zu rauchen. Die Tabakläden waren noch zu.

Der Mann hinter der Theke zog ein Päckchen hervor. Stefania nahm es und zahlte.

Wieder stand sie auf der Schwelle des Schankraumes. Plötzlich tauchte ein Hund vor ihr auf, sprang sie fast an; er wurde von einem Koppelriemen gehalten und zerrte einen Jäger mit Gewehr, Patronengürtel und Jagdtasche hinter sich her.

»Runter, Frisette, kusch!« rief der Jäger. Und an der Theke setzte er still hinzu: »Einen Kaffee.«

»Ein schöner Hund!« sagte Stefania und streichelte ihn. »Ist es ein Setter?«

»Epagneul breton«, erklärte der Jäger. »Weibchen.« Er war jung, etwas brüsk, aber mehr aus Schüchternheit als aus anderen Gründen.

»Wie alt ist sie?«

»Bald zehn Monate. Runter, Frisette, sei brav.«

»Geht's auf Rebhühner …?« fragte der Barmann.

»Ach, ich laß nur den Hund etwas laufen …«, meinte der Jäger.

»Weit?« fragte Stefania.

Der Jäger nannte den Namen eines nahe gelegenen Ortes.

»Mit dem Wagen ist's nicht der Rede wert. Um zehn bin ich zurück. Die Arbeit …«

»Schön ist sie, wirklich …«, fuhr Stefania fort zu reden. Sie wollte die Unterhaltung nicht abbrechen lassen, wenn man auch im Grunde genommen über gar nichts sprach.

»Das Tal ist da leer, sauber, nur lauter niedrige Sträucher, Heideland, und morgens kein Nebel, man sieht klar ... Wenn der Hund eine Schar aufstöbert ...«

»Wenn ich um zehn zur Arbeit könnte, ich würde bis drei Viertel zehn schlafen«, versicherte der Barmann.

»Na ja, ich schlaf auch gern«, sagte der Jäger, »trotzdem, da oben sein, während die anderen alle noch in den Betten liegen, ich weiß nicht, es macht mir Spaß, ich kann es nicht lassen ...«

Stefania spürte, daß der junge Mann hinter dem Anschein, sich rechtfertigen zu wollen, einen schneidenden Stolz verbarg, etwas wie Erbitterung gegen die ringsum schlafende Stadt, eine Art Eigensinn, anders zu sein.

»Nehmen Sie's mir nicht übel, aber für mich seid ihr Jäger reinweg verrückt«, sagte der Barmann. »Nur wegen dieser Geschichte mit dem frühen Aufstehen, sonst hab ich nichts dagegen.«

»Ich verstehe ihn aber«, sagte Stefania.

»Ach, was soll's schon. Eine Leidenschaft wie jede andere.« Und der Jäger hatte bereits begonnen, Stefania anzusehen; die Gleichgültigkeit, die er zuvor in seine Unterhaltung über die Jagd gelegt hatte, schien geschwunden, die Anwesenheit Stefanias ließ Zweifel in ihm aufsteigen, er überlegte, daß seine Art, die Dinge zu betrachten, falsch sein könnte, daß vielleicht das Glück woanders lag als dort, wo er es suchte.

»Nein, wirklich, ich begreife das, an einem Morgen wie diesem hier ...«, sagte Stefania.

Der Jäger zögerte. Offenbar wollte er etwas sagen, wußte aber nicht recht, was. »Wenn das Wetter so ist wie jetzt«, verkündete er schließlich, »trocken und frisch, dann arbeitet der Hund gut.« Er hatte seinen Kaffee ausgetrunken, hatte bezahlt, der Hund zerrte am Koller und wollte hinaus, er aber stand noch dort, konnte sich nicht entschließen. Endlich sagte er ungeschickt: »Warum kommen Sie dann nicht mit, Signora?«

Stefania lächelte. »Wir müssen wohl das nächste Mal, wenn wir uns wieder treffen, etwas verabreden, meinen Sie?«

»Na ja«, sagte der Jäger unsicher, drehte sich noch ein wenig hin und her auf der Suche nach einer weiteren Stütze für die

Unterhaltung. Dann rief er plötzlich: »Also, ich gehe. Guten Tag.« Sie nickten sich zu, und er ließ sich vom Hund hinausziehen.

Ein Arbeiter war eingetreten und bestellte etwas Alkoholisches. »Auf die Gesundheit aller Frühaufsteher«, sagte er mit erhobenem Glas, »und schon gar der schönen Frühaufsteherinnen.« Er war ein Mann mit heiterem Gesicht, nicht mehr jung.

»Auf Ihr Wohl«, sagte Stefania freundlich.

»So früh am Morgen gehört einem die Welt«, erklärte der Arbeiter.

»Und abends nicht?« fragte sie.

»Abends ist man müde und denkt an nichts, das ist noch am besten.«

»Ich dagegen stell mir morgens schon immer vor, was alles passieren kann an dem Tag«, sagte der Barmann.

»Das kommt davon, daß Sie keinen hübschen kleinen Auslauf haben. So was braucht man. Dann erst an die Arbeit. Machen Sie's wie ich, ich fahre mit dem Moped zur Fabrik, immer mit dem kühlen Wind im Gesicht.«

»Der Wind vertreibt die schlechten Gedanken«, warf Stefania ein.

»Sehen Sie, die Gnädigste versteht mich«, sagte der Arbeiter. »Und weil sie mich versteht, muß sie jetzt ein Gläschen mit mir trinken.«

»Vielen Dank, ich trinke nicht, nein wirklich.«

»Morgens braucht man das. Zwei Grappino, Meister.«

»Wirklich nicht, bitte. Trinken Sie auf mein Wohl, und ich freue mich.«

»Trinken Sie nie?«

»Na, so hin und wieder, abends.«

»Sehen Sie? Das ist ganz verkehrt.«

»Ach Gott, man macht ja manches falsch ...«

»Auf Ihr Wohl also!« Und der Arbeiter kippte erst das eine Glas und dann das zweite. »Eins, zwei. Und nun sehen Sie mal, ich werde es Ihnen erklären ...

Stefania war allein unter Männern, diesen fremden Geschöpfen, und unterhielt sich mit ihnen. Sie war ruhig, ihrer selbst sicher, nichts konnte sie stören. Das war das Neue an diesem Morgen.

Sie verließ die Bar, um zu sehen, ob man das Tor ihres Hauses geöffnet hatte. Auch der Arbeiter trat auf die Straße hinaus, warf sein Moped an, stülpte die Handschuhe über.

»Frieren Sie nicht?« fragte Stefania.

Der Arbeiter klopfte sich auf die Brust; es raschelte wie von Zeitungspapier. »Mein Panzer«, sagte er. »Addio, Signora.«

Den Abschiedsgruß hatte er so ausgesprochen, daß der heimische Dialekt deutlich wurde. Und Stefania antwortete auf die gleiche Weise. Er fuhr davon.

Etwas war geschehen, das nicht mehr rückgängig gemacht werden konnte, so erkannte Stefania. Diese neue Art, mitten unter den Männern zu stehen, dem Nachtbummler, dem Jäger, dem Arbeiter, hatte sie umgewandelt. Dies, wie sie da so gestanden hatte, gleich zu gleich, eine Frau unter Männern, war ihr Ehebruch. An Fornero erinnerte sie sich nicht einmal mehr.

Das Tor war offen. Eilig rannte sie die Treppe hinauf, ohne von der Portiersfrau bemerkt zu werden.

Übersetzt von Nino Erné

Abenteuer eines Ehepaars

Der Arbeiter Arturo Massolari hatte Nachtschicht; sie endete um sechs Uhr morgens. Der Heimweg war weit, in der schönen Jahreszeit bewältigte er ihn mit dem Fahrrad, in regnerischen und winterlichen Monaten fuhr er mit der Straßenbahn. Er langte zwischen sechs und drei Viertel sieben zu Hause an, das heißt: Manchmal etwas früher, manchmal etwas später, als der Wecker für seine Frau Elide rasselte.

Die beiden Geräusche, das Schrillen des Weckers und die Schritte des Mannes, vermischten sich oft in Elides Empfindung zu einem einzigen, das in die Tiefe ihres Schlafes hinunterfand, in den festen Morgenschlaf, den sie, das Gesicht ins Kissen gedrückt, bis zur letzten und allerletzten Sekunde auszukosten trachtete. Endlich tastete sie sich im Bett auf und fuhr blindlings in die Ärmel ihrer Hausjacke, während ihr noch die Haare über die Augen herabhingen. So erschien sie in der Küche, wo Arturo gerade die leeren Behälter aus der Tasche, die er zur Arbeit mitzunehmen pflegte, hervorkramte und auf den Ausguß legte: Brotbüchse, Thermosflasche ... Den kleinen Ofen hatte er schon angezündet und den Kaffee daraufgestellt. Sobald er Elide erblickte, strich sie sich unwillkürlich das Haar aus der Stirn und riß mühsam die Augen auf, als schämte sie sich jedesmal ein wenig, daß sie ihrem Mann, der nach Hause kam, diesen Anblick bot: immer so unordentlich und mit verschlafenem Gesicht. Wenn zwei Menschen zusammen geschlafen haben, ist das etwas anderes, dann tauchen sie gemeinsam morgens aus dem Schlaf auf, und keiner hat dem anderen etwas voraus.

Zuweilen auch kam es vor, daß er mit der Kaffeetasse in der Hand an ihr Bett trat und sie weckte, eine Minute, ehe die Uhr schrillte. Dann war alles viel natürlicher, die Anstrengung des Wachwerdens erfüllte sich mit einer schmerzlichen Süße, die Arme, die sich nackt emporgestreckt hatten, schlangen sich wie von selbst um den Nacken des Mannes. Sie küßten sich. Arturo trug noch seine Windjacke, und an der Berührung erkannte sie, was draußen für Wetter war, ob es regnete oder neblig war oder Schnee fiel. Trotzdem fragte sie ihn: »Wie ist das Wetter?«

Und er fing daraufhin murmelnd, halb ironisch, seinen Bericht an, erzählte von den Widrigkeiten, die ihm zugestoßen waren, von der Fahrt auf dem Rad, welches Wetter ihn erwartet hatte, als er aus dem Fabriktor trat – ein ganz anderes Wetter als am Abend zuvor, bei Beginn der Nachtschicht –, Einzelheiten über die Arbeit, Stimmen, die ihn beim Aufbruch umgeben hatten, und so weiter.

Um diese Zeit war das Haus noch kaum erwärmt, doch Elide stand nun, ganz ausgezogen, etwas zitternd, im kleinen Badezimmer und wusch sich. Er folgte, zog sich ebenfalls aus, mit mehr Ruhe, und spülte sich langsam Staub und Öl der Arbeitsstunden ab. Schließlich standen sie beide nebeneinander am selben Waschbecken, stießen einander gelegentlich in die Seite, nahmen einander die Seife aus der Hand, die Zahnpasta, und fuhren fort, einander das zu sagen, was gesagt werden mußte. Dann kam allmählich ein Augenblick echter Vertrautheit und Vertraulichkeit, und zuweilen wurde aus einer hilfreichen Geste beim Abtrocknen des Rückens eine Zärtlichkeit, und sie umarmten einander.

Plötzlich aber rief Elide: »Lieber Gott, wie spät es schon ist!«

Und sie lief, den Strumpfhalter zu befestigen, den Unterrock anzuziehen, in aller Eile, und schon strich sie mit der Bürste übers Haar, das Gesicht dem Spiegel über der Kommode entgegengestreckt, Haarnadeln zwischen den Lippen. Arturo trat hinter sie; er hatte sich eine Zigarette angezündet und sah sie an, rauchend, und jedesmal schien er sich ausgesprochen unbehaglich zu fühlen, daß er so stehen mußte, ohne etwas tun zu können. Dann war sie fertig, warf im Korridor ihren Mantel um, sie gaben sich noch einen Kuß, Elide öffnete die Tür, und schon hörte er sie die Treppe hinunterrennen.

Arturo blieb allein zurück. Wenn das Geräusch von Elides Absätzen auf den Steinstufen verklungen war, folgte er ihr in Gedanken, stellte sich vor, wie sie eilig durch den Hof trippelte, zum Tor hinaus, den Bürgersteig entlang bis zur Haltestelle der Straßenbahn. Die Bahn konnte er wieder gut hören: wie sie kreischend anhielt und wie das eiserne Gitter am Eingang nach jedem einsteigenden Fahrgast wieder zuschlug.

Na also, sie hat sie erwischt, dachte er, und er sah seine Frau zwischen den Arbeitern und Arbeiterinnen eingeklemmt auf einer Sitzbank der Linie II, die Tag für Tag eine neue Schicht zur Fabrik fuhr. Arturo drehte am Lichtschalter, schloß die Fensterläden, machte ganz dunkel, ging zu Bett.

Das Bett war noch so, wie Elide es verlassen hatte, aber auf seiner, Arturos, Seite, wirkte es unberührt, als wäre es eben neu gemacht worden. Hier legte er sich zunächst hin, kroch tief unter die Decke, aber bald schon streckte er ein Bein dorthinüber, wo etwas von der Wärme seiner Frau geblieben war; dann folgte das andere Bein, und so rückte er nach und nach ganz auf Elides Seite, in jene sanfte Höhlung, die von ihrem Körper geformt war; er drückte das Gesicht in ihr Kissen, in ihren Duft, und schlief ein.

Wenn Elide abends heimkam, strich Arturo schon seit einiger Zeit in der Wohnung herum: Er hatte den Ofen neu in Gang gebracht, irgend etwas zum Kochen daraufgestellt. In diesen Stunden vor dem Abendessen verrichtete er ein paar bestimmte Arbeiten: Er machte das Bett, fegte ein wenig, warf die Wäsche zum Einweichen ins Wasser. Elide meinte dann, er habe alles verkehrt gemacht, aber, um die Wahrheit zu sagen, er strengte sich auch nicht sonderlich an; was er da tat, war nur eine Art Ritus der Erwartung, als ginge er ihr entgegen, indem er doch dabei im Hause blieb. Draußen flammten unterdessen die Lichter auf, und Elide ging an den Läden entlang, mitten in jener ungewöhnlichen Geschäftigkeit auf den Straßen, die das Kennzeichen gewisser Stadtviertel ist, wo viele Frauen erst abends einkaufen können.

Endlich hörte er auf der Treppe ihren Schritt, der jetzt ganz anders klang als am Morgen: schwer von der Müdigkeit eines Arbeitstages und von der Last der Einkäufe. Arturo trat auf den Vorplatz im Treppenhaus, nahm ihr die Bürde ab, und während sie hineingingen, wechselten sie die ersten Worte. Elide warf sich auf einen Stuhl in der Küche, ohne erst den Mantel auszuziehen, während er die Päckchen aus der Einkaufstasche holte. Schließlich raffte sie sich auf: »Na, also los!« sagte sie, stand auf, zog den Mantel aus und das Hauskleid an. Sie machten sich daran, ihr Mahl zuzubereiten: Abendessen für beide und den Proviant für ihn, für die Pause um ein Uhr nachts, und das Frühstück für sie, das sie morgen ebenfalls in die Fabrik mitnehmen würde, und das Frühstück für ihn, das er vorfinden mußte, wenn er aufwachte.

Sie war jetzt etwas unlustig, setzte sich gern in den Strohsessel und sagte ihm, was er tun solle. Er dagegen war in dieser Stunde gut ausgeruht; er werkte herum, wollte alles selber besorgen, war aber dabei etwas zerstreut, hatte seine Gedanken schon anderswo. In diesen Augenblicken gerieten sie oft fast in Streit. Es kam vor, daß sie sich ein böses Wort sagten, denn sie fand, er könne etwas besser achtgeben auf das, was er tat, oder sich ein bißchen um sie kümmern, zu ihr kommen, sie trösten. Hingegen dachte er, nach der ersten Begeisterung über ihre Ankunft, schon an das, was ihm bevorstand, und daß er sich beeilen müsse.

Wenn dann der Tisch gedeckt war und alles so nahe zur Hand lag, daß man nicht mehr aufstehen mußte, kam der Augenblick, der ihnen beiden ins Herz schnitt; ihnen wurde bewußt, wie wenig Zeit sie füreinander hatten, und es wollte ihnen kaum gelingen, den Löffel zum Mund zu führen, weil sie sich am liebsten an den Händen gehalten hätten.

Dann, noch war der Kaffee nicht ganz getrunken, sah er schon nach seinem Rad. Sie küßten sich. Arturo schien es, er habe noch nie so deutlich gespürt, wie zart und warm seine Frau war. Aber er hängte sich den Rahmen des Fahrrades über die Schulter und stieg vorsichtig die Stufen hinunter.

Elide wusch das Geschirr ab, durchstöberte die ganze Wohnung, sah sich kopfschüttelnd an, was ihr Mann vollbracht hatte. Jetzt fuhr er durch die dunklen Straßen, von Laternenschein zu Laternenschein, hinter dem Kegel seiner eigenen Lampe her; vielleicht war er schon beim Gaswerk. Elide ging ins Bett, drehte das Licht aus. Von ihrer Bettseite her streckte sie einen Fuß zum Platz ihres Mannes hinüber, um seine Wärme zu suchen, aber jedesmal stellte sie fest, daß es wärmer war, wo sie selbst lag, ein Zeichen, daß Arturo hier geschlafen hatte. Und das erfüllte sie mit großer Zärtlichkeit.

Übersetzt von Nino Erné

Kein Mensch hat es je erfahren

Im ersten Morgengrauen waren die Hirten schon unterwegs, sie sahen, wie der Nebel aus dem Tal aufstieg und den kleinen Fleck des Sees enthüllte, und auf dem gegenüberliegenden Hang konnten sie das Haus der Jäger mit den verriegelten Fenstern erkennen. Es schien, als verbarrikadierten sich die Jäger jede Nacht darin: aus Angst vor der feuchten Luft des Sees, wie sie behaupteten, und um sich gegen die Diebe zu schützen. Dieses Gerede war jedoch nur auf die Hirten gemünzt, und die Hirten wußten das.

Ein Rauchfaden stieg bald über dem Jägerhaus empor, die Frauen zeigten sich als erste in der Tür, um Reisig für das Feuer zu brechen – sie hatten bereits die Strohhüte auf, die sie zum Schutz gegen die Mittagssonne zu tragen pflegten. Dann hörte man die Hunde aufwachen; und danach trat der Signor Zaudi heraus, die Hände in den Taschen, um nach dem Wetter zu schauen; er spuckte und kehrte wieder ins Warme zurück. Als das Airoldi-Mädchen, das gerade den Herd durchlüften wollte, den Kopf hob, bemerkte es die Hirten auf dem anderen Abhang, wie sie standen und schauten; sie faßte ihre Mutter am Arm und zeigte hinüber. Darauf drehten sich die Hirten um und folgten ihren Schafen.

Der letzte von den Jägern, der in der Tür erschien, war Airoldis Bruder, der Arzt; aber er war schon fertig und trat auf den Weg. Er machte alles selbst, er war nämlich der einzige ohne Frau hier und erledigte alles im Nu: Er schlief halb angekleidet und eingemummelt, schnitt sich Brot und Käse ab, trank den heißen Milchkaffee, hängte sich das schon am Abend zuvor gereinigte griffbereite Gewehr um und ging hinaus. Eine Weile schaute er ohne Brille in die Runde, als prüfte er die Luft und die Stunde, hockte sich dann auf einen Stein, putzte die Brille und wartete auf die anderen. Drinnen tobten die Hunde und schüttelten aufgeregt die Glöckchen, denn sie kannten die Vorbereitungen der Männer für die Gemsenjagd und argwöhnten bereits, daß sie zu Hause an der Kette zurückgelassen würden.

Hoch über dem Tal, in dem das Haus der Jäger stand, und über den Bergalmen, auf die die Hirten ihre Herden führten, lagen die Plätze der Gemsen, und die Gemsen liefen dort in schwarzen Rudeln über die Steilhänge oder lagen und sonnten sich in großen Gruppen, ihre aufrecht gehaltenen Köpfe bewegten sich ruckweise. In diesen Jahren waren die Berge voll von Gemsen; frühmorgens stiegen sie bis zu den Steinen hinab, auf denen die Hirten das Salz für ihre Tiere ausgestreut hatten, und dort konnte man ihnen auflauern.

Um den zwanzigsten September wuschen die Hirten die Schafe im See und zogen hinunter in die Ebene: Es war fast schon soweit, und so blieb nicht mehr viel Zeit für Streit und Zank. In den anderen Jahren hatten die Gemsenjäger die Hirten bis zum zwanzigsten September zu ihren Jagden eingeladen. Auch in diesem Jahr war das so, bis sich eben jene Geschichte zugetragen hatte.

Danach waren die Beziehungen immer gespannter geworden, und wenn das Airoldi-Mädchen im Schlaf hörte, daß die Herde am Haus vorbeizog, drückte es sich in dem Bett, das es mit der Mutter teilte, in den äußersten Winkel. Abends mußte man darauf achten, daß man draußen ja nichts vergaß: Ein Käse verschwand, der auf dem Fensterbrett liegengeblieben war, und der dickste der Brüder Airoldi stieß Drohungen gegen die unbekannten Diebe aus, während die Hirten gerade mit ihren Schafen zurückkehrten und taten, als verstünden sie nicht. Dann war Signor Bonvicinos Patronentasche, die er auf der Haustreppe vergessen hatte, unauffindbar; auch hierbei gab es große Szenen, aber es den Hirten einmal geradeheraus ins Gesicht zu sagen, wagte keiner.

Bonvicino benutzte für die Patronen jetzt ein Täschchen, das ihm vor dem Bauch baumelte; ihm folgte Signor Zaudi mit seinem Mardergesicht und mit seiner Flinte, die länger war als er selbst. Airoldi der Dicke war der letzte, er schimpfte über die Hunde, die kläfften, als sie merkten, daß die Männer fortgingen; noch in der Tür gab er den Frauen Anweisungen für die Mahlzeit, während sie ihn vor dem Schwitzen und vor dem Wind warnten. Schließlich waren die Jäger auf dem Bergpfad verschwunden, die Frauen blieben am Haus zurück, mit diesen großen Hüten auf dem Kopf, in der Kälte und im Schatten und lange Stunden des Wartens standen ihnen bevor, obendrein war auch schon Geschirr abzuwaschen.

Die Jäger mußten ziemlich weit laufen, um zu den Gemsplätzen zu gelangen. Doktor Airoldi ließ alle hinter sich zurück mit seinem lang ausholenden Schritt, den er durchhielt, schweigend und witternd, als verfolge er ständig eine Fährte. Signor Bonvicino hingegen langweilte sich beim Gehen, und alle Augenblikke wich er vom Pfad ab, streifte zwischen den Büschen umher, schaute zu den Bäumen hinauf; und manchmal konnte er schon am frühen Morgen bei einem Krammetsvogel oder einem Häher nicht widerstehen und ballerte los. Die anderen ärgerten sich dann über ihn, besonders der Arzt, der auf der Jagd äußerst diszipliniert war: Wegen eines lumpigen Vogels die Luft mit Schüssen zu erfüllen und alle Tiere der Berge aufzustören! Und sie behielten Bonvicino im Auge, wenn er an den Richtwegen anfing, in die Runde zu blicken und mit der Hand im Täschchen nach einer Schrotpatrone zu suchen.

Den Jagdplan legten sie unterwegs fest, aber auch hierbei gab es Streit. Airoldi der Dicke nämlich hatte stets einen neuen Weg vorzuschlagen und verlangte, jeder sollte tun, was er wollte, die einen hier stehenbleiben und die anderen dort weiterstreifen, warf dann alles wieder um, und wenn es nicht klappte, haderte er mit allen, weil sie nicht auf ihn gehört hätten. Ihnen jedoch gefiel eine andere Art zu jagen. Sie wollten sich an die guten Stellen halten, an solche Anmarschwege, auf denen sie nicht gesehen wurden, und wollten die Gemsen im Anstand auf Schußweite herankommen lassen, um recht viele Treffer zu erzielen. Er indes redete so lange, bis es ihm gelang, die einen auszuschicken, damit sie die Gemsen aus der einen Richtung aufschreckten, und die übrigen auf die andere Seite zu beordern, damit sie den Tieren den Durchgang versperrten, und blieb er dann allein, so konnte er einige von seinen Großtaten vollbringen, hinauf und hinab über die abschüssigen Hänge, allein gegen die aufgeschreckten, flüchtenden Gemsenrudel, und die Täler von seinen Schüssen widerhallen lassen.

Solange sie mit den Hirten ausgezogen waren oder wenn Bergbewohner aus dem benachbarten Dorf sie begleiteten, zeigte Airoldi schließlich Einsicht, teils weil die Erfahrung der andern ihn beeindruckte, die die Gegend gut kannten, teils weil die Anwesenheit der Fremden ihn davon abhielt, Szenen zu machen. Ging er jedoch nur mit seinen Freunden oder allein mit irgendeinem Forsthüter oder Zollwächter, der sich der Gruppe angeschlossen hatte – alles Jäger zum Lachen, Leute ohne den geringsten Sachverstand –, dann gab es jeden Morgen Zank.

Zaudi war derjenige, der sich am wenigsten aus der Fassung bringen ließ, dieses Männlein, das Landmaschinen verkaufte und ein grinsendes Mardergesicht hatte. Wenn er merkte, daß sich die Gemsjagd wegen der Streitereien mit Airoldi schlecht anließ, machte er kehrt und ging seinen Hund holen. Dann zogen Mann und Hund allein und zufrieden auf Hasenpirsch aus. Es gab hier oben weiße Hasen; in dieser Jahreszeit sind sie noch grau, weiß werden sie erst, wenn die Schneefälle kommen. Wird ein Schneehase von einem Hund verfolgt, versteckt er sich in einer Höhle. Signor Zaudi verbrachte dann ganze Stunden damit, ihn hinauszutreiben, und zurück kehrte er mit dem steifen Hasen, der im Netz seiner Jagdtasche hing und den Erdboden mit den Ohren streifte.

An jenem Morgen war es indessen Airoldi der Dicke, der wegging. Er hatte sich eine Idee in den Kopf gesetzt und war durch nichts davon abzubringen: Anstatt die kleinen Täler nacheinander zu durchstreifen und dabei bis zum halben Hang auszuschwärmen, wollte er, daß sie bis auf den Gipfel des Chapelet hinaufstiegen und dann den Berg von oben herab durchkämmten, fächerartig über die Steilhänge herunterkletternd. Sein Bruder, der Arzt, der bislang nichts gesagt hatte, aber er war den andern ja auch eine Wegkehre voraus, drehte sich urplötzlich um, lehnte sich an einen Felsen und warf mit einer theatralischen Gebärde den Schal, mit dem er sich bis zur Nase eingemummt hatte, in die Luft. »Nein! Nein! Und nochmals nein!« rief er. »Wir machen denselben Weg, den wir immer gegangen sind. Und wenn dir das recht ist, gut. Wenn nicht, dann geh allein auf den Chapelet oder sogar zum lieben Gott auf den Thron, wohin du nur willst, und basta.«

»Und ich gehe doch auf den Chapelet und schieße so viele Gemsen, daß mit der Jagd für dieses Jahr Schluß sein kann!« erwiderte sein Bruder, hochrot im Gesicht.

»Uhuu!« rief eine Stimme; die Jäger schauten auf und erblickten die Herde, die sich wie ein Wolkenstreif über das Grün der Almen bewegte, und etwas höher die Hirten, aufrecht, regungslos, die Hände auf die Stöcke gestützt, über den Augen den Schatten der Hüte. Airoldi der Dicke entfernte sich auf eigene Faust; mit schwerem Schritt begann er fast laufend eine Bachrinne hochzuklettern.

Airoldi hatte von den Hirten vieles über die Berge und über die Gemsen gelernt. Sie nahmen ihre »einundneunziger« Gewehre aus dem Krieg mit auf die Streifjagden, und als Schützen waren sie nicht gerade hervorragend, aber sie kannten die Tiere und auch die guten Stellen, und man konnte wohl sagen, daß eigentlich sie die Jagd leiteten.

Auch damals hatten sie das Rudel von sechzig Gemsen herangetrieben, wozu sie einen langen Umweg über die französischen Hänge machen mußten. Und sie hatten allen Grund, mit den Jägern wegen der Sache zu hadern, die Airoldi der Dicke ihnen angetan hatte.

Während der Jäger allein und wutentbrannt über den steilen Pfad des Berggrats schritt, fühlte er es wieder, wie sein Herzschlag gestockt hatte, als das Rudel in den Talgrund dort unten eingedrungen war und er das ferne Getrappel der gespaltenen Hufe auf den Steinen vernommen hatte. Mit einemmal waren die Gemsen stehengeblieben: Die dünnen, geraden Beine, die gespannten Rücken, die hakenförmigen Hörner, alles war erstarrt, und dennoch schien etwas wie der Wille zur schnellen Bewegung in der Herde anzudauern, vielleicht nur im Atem, vielleicht in dem scharfen Blick. Und dann, als die Schüsse der Jäger ertönten, waren sie mit hohen Sprüngen hinunter zum Sturzbach und zum Wald geflüchtet, während die getroffenen zu Boden stürzten. Da aber hallte vom gegenüberliegenden Hang das Echo wider, deutlich, Schuß für Schuß, und die Gemsen, die schon fast am Wald waren, schraken vor dem Echo zurück und kletterten ebenso schnell, wie sie heruntergerannt waren, wieder hinauf, den Jägern entgegen, die zum zweitenmal feuerten und ein Gemetzel unter ihnen anrichteten.

Später, am Abend, hatte es dann vor dem Jägerhaus im Schein der Fackeln rings um die vielen Tiere mit den langen, steifen Beinen ein geschäftiges Treiben gegeben, und die Jäger hatten die Beute aufgeteilt – für sich, für die Leute aus dem Dorf, für die Hirten und auch für die Zollbeamten, die ihnen erlaubt hatten, die Grenze zu überschreiten. Die Signora Zaudi und die Signora Bonvicino schnitten die Eingeweide für die Hunde heraus, und ihre Hände rochen nach Blut und nach Tier. Mit einemmal hatte Airoldi der Dicke gesagt: »Ach was, die Hirten. Das hier ist ihr Anteil.« Und er deutete auf den ältesten der erlegten Gemsböcke, einen halbkahlen, grindigen Kadaver. Den anderen war das nicht recht, aber sie schwiegen. Airoldi wollte sich gerade hinknien, um die Keule eines Tieres abzuschneiden, als ihm plötzlich jener grindige Kadaver vor die Füße fiel und ihn beinahe erwischt und zu Boden geworfen hätte. Er schlug mit dem Rücken auf, so als wäre er bei den Läufen geschleudert worden, sicherlich waren es zwei Mann gewesen. Alle wandten sich um und erblickten gerade noch die Umhänge der Hirten, die sich im Dunkel entfernten.

So hatte jener Streit begonnen. Dann mußte in der Osteria des Dorfes etwas Arges vorgefallen sein, an dem Sonntagabend, als der jüngste der Hirten hinuntergegangen war, um Einkäufe zu machen. An gewissen Abenden entwischte Airoldi den Gefährten und ihren Frauen und marschierte den ganzen Weg zu Fuß bis zum Dorf, um zu trinken und vor den Deicharbeitern, den Grenzern und ihren Mädchen zu prahlen. Bis es schließlich zu der Auseinandersetzung mit dem jungen Hirten kam, eine Angelegenheit der Fäuste und zerbrochenen Flaschen.

Tatsache ist, daß der alte Hirte am nächsten Tag den Cilín, Airoldis Hund, um die Sennhütte streichen sah, und er sah, wie sein Sohn, einen Bissen in der Hand, den Hund mit Schnalzlauten heranlockte und wie der den Bissen schluckte. »Bist du verrückt?« fuhr er den Sohn an. »Sie werden sich rächen! Sie werden uns die Weiden vergiften!« Er hüllte den Hund, der bereits Schaum zu spucken begann, in eine Decke und trug ihn auf den Armen zum Jägerhaus. Dort erklärte er, der Hund habe Mäusegift gefressen. Airoldi dem Arzt gelang es, das Tier zu retten. Aber sein Bruder nahm es als Warnung.

Von da an hatten sie nicht einmal mehr einen Gruß mit den Hirten getauscht und gingen allein zur Jagd, zumal ihnen die Plätze nunmehr vertraut waren. Airoldi der Dicke war sehr selbstbewußt und glaubte in allen Dingen beschlagen zu sein. An jenem Morgen, als er keuchend vom Chapelet hinabstieg und, durch die klare Luft hinunterspähend, hinten in einem kleinen Talgrund einen Trupp von zehn zögernd verhaltenden Gemsen sah, verlor er nicht die Ruhe, sondern zog sich zurück und beschloß, den Trick anzuwenden, von dem ihm die Hirten so oft erzählt hatten. Er wählte einen langen, geraden Stock, hängte seinen Umhang darüber, setzte den Hut obenauf und steckte ihn gut sichtbar zwischen die Steine des Bergkammes. Die Gemsen standen da, ein Vorderbein gestreckt, das andere gekrümmt, die Schnauze hoch erhoben, und warteten, daß sich der Schatten dort oben auf der Bergspitze bewegte. Airoldi lief unterdessen schon den Pfad zum Tal hinab.

Auf diese Weise gelangte er den Gemsen in den Rücken und so nah an sie heran, daß er sicher schießen konnte. Er feuerte seine Doppelflinte ab und streckte auf der Stelle einen Gemsbock nieder, verfehlte den zweiten, konnte aber schnell genug nachladen, um ihn zu treffen und zu sehen, wie er blökend strauchelte, und brachte noch einen dritten zu Fall, bevor der seinem Blick entschwand.

Er ließ die drei Tiere auf den Steinen liegen und rannte hinunter, Verstärkung zu holen, und schon stieg ihm der Erfolg seiner List derart zu Kopf, daß er Lust verspürte, ihn in die menschenleeren Täler hinauszuschreien.

Er kam auf der Alm an, und da war auch die Herde und in ihrer Mitte ein Hirte. Aber Airoldi dachte nur daran, zu prahlen, und rief: »Drei habe ich erlegt! Drei Böcke, mächtig groß, ich allein, am Fuß der Rocca Negra! Ihr müßt mit ein paar Leuten mitkommen, damit wir sie wegtragen können!«

Der Hirte blickte verlegen drein und schien leise auf seinen Hund einzureden. Airoldi keuchte: »Wollt ihr euch nicht einen ganzen Tageslohn verdienen? Kommt mit Stricken und mit Stangen zur Rocca Negra, da liegen drei Gemsböcke, die müssen zu unserem Haus getragen werden.«

»Ich bin ganz allein hier und muß auf die Schafe aufpassen«, erwiderte der Hirte. »Geht und sagt es den anderen.«

»Und wo sind die?«

»Nun, unten bei der abgebrannten Alpenhütte, um Holz zu holen.«

Airoldi lief quer über die Almen hinunter und schreckte dabei die Schafe auf. In einer Viertelstunde langte er an der abgebrannten Hütte an, aber da war keine Menschenseele. Auf dem Rückweg nach oben sah er aus der Ferne, wie sich die Schafherde weiterbewegte, aber jetzt waren zwei Hirten bei ihr.

»Heda!« schrie er. »Hier ist niemand!«

Sie antworteten etwas, was er nicht verstand.

»In welche Richtung sind denn meine Kameraden gegangen?« rief Airoldi.

Die Hirten schrien etwas wie »Dorthin! Dorthin!« und deuteten mit ihren Stöcken.

Airoldi streifte einen halben Tag umher. Als er abends mit seinen Gefährten und ein paar Leuten aus dem Dorf an den Ort zurückkehrte, wo er die drei Gemsböcke erlegt hatte, mußte er eine Stunde hin und her laufen und suchen, bis er überzeugt war, daß er die Stelle nicht verfehlt hatte und daß die Tiere verschwunden waren. Dann fand er Haarbüschel und Blutspuren, und so überzeugten sich auch die anderen, daß er ihnen keinen Bären aufgebunden hatte.

Auf dem Revier der Forstmiliz und auf der Zollwache geriet Airoldi ebenfalls in Streit, weil er verlangte, daß sie sofort zur Sennhütte gingen, um die Hirten zu verhaften, sie würden sie noch mit der Beute in der Hand fassen.

»Wer weiß, wo Ihre Gemsen jetzt schon sind«, sagte ein Wachtmeister zu ihm, »wer kann sie in diesen Wäldern jetzt noch finden? Und die Hirten wandern in der Nacht weiter ...«

»Auch ich kann nachts wandern«, versetzte Airoldi und ging.

Nachts steckte er sich einen Beutel mit Arsen in die Jagdjoppe, band die Hunde im Haus fest und ging los. Der Mond schien, und er streifte die ganze Nacht über die Almen und schwang die Arme, als ob er säte.

Am nächsten Morgen war er der erste, der vor die Haustür trat. Es regnete nicht, die Sache war also perfekt. Bei der Sennhütte rührte sich nichts. Später kam der alte Hirte vorüber.

»Geht es denn heute erst so spät auf die Weide?« fragte Airoldi.

Der Alte wies ins Tal. »Die Tiere grasen hier nicht mehr«, sagte er, »wir haben die Schafe im See gewaschen. Jetzt führen wir sie hinunter.«

Die Herde lief blökend und fröstelnd den Pfad entlang, schneeweiß.

Ein junger Gemsbock, vielleicht von dem versprengten Rudel an der Rocca Negra, trat zwischen den Felsen über dem Tal hervor, sah den See, die Schafe, das Haus der Jäger mit der Rauchfahne, das Airoldi-Mädchen, das Wäsche zum Trocknen aufhängte, ihren Vater auf der Türschwelle und den Hirten, der vorbeiging. Er betrachtete alles genau und verschwand. Kein Mensch hat es je erfahren.

Übersetzt von Caesar Rymarowicz

Ein schönes Spiel währt nicht lang

Giovannino und Serenella spielten Krieg. Da war ein ausgetrockneter Bach, an dessen Ufern Schilf wuchs und dessen Bett ganz voll grauer und gelber Steinblöcke lag. Feinde gab es nicht und auch keine richtigen, echten Schlachten, die einen Anfang und ein Ende hatten, sondern sie stürmten nur den Bach entlang, in der Hand ein Schilfrohr, und führten Kriegszenen auf, wie sie ihnen gerade in den Sinn kamen.

Die Schilfrohre stellten Waffen jeder Gattung dar: ein Bajonett – und schon stürzte sich Giovannino auf sandigem Kiesgrund mit einem rauhen Schrei in den Angriff; ein Maschinengewehr – und er plazierte es in einem Sattel zwischen Felsblöcken und drehte es rundum mit ratternden Geräuschen; eine Fahne – und er kletterte als Fähnrich auf den Gipfel einer buckligen Insel, um sie dort aufzupflanzen, und fiel dann, die Hand auf dem Herzen.

»Rotes Kreuz!« rief er. »Du bist die Sanitäterin! Komm! Siehst du nicht, daß ich verwundet bin?«

Serenella, die bis zu diesem Augenblick das feindliche Maschinengewehr bedient hatte, lief zu ihm und drückte ihm ein Minzeblatt als Pflaster auf die Stirn.

Giovannino schnellte hoch, hielt das Schilfrohr waagerecht und eilte davon, die Arme zur Seite gestreckt. »Die Bomber! Die Bomber über dem Feindobjekt! Fiii ... bum!« Und er ließ eine Handvoll weißen Kies auf Serenella fallen.

»Du bist die feindliche Autokolonne auf dem Marsch! Ich bombardiere dich!«

»Und was soll ich machen?« fragte Serenella.

»Am Boden kriechen und die Bomben abbekommen. Fiii ... bum! Nein, jetzt zerstreue dich übers Feld!«

Serenella rannte ins Schilf, aber Giovannino rief sie zurück und schrie: »Die feindlichen Jäger! Du bist die feindlichen Jäger! Jetzt greifst du mich an!«

Aber Serenella wußte nicht recht, was Jagdflieger tun, und so beschloß Giovannino, die Rolle der feindlichen Jäger selbst zu übernehmen, und überließ Serenella die des Bombengeschwaders.

»Ich bin ein Pilot, der in Flammen abstürzt, sieh her!« rief Giovannino.

»Und ich? Und ich?« fragte Serenella.

»Du, du bist diejenige, die die Gefallenen in die Arme nimmt!«

»Wer ist das?«

»Na, eben der Ruhm, die Glorie! Weißt du denn nicht, wie die Glorie das macht? Du mußt wie ein Engel erscheinen und dich über mich beugen.«

Serenella versuchte den Ruhm zu spielen, und er geriet ihr sehr gut.

Darauf ließen sie eine V 2 starten, indem sie ihre Schilfrohre wie Speere schleuderten. Die Schilfrohre schwammen schließlich in einer Mulde voll grünen Wassers, und so machten sie eine Seeschlacht mit Rohr-Torpedos, die das Serenella-Panzerschiff trafen, und der Serenella-Hafen wurde von Schilfrohr-Kommandoeinheiten besetzt, und Serenellas Breitseiten-Spritzer schlugen ein in den Giovannino-Flugzeugträger, und Giovanninos Unterseebot-Hände griffen die Schilfrohr-Kreuzer an, und Giovanninos Schiffbrüchigen-Hände langten nach der Serenella-Schaluppe.

Naß vom Kopf bis zu den Füßen, wälzten sie sich über einen Sandstreifen, und da beschloß Giovannino, Panzer zu sein, eigentlich sie der Panzer und er die Panzermine. Sie explodierten und gingen in die Luft, hoben die Schilfrohre wieder auf, bestiegen sie wie Reittiere und veranstalteten Scharmützel von Kavalleriepatrouillen. Für einen Kavallerieangriff brauchte man auch eine Trompete, und da riß Giovannino eine Blatthülle von seinem Rohr, spannte sie zwischen den gefalteten Händen und blies, daß sie in einem schrillen Pfeifton vibrierte. Auf diesen Laut hin erschienen drei wirkliche Soldaten.

Der Bach erweiterte sich an einer Stelle, und das Tal bildete eine zu einer Mulde abfallende Wiese, hier und da von Gesträuch unterbrochen. Zwei Soldaten mit grünen Zweigen auf den Stahlhelmen lagen bäuchlings am Boden, die genagelten Stiefelsohlen hochgestellt, und einer mit Deckeln über den Ohren hantierte an einem Funkgerät mit Kreisantenne.

Leise, leise, die Schilfrohre an den Spitzen hinter sich herschleifend, näherten sich die beiden Kinder einem Soldaten. Er lag im Gras und hielt sein Gewehr im Anschlag, und Stahlhelm, Tornister, Brotbeutel, Feldflasche, Handgranaten und Gasmaske türmten sich über ihm auf wie eine Lawine von Gegenständen, die ihn begraben zu haben schien, und über alledem waren Zweige befestigt, abgerissen von einem Mimosenstrauch, deren Bruchstellen die rote Seele des Holzes zeigten, während die abgeschürfte Rinde in Fetzen herabhing. Der Soldat wandte sein Gesicht am Boden den Kindern zu, fast ohne den Helm zu bewegen, indem er den Kopf darin drehte, bis die eine Wange auf der Erde ruhte. Er hatte traurige graue Augen und ein Kirschblatt auf den Lippen. Die Kinder kauerten an seiner Seite nieder; ihre Schilfrohre zielten nach vorn, parallel zum Gewehr des Soldaten. Giovannino fragte: »Macht ihr Krieg?«

Der Soldat rieb das Kinn am Boden, öffnete die Lippe und blies das Kirschblatt weg, ohne ein Wort zu sagen. Dann packte er mit der einen Hand Giovanninos Schilfrohr am vorderen Ende und bog es, um es zu brechen, da es aber ein junges Rohr war, noch ganz aus lauter umeinandergewickelten grünen, zarten Schichten, bog es sich nur, und so mußte der Soldat es drehen und Faser um Faser zerreißen. Es mißfiel Giovannino, zu sehen, wie seine Waffe vernichtet wurde, die er so liebgewonnen hatte, aber der Soldat legte so viel Eifer in sein Tun, daß er nichts zu sagen wagte.

»Sieh mal, da unten«, sagte Serenella. Sie hatte am gegenüberliegenden Hang einen anderen Soldaten erblickt, der bunte Fähnchen schwenkte.

»Entschuldigen Sie, dürfen wir da runtergehen?« fragte Giovannino. Der Soldat mußte wohl eine Bewegung wie ein Achselzucken gemacht haben, denn die Gegenstände auf ihm verschoben sich, und die Feldflasche schlug gegen den Stahlhelm. Die Kinder entfernten sich auf Zehenspitzen.

Ein Maulbeerbaum warf Schatten an einem Grabenrand, und an seinem Fuße saß ein General auf einem Klappstuhl. Es war ein dicker Mann in Hemdsärmeln, der durch ein Fernglas schaute, wobei er seine schwarze Brille auf die Stirn schob und sie dann wieder herunterließ, um sich den Schweiß mit dem Taschentuch abzuwischen, und dann putzte er mit dem Taschentuch noch die Brille, die ebenfalls schweißnaß war, und seine Hände huschten über eine topographische Landkarte, die ausgebreitet auf seinen Knien lag, und er unterhielt sich schnaufend mit seinem Stab: den Offizieren, die auf untergeschlagenen Beinen zu seinen Füßen im Gras hockten, die Hände auf den Gefechtstaschen oder die Finger an den Schrauben ihrer Ferngläser.

Giovannino und Serenella standen still hinter dem General und hielten ihre Schilfrohre »Gewehr bei Fuß«.

»Uff ... das feindliche Feuer«, sagte der General, »es trifft unsere Leute voll ... uff ...«, und dann folgten unverständliche Worte; seine kurzen, mit roten Härchen bewachsenen Finger glitten wie fette Raupen über die Landkarte. »... Es schmerzt, Menschen verlieren zu müssen, aber ... uff ... die Stellungen ...«

Die Offiziere des Stabes, die in so unbequemen Haltungen saßen, sich auf die Hände, manchmal auch auf die Unterarme stützten und nur mühsam der Versuchung widerstanden, sich im Gras auszustrecken und in der Sonne zu schlafen, antworteten, indem sie sich um den General herum äußerst geschäftig zeigten: Daten in ihre Notizbüchlein eintrugen, die Kampfhandlungen auf den Landkarten verfolgten, Interesse für einen von ihnen bekundeten, der sich an einem Goniometer zu schaffen machte. Und sie schienen sowohl die einzelnen Elemente der Landschaft wie die schlecht getarnten Soldaten, die sich ringsum vom Boden abhoben, mit gleichgültiger Resignation zu betrachten, als ob die Zeichen, die der General mit seinem Bleistift auf die Landkarte setzte, sie auch vom Antlitz der Erde auslöschten.

»Natürlich, da, wo Sie die Weinberge sehen«, sagte der General, »verwandelt unser Artilleriebeschuß die Stellungen in verbrannte Erde ... Eben dort, im Freien ... uff ... Können sie den feindlichen Beobachtungsstand sehen?«

»Er ist auf der Karte verzeichnet, Herr General«, sagte ein Offizier eifrig, »als ›ländliche Behausung‹ ...«

Aber der General schaute nicht auf die Landkarte, sondern deutete weiter auf das Haus auf dem Hügel, von dem Giovannino und Serenella wußten, daß es das Haus des alten Paulò, des Seidenraupenzüchters, war.

»Das ist das erste Ziel, das eingenommen werden muß«, sagte der General. Der Offizier am Goniometer nannte die Zahlen.

Die Kinder betrachteten eine Weile das Haus des Seidenraupenzüchters, dann den Bleistift des Generals, der ein Kreuz in die Landkarte malte. Eine Explosion ertönte. Giovannino und Serenella zuckten zusammen, und ihre Schilfrohre schlugen gegeneinander.

»Was haben die beiden hier zu suchen!« sagte eine Stimme, und schon fühlten sie sich am Kragen gepackt. »Wer läßt es zu, daß sich Gören im Kampfgebiet herumtreiben?«

Mit einem Katzensprung waren Giovannino und Serenella diesen Händen entwischt; sie rannten in gemäßigtem Trab auf einem Pfad davon, schweigend und ohne sich umzudrehen, die Fäuste fest um die vorgehaltenen Schilfrohre geklammert.

Sie blieben stehen, als ihnen der Atem ausging. Sie waren an einer Stelle angelangt, wo das Schilf in einer langen, dichten Mauer wuchs; seine lebhaft grünen Innenblätter und die blaßgrünen Außenblätter rauschten in der bewegten Luft.

»Hier«, rief Giovannino, »hier können wir uns eine Menge Waffen machen.«

Aber die Fröhlichkeit, die er wiedergewonnen hatte, war ein wenig getrübt.

Sie warfen die alten Waffen weg und drangen in das Röhricht vor. »Sieh nur, wie schön mein Schilfrohr ist ...« – »Meins ist länger ...« Aber keins schien mehr so zu sein wie das von vorhin, eins taugte ebensoviel wie das andere, und es befriedigte nicht mehr, sie sich als Lanzen, Maschinengewehre oder Flugzeuge vorzustellen.

Urplötzlich war das Röhricht zu Ende; nur noch der Himmel und das Meer waren hinter dem Schilf. Das Ufer fiel jäh in schmalen, bebauten Streifen ab, die von aufrecht stehenden Matten gegen das Salz geschützt waren, und dahinter begannen schon die runden Steine, und das Meer stieg an, Woge für Woge, bis zum Horizont.

»Hurra!« Giovannino brüllte los und stürmte den abschüssigen Hang hinunter. »Vorwärts ...! Unter feindlichem Sperrfeuer ...«

»Hurra!« schrie Serenella und rannte ebenfalls, doch sie hielt plötzlich inne: Auch Giovannino war stehengeblieben und verstummte kleinlaut. Während er geschrien hatte, war ihm plötzlich gewesen, als hörte er die Stimme eines anderen.

»Verbrannte Erde!« platzte er von neuem heraus. »Panzer fahren drüber, und dann wächst nicht einmal mehr Gras!« Und sie rollten sich den sandigen Hang hinab, aber dann fiel ihm ein, daß es einfach albern war, sich wegen eines so dummen Spiels die Knochen zu zerquetschen.

Er begann sich über sie zu ärgern: »Serenella, wenn du nicht richtig spielen kannst, macht es keinen Spaß!«

»Wieso? Was soll ich denn tun?«

»Das Maschinengewehr! Du bist ein MG-Nest, und ich muß dich erobern!«

»Ta-ta-ta! Ta-ta-ta!« machte Serenella voller Entgegenkommen und kroch auf allen vieren in Lauerstellung.

»Ich rücke jetzt vor, um eine Handgranate auf dich zu werfen, stürze aber dabei zu Boden: schau!«

Er warf ein Stückchen von einem Palmenblatt nach ihr, riß dann die Hände an die Brust und fiel hin. Er fiel gut, aber selbst das Sterben auf dem Schlachtfeld bereitete kein Vergnügen mehr ...

Serenella machte noch ein paarmal Ta-ta-ta!, begriff dann, daß sie sich umstellen mußte, lief zu ihm und sagte: »Hier, ich bin die Glorie! Die Glorie, die die Gefallenen in die Arme nimmt ...« Sie beugte sich als Engel über ihn, aber er beachtete sie nicht, und nun fand sie alles sehr albern.

Sie setzten sich auf die Erde, ließen die Köpfe hängen und zupften langsam Grashalme aus. Vorher war das Kriegspielen so unterhaltsam gewesen, aber jetzt mußten sie immer an den traurigen Blick des Soldaten mit dem Kirschblatt auf den Lippen denken und an die behaarten Finger des Generals, die die Weingärten und die ärmlichen Häuser auslöschten. Giovannino versuchte, ein anderes Spiel zu ersinnen, aber woran er auch dachte, jedesmal fielen ihm plötzlich jene traurigen Augen und jene roten Finger ein.

Ihm kam ein Einfall. »Ein neues Spiel!« Er sprang auf. Da war eine Mauer, bedeckt von dicht rankendem Jelängerjelieber. Giovannino zerrte einen langen Schößling heraus und zog ihn hinter sich her, darauf achtend, daß er nicht abbrach und nicht von der Mauer abriß. »Weißt du, was das ist?«

»Was denn?«

»Eine Lunte, verbunden mit einer mächtigen Ladung Trituol, die unter dem Stab des Armeekorps versteckt ist.«

»Und was macht man da?«

»Stopf dir die Ohren zu. Ich stecke die Lunte in Brand, und in wenigen Sekunden geht das Armeekorps in die Luft.«

Serenella hielt sich sogleich die Ohren zu, Giovannino tat, als ob er ein Streichholz anzündete und an die Lunte führte, zischte dann: fff ... und folgte der Flamme an der brennenden Lunte mit dem Blick. »Schmeiß dich auf die Erde, Serenella, schnell!« schrie er, hielt sich nun auch die Ohren mit den Händen zu, und beide warfen sich auf den Boden.

»Hast du gehört? Ein entsetzliches Krachen! Das Armeekorps gibt es nicht mehr.«

Serenella lachte, dieses Spiel war wirklich noch spaßiger.

Giovannino zog eine andere Ranke heraus. »Weißt du, wohin diese Lunte führt? Unter den Stab der Armee!«

Serenella hatte sich schon die Finger in die Ohren gestopft. Giovannino tat, als steckte er die Lunte an. »Wirf dich schnell hin. Giovannino!« schrie sie und gab ihm einen Schubs.

Auch die Armee war in die Luft geflogen.

»Und das ist für den Stab der Division!« Es war wirklich ein aufregendes Spiel.

»Und was läßt du jetzt hochgehen?« fragte Serenella, sobald sie wieder aufgestanden war.

Giovannino wußte nicht, was nach der Division kam.

»Ich glaube, da bleibt nichts mehr übrig«, sagte er. »Sie sind alle in die Luft geflogen.«

Und so stiegen sie zum Meer hinab, um Sandschlösser zu bauen.

Übersetzt von Caesar Rymarowicz

Das Auge des Herrn

»Das Auge des Herrn«, sagte sein Vater zu ihm und deutete dabei auf eins seiner Augen, ein altes wimpernloses Auge zwischen runzligen Lidern, rund wie ein Vogelauge, »das Auge des Herrn macht das Vieh fett.«

»Ja«, sagte der Sohn und blieb an dem Tisch aus grobem Holz im Schatten des großen Feigenbaums sitzen.

»Dann geh zu den Weizenschlägen und schau zu, während sie mähen«, sagte der Vater, den Finger noch immer unter dem Auge.

Der Sohn hatte die Hände in den Taschen vergraben, ein Windhauch bauschte den Rücken seines kurzärmeligen Hemdes.

»Ich gehe schon«, sagte er und blieb sitzen.

Die Hühner pickten zerquetschte Feigenreste vom Boden auf.

Als der Alte sah, wie sich sein Sohn der Trägheit überließ wie ein Schilfrohr dem Wind, fühlte er seine Wut von Sekunde zu Sekunde wachsen: Er zerrte Säcke aus dem Lager, mengte Kunstdünger, ließ Befehle und Beschimpfungen auf die gebeugten Männer niederhageln, drohte dem Hund an der Kette, der unter einer Wolke von Fliegen winselte. Der Sohn des Padrone rührte sich nicht vom Fleck und zog auch nicht die Hände aus den Taschen, er saß und starrte auf die Erde, den Mund zum Pfeifen gespitzt, als mißbilligte er eine solche Verschwendung von Kraft.

»Das Auge des Herrn«, sagte der Alte.

»Ich gehe ja«, antwortete der Sohn und machte sich ohne Eile auf den Weg.

Er schritt den Weinbergpfad entlang, die Hände in den Taschen, ohne die Füße mehr als nötig zu heben. Sein Vater stand breitbeinig unter dem Feigenbaum und beobachtete ihn eine Weile, die starken Fäuste im Rücken ineinandergeschlungen; einige Male war er nahe daran, ihm etwas hinterherzurufen, aber er schwieg und begann wieder Kunstdünger zu mischen.

Der Sohn sah im Gehen wieder die Farben des Tals, hörte

wieder das Summen der Hummeln in den Obstgärten. Jedesmal, wenn er in sein Heimatdorf zurückkehrte, nach Monaten, die er heimwehkrank in fernen Städten verbracht hatte, entdeckte er die Luft und die tiefe Stille seiner Heimat wieder wie ein vergessenes Zeichen der Kindheit, aber auch mit einer gewissen Pein. Jedesmal, wenn er in die Heimat zurückfuhr, wartete er gleichsam auf ein Wunder: Ich komme wieder, und diesmal wird alles eine Bedeutung haben, das Grün, das sich in abgetönten Streifen durch das Tal meines Landgutes zieht, die stets gleichen Gebärden der arbeitenden Menschen, das Wachsen jeder Pflanze, jedes einzelnen Zweiges; die Wut, die Gier nach diesem Land wird auch mich erfassen wie meinen Vater, bis ich mich von hier nicht mehr lösen kann.

Der Weizen stand in mehreren Schlägen auf einem steinigen abschüssigen Gelände, wo er nur kümmerlich wuchs, ein gelbes Rechteck mitten im Grau der Riedgrasböden, und zwei schwarze Zypressen, eine oben, die andere unten, schienen Wache zu halten. Die Tagelöhner waren im Weizen, und man sah das Schwingen der Sensen; nach und nach verschwand das Gelb wie ausradiert, und darunter kam wieder das Grau zum Vorschein. Der Sohn des Padrone stieg, auf einem Grashalm kauend, die Richtwege zum kahlen Hang hinauf; die Männer auf den Weizenschlägen hatten sicherlich schon gesehen, daß er heraufkam, und ihre Bemerkungen darüber gemacht. Er wußte, was die Leute über ihn dachten: Der Alte ist verrückt, aber sein Sohn ist blöde.

»Tag«, sagte U Pé zu ihm, als er ankam.

»Tag«, sagte der Sohn des Padrone.

»Tag«, sagten die anderen.

Und der Sohn des Padrone antwortete: »Tag.«

Ja eben: Alles, was zwischen ihnen zu sagen war, war gesagt. Der Sohn des Padrone setzte sich an den Rand des Schlages, die Hände in den Taschen.

»Tag«, rief noch eine Stimme vom höher gelegenen Schlag: Es war Franceschina, die Ähren raffte. Und er erwiderte noch einmal: »Tag.«

Die Männer mähten schweigend. U Pé war ein Greis, seine gelbe Haut hing ihm faltig um die Knochen; U Ché war in mittleren Jahren, war stark behaart und vierschrötig; Nanin war jung, ein magerer Rotschopf: Er hatte ein durchschwitztes Trikot an, und bei jedem Sensenstrich blitzte ein Streifen nackter Rücken auf und verschwand wieder. Die alte Girumina bündelte Ähren, am Boden kauernd wie ein großes schwarzes Huhn. Franceschina arbeitete auf dem Feld darüber und sang einen Rundfunkschlager. Jedesmal, wenn sie sich bückte, gab ihr Rock ihre Beine bis über die Knie frei.

Der Sohn des Padrone schämte sich, hier den Aufpasser zu spielen, aufrecht wie eine Zypresse, müßig inmitten derer, die arbeiteten. Jetzt sage ich ihnen, überlegte er, daß sie mir für einen Augenblick eine Sense geben sollen, und versuche es auch ein bißchen. Aber er schwieg und rührte sich nicht und starrte nur auf diesen Acker voll gelber, harter Stoppeln, von denen die Ähren abgeschnitten waren. Er wäre ja gar nicht imstande gewesen, die Sense richtig zu bewegen, und hätte eine schlechte Figur gemacht. Ähren auflesen, das konnte er tun, eine Arbeit für Frauen. Er bückte sich, hob zwei Ähren auf und warf sie der alten Girumina in die schwarze Schürze.

»Passen Sie auf, daß Sie nicht hintreten, wo ich noch nicht aufgelesen habe«, sagte die Alte.

Der Sohn des Padrone setzte sich wieder an den Feldrain und kaute an einem Strohhalm.

»Wohl mehr als im vorigen Jahr, dieses Jahr, wie?« fragte er.

»Weniger«, sagte der U Ché, »jedes Jahr wird es weniger.«

»Da waren doch die Fröste im Februar«, sagte U Pé. »Erinnern Sie sich, was das für Fröste im Februar gewesen sind?«

»Ja«, sagte der Sohn des Padrone. Aber erinnern konnte er sich nicht.

»Und da war der Hagelschlag im März«, sagte die alte Girumina. »Erinnern Sie sich noch an den März?«

»Ja, es hagelte«, sagte der Sohn des Padrone, und er log.

»Wenn es nach mir geht, dann war die Trockenheit im April das Schlimmste«, sagte Nanin. »Erinnern Sie sich noch an die Trockenheit?«

»Ja, den ganzen April hindurch«, sagte der Sohn des Padrone. Aber er erinnerte sich an nichts.

Jetzt hatten die Männer einen Streit über den Regen, den Frost und die Dürre angefangen: Der Sohn des Padrone stand außerhalb, war losgelöst von den Dingen der Erde, des Bodens.

Das Auge des Herrn. Er war nur das Auge. Doch wozu dient schon ein Auge, ein Auge allein, losgelöst von allem anderen? Es kann nicht einmal sehen. Gewiß, wäre sein Vater hier, dann würde er die Männer mit Beschimpfungen überschütten, würde finden, daß die Arbeit schlecht und zu langsam gemacht worden sei und die Ernte verdorben. Fast verlangte ihn danach, seinen Vater über diese Felder schreien zu hören, so wie man nach dem Knall im Trommelfell verlangt, wenn man jemand schießen sieht. Er selbst würde die Männer nie anschreien, und die Männer wußten das, deshalb arbeiteten sie auch so träge. Trotzdem zogen sie sicherlich seinen Vater vor, seinen Vater, der sie schuften ließ, seinen Vater, der auf diesen Ziegenhängen Weizen säen und ernten ließ, denn er war einer von ihnen, sein Vater. Er nicht, er war ein Fremder, der von ihrer Arbeit lebte, er wußte, daß sie ihn verachteten, vielleicht sogar haßten.

Die Leute hatten jetzt wieder das Gespräch aufgegriffen, das sie geführt hatten, bevor er gekommen war, über eine gewisse Frau aus dem Tal.

»Ja, so wurde erzählt«, sagte die alte Girumina, »mit dem Herrn Pfarrer.«

»Ja, ja«, sagte U Pé. »Der Pfarrer hatte zu ihr gesagt: Wenn du kommst, gebe ich dir zwei Lire.«

»Zwei Lire?« fragte Nanin.

»Zwei Lire«, sagte U Pé.

»Ja dann«, sagte U Ché.

»Wieviel ist das wohl heute, zwei Lire von damals?« fragte Nanin.

»Eine hübsche Menge«, sagte U Ché.

»Höllenhund«, sagte Nanin.

Alle lachten über die Geschichte mit jener Frau; auch der Sohn des Padrone lächelte, aber er begriff den Sinn solcher Geschichten nicht recht, Liebesgeschichten von knochigen und bärtigen und schwarzgekleideten Frauen.

Auch Franceschina würde so werden. Jetzt raffte sie Ähren, dort auf dem höher gelegenen Feld, sang einen Schlager, und jedesmal, wenn sie sich bückte, hob sich ihr Rock und enthüllte die weiße Haut in den Kniekehlen.

»Franceschina«, rief Nanin ihr zu, »würdest du für zwei Lire mit einem Priester ins Bett gehen?«

Franceschina stand aufrecht auf dem Feld, ein Bund Ähren gegen die Brust gepreßt. »Zweitausend?« rief sie.

»Höllenhund, zweitausend, fragt sie«, sagte Nanin verblüfft zu den anderen.

»Ich gehe weder mit Priestern noch mit Bürgerlichen ins Bett«, schrie die Franceschina.

»Aber mit Soldaten, ja?« rief U Ché.

»Auch nicht mit Soldaten«, entgegnete sie und begann wieder Ähren zu binden.

»Hat hübsche Beine, die Franceschina«, sagte Nanin, während er sie betrachtete.

Auch die anderen betrachteten sie und waren der gleichen Meinung.

»Schön gerade«, sagten sie. Der Sohn des Padrone sah hin, als hätte er sie nicht schon vorher betrachtet, und nickte zustimmend. Dabei wußte er, daß es keine schönen Beine waren, sie hatten harte Muskeln und waren behaart.

»Wann gehst du zu den Soldaten, Nanin?« fragte die Girumina.

»Höllenhund, jetzt handelt sich's doch darum, daß sie die Dienstuntauglichen noch einmal mustern wollen«, versetzte Nanin. »Wenn der Krieg nicht bald aus ist, werden sie mich auch noch einberufen, mit meinem Brustleiden.«

»Ist es wahr, daß Amerika in den Krieg eingetreten ist?« fragte U Ché den Sohn des Padrone.

»Amerika, ja«, antwortete er. Vielleicht könnte er jetzt etwas sagen. »Amerika und Japan«, sagte er, dann verstummte er. Was konnte man sonst noch sagen?

»Wer ist stärker, Amerika oder Japan?«

»Alle beide sind stark«, erwiderte der Sohn des Padrone.

»Und ist England stark?«

»Na ja, auch England ist stark.«

»Und Rußland?«

»Rußland auch.«

»Deutschland?«

»Auch.«

»Und wir?«

»Es wird ein langer Krieg werden«, sagte der Sohn des Padrone. »Ein langer Krieg.«

»Während des Ersten Weltkriegs«, sagte U Pé, »da war im Wald eine Höhle, in der sich zehn Deserteure versteckt hatten.« Und er deutete hinauf zu den Pinien.

»Wenn das noch eine Weile so dauert«, sagte Nanin, »dann werden wir alle in den Höhlen landen, sage ich euch.«

»Ach ja«, sagte U Ché, »wer weiß, wie das enden wird.«

»Alle Kriege«, sagte U Pé, »enden so: Wer genug hat, der hat genug.«

»Ja, wer genug hat, der hat genug«, sagten die anderen.

Der Sohn des Padrone ging, an einem Strohhalm kauend, die Ackerstreifen hinauf bis zur Franceschina. Er schaute auf die weiße Haut in ihren Kniekehlen, wenn sie sich bückte, um die Ähren zu bündeln. Vielleicht würde es mit ihr leichter sein; er könnte so tun, als ob er ihr den Hof machte.

»Gehst du nie in die Stadt, Franceschina?« fragte er. Es war eine alberne Art, ein Gespräch anzufangen.

»Manchmal gehe ich Sonntag nachmittag runter. Wenn Jahrmarkt ist, gehe ich zum Jahrmarkt, sonst ins Kino.«

Sie hatte aufgehört zu arbeiten. Das hatte er nicht beabsichtigt: Wenn das sein Vater gesehen hätte! Anstatt aufzupassen, brachte er die Frauen bei der Arbeit zum Schwatzen.

»Macht es dir Spaß, in die Stadt zu gehen?«

»Ja, Spaß macht es mir. Aber eigentlich, wenn man abends zurückkommt, was hat man schon davon gehabt. Am Montag geht es wieder von vorne los, und gewesen ist gewesen.«

»Ach ja«, sagte er und kaute an dem Strohhalm. Nun mußte er sie in Ruhe lassen, sonst würde sie nicht mehr arbeiten. Er drehte sich um und stieg hinab.

Auf dem Schlag unter ihm hatten die Männer ihre Arbeit fast beendet, und Nanin band die Lasten in die Zeltplanen, damit sie sie auf dem Rücken hinuntertragen konnten. Das Meer, das gegenüber den Hügeln bis hoch an den Himmel reichte, begann sich im Sonnenuntergang violett zu färben. Der Sohn des Padrone betrachtete sein Land, das aus Steinen und harten Stoppelfeldern bestand, und begriff, daß er ihm immer hoffnungslos fremd bleiben würde.

Übersetzt von Caesar Rymarowicz

Das Huhn in der Werkhalle

Der Wächter Adalberto besaß ein Huhn. Er gehörte zum innerbetrieblichen Wachdienst einer großen Fabrik, das Huhn hielt er auf einem kleinen Hof dieser Fabrik, und der Vorsteher der Wache hatte es ihm erlaubt. Adalberto träumte davon, sich nach und nach einen ganzen Hühnerhof anzulegen, und den Anfang machte er eben, als er sich dieses Huhn kaufte, das ihm als gute Legehenne und als ein stilles Tier empfohlen worden war, das nie wagen würde, die strenge industrielle Atmosphäre durch lautes Gackern zu stören. In der Tat, er durfte zufrieden sein: Das Huhn legte ihm wenigstens ein Ei pro Tag und hätte, wenn man von seinem sporadischen, leisen Singen absah, als völlig stumm gelten können. Die Erlaubnis, die Adalberto eingeholt hatte, sah zwar nur eine Aufzucht im Käfig vor, aber da das Hofgelände – erst seit wenigen Jahren der mechanischen Zivilisation erschlossen – nicht nur reich an verrosteten Schrauben, sondern auch an Regenwürmern war, ließ man das Huhn stillschweigend gewähren, so daß es pickend umherlief. Es kam und ging in den Abteilungen, mit diskreter Zurückhaltung, den Arbeitern wohlbekannt und von ihnen um seine Freizügigkeit und Verantwortungslosigkeit beneidet.

Eines Tages entdeckte der alte Dreher Pietro, daß sein Altersgenosse Tommaso, ein Prüfer, die Taschen voller Maiskörner hatte, als er in die Fabrik kam. Seiner bäuerlichen Herkunft eingedenk, hatte der Prüfer sogleich die produktiven Kapazitäten des Huhns erkannt, und da er diese richtige Einschätzung mit dem Wunsch verband, sich für erlittene Unbill zu rächen, ging er behutsam daran, sich das Huhn des Wächters willfährig zu machen und zu verleiten, daß es die Eier in eine Schachtel mit Abfällen legte, die unmittelbar neben seiner Werkbank stand.

Wenn Pietro bei seinem Freund eine heimliche List gewahrte, so berührte ihn das jedesmal unangenehm, denn er war nie darauf vorbereitet, und sofort bemühte er sich, es ihm gleichzutun. Seit es als ausgemacht galt, daß sie Verwandte wurden – Pietros Sohn hatte sich in den Kopf gesetzt, Tommasos Tochter zu heiraten –, gerieten sie immer wieder aneinander. Auch er beschaffte sich also Maiskörner, stellte einen Kasten bereit und versuchte, soweit die Maschinen, auf die er aufzupassen hatte, es ihm erlaubten, das Huhn anzulocken. So wurde diese Partie, deren Einsatz nicht so sehr das Ei als vielmehr eine moralische Revanche war, mehr zwischen Pietro und Tommaso als zwischen diesen beiden und Adalberto ausgetragen, der die Arbeiter beim Hereinkommen und Hinausgehen kontrollierte, in ihren Taschen und Anzügen fummelte, aber von allem anderen – der Ärmste! – keine Ahnung hatte.

Pietro war allein in einer Ecke der Werkhalle, die von einem Stück Wand begrenzt war und etwas wie einen Raum für sich, einen »kleinen Saal« bildete. Eine Glastür führte von hier auf einen Hof hinaus. Ein paar Jahre zuvor hatten in diesem Raum noch zwei Maschinen und zwei Arbeiter gestanden, Pietro und ein anderer. Doch dann mußte sich der andere wegen eines Bruches in Behandlung begeben, und Pietro hatte vorübergehend beide Maschinen zu bedienen. Er lernte seine Bewegungen so zu regulieren, wie die Situation es erforderte: Er drückte einen Hebel an der einen Maschine herunter und lief an die zweite, um das fertige Werkstück herauszunehmen. Der Bruchkranke wurde operiert, kam wieder, wurde aber einer anderen Kolonne zugeteilt. Pietro blieb nun endgültig mit den beiden Maschinen allein; ja, um ihm verständlich zu machen, daß es nicht etwa ein zufälliges Vergessen war, erschien bei ihm ein Zeitnehmer, um die Zeiten zu messen, und ließ noch eine dritte Maschine dazustellen. Er hatte nämlich ausgetüftelt, daß Pietro zwischen den Verrichtungen an der einen und an der anderen ein paar Sekunden übrig hatte. Und schließlich, bei einer allgemeinen Überprüfung der Akkordleistungen, mußte er, damit ein wer weiß wie hoher Betrag herauskam, noch eine vierte Maschine übernehmen. Mit sechzig Jahren hatte er also lernen müssen, in der gleichen Zeit das Vierfache an Arbeit zu leisten; da jedoch sein Lohn unverändert blieb, wirkte es sich auf sein Leben nicht nennenswert aus, abgesehen davon, daß er sich ein Bronchialasthma zuzog und sich das Laster angewöhnte, einzuschlafen, sobald er nur saß, ganz gleich, in welcher Gesellschaft und in welcher Umgebung er sich befand. Aber er war ein robuster Greis, vor allem strotzte er von moralischer Vitalität, und immer hoffte er, am Vorabend großer Umwälzungen dabeizusein.

Acht Stunden täglich lief Pietro zwischen den vier Werkbänken hin und her und absolvierte bei jedem Rundgang die gleiche Abfolge von Bewegungen, die ihm nun schon so vertraut waren, daß er sie von allem überflüssigen Drum und Dran befreien konnte und daß es ihm sogar gelungen war, die Kadenz des Asthmas mit dem Arbeitsrhythmus abzustimmen. Auch seine Pupillen bewegten sich nach einem Plan, der an Genauigkeit mit dem der Gestirne wetteifern konnte, denn jede Maschine machte bestimmte Blicke erforderlich, mit denen er kontrollierte, daß sie nicht stehenblieb und ihm den Akkord über den Haufen warf.

Nach der ersten Arbeitsstunde bereits war Pietro müde, und der Fabriklärm legte sich ihm auf die Trommelfelle wie eine einzige summende Geräuschkulisse, aus der sich der kombinierte Rhythmus seiner Maschinen heraushob. Geschoben von diesem Rhythmus, schritt er nahezu betäubt auf und ab, bis dann, süß wie das Auftauchen einer Küste vor dem Auge des Schiffbrüchigen, das Ächzen der Transmissionsriemen erscholl, die ihren Lauf verlangsamten und unterbrachen, weil ein Defekt vorlag oder die Schicht zu Ende war.

Aber die Freiheit des Menschen ist schier unerschöpflich, denn selbst unter diesen Bedingungen vermochte Pietros Denken, sein Spinnennetz von einer Maschine zur anderen zu weben, unablässig zu fließen wie der zarte Faden aus den Drüsen der Spinne, und so war er denn inmitten dieser Geometrie von Schritten, Handgriffen, Blicken und Reflexen dann und wann Herr seiner selbst, gelassen wie ein Großvater auf dem Lande, der am späten Vormittag in die Laube geht, die Sonne betrachtet, dem Hunde pfeift und die Enkel beaufsichtigt, die an den Ästen schaukeln, und der Tag für Tag beobachtet, wie die Feigen reifen.

Gewiß, diese Freiheit der Gedanken ließ sich nur durch eine besondere Technik erreichen, die eine lange Zeit der Übung voraussetzte: Man mußte zum Beispiel den Gedankengang in dem Moment unterbrechen können, in dem die Hand dem Werkstück unter die Drehbank zu folgen hatte, und ihn fortsetzen, ihn gewissermaßen auf das Werkstück stützen, während es durch die Rille lief; vor allem aber mußte man den Augenblick nutzen, in dem man zu gehen hatte, denn nie denkt es sich so gut wie dann, wenn man ein vertrautes Stück Weges zurücklegt, obschon es sich hier nur um zwei Schritte handelte: eins-zwei. Aber was konnte nicht alles auf dieser kurzen Strecke gedacht werden! Ein glücklicher Lebensabend, aus lauter Sonntagen bestehend, die man auf Plätzen zubrachte, um sich Reden anzuhören, ganz dicht bei den Lautsprechern, mit gespitzten Ohren; ferner eine Anstellung für den Sohn, der keine Arbeit hatte, und dann gleich einen Sprung weiter, indem man sich vorstellte, daß man mit einer ganzen Schar Enkel, sämtlich mit einer Angel bewehrt, an Sommerabenden auf dem Gemäuer am Fluß hockte; und schließlich eine Wette, die man Freund Tommaso vorschlagen könnte, über Radrennfahrer oder über die Regierungskrise, bei der aber der Einsatz so hoch sein mußte, daß Tommaso eine Weile die Lust verging, sich weiter so starrsinnig zu zeigen – doch gleichzeitig hatte man mit den Augen den Transmissionsriemen zu verfolgen, damit er nicht an der gewohnten Stelle vom Rad rutschte.

Wenn im Mai – hoch den Hebel! – mein Sohn die Tochter dieses Esels heiratet – jetzt das Werkstück in die Drehbank schieben! –, räumen wir das große Zimmer – nun geht er die zwei Schritte –, und das junge Paar kann, wenn es am Sonntag bis Mittag im Bett bleibt, die Berge durch das Fenster betrachten – jetzt den anderen Hebel herunterdrücken! –, und ich richte mich mit meiner Alten in dem kleinen Zimmer ein – leg jetzt die Stücke an ihren Platz! –, uns macht es nichts aus, wenn wir von dort den Gasometer durchs Fenster sehen … Hier wechselt er zu einer anderen Art von Überlegungen über, als hätte ihn das Bild des Gasometers nahe beim Haus in die Realität des Alltags zurückversetzt, vielleicht auch, weil eine Hemmung an der Drehbank ihm eine kämpferische Haltung eingeflößt hat: Wenndieabteilungwalzwerkeineagitationzurfragederakkordestartet, können wir uns – Achtung! Es liegt schief! – ihr anschließen – Achtung! – mit der For … mit der Forderung – es ist durch, potzblitz! – nach progressiver Einstufung unserer Spe … zia … lisie … rungen …

So bedingte der Lauf der Maschinen den Lauf der Gedanken und trieb ihn zugleich voran. Und das Denken wurde bei diesem mechanischen Gerüst allmählich behend und elastisch, so wie sich der sehnige, schlanke Körper eines jungen Ritters der Rüstung anpaßt und die Muskeln darin zu spannen und zu entspannen vermag, um den eingeschlafenen Arm zu strecken, sich zu recken, das juckende Schulterblatt an der eisernen Rükkenplatte zu reiben, die Hinterbacken zusammenzuziehen, die an den Sattel gedrückten Hoden zu verlagern und den großen Zeh von dem zweiten zu spreizen. Ebenso lockerte und entfaltete sich Pietros Denken in diesem Gefängnis aus nervöser Spannung, Automatismus und Erschöpfung.

Es gibt nämlich keinen Kerker, der nicht auch seinen Lichtstrahl hätte. Und so gelangt man selbst in einem System, das für sich beansprucht, die kleinsten Bruchteile der Zeit zu nutzen, zu der Entdeckung, daß es bei einer gewissen Organisation der eigenen Bewegungen einen Augenblick gibt, in dem sich vor uns ein wunderbarer Urlaub von ein paar Sekunden auftut und in dem man drei Schritte auf eigene Rechnung machen, sich den Bauch kratzen oder aber ein Liedchen trällern kann, und wenn nicht gerade der Werkmeister zugegen ist, um Unannehmlichkeiten zu bereiten, dann findet man auch zwischen einem Arbeitsgang und dem anderen die Zeit, ein paar Worte mit einem Kollegen zu wechseln.

So konnte Pietro, als das Huhn auftauchte, »Put, put, put!« rufen und in Gedanken das eigene Hin und Her zwischen den Maschinen – er dick, groß und plattfüßig – mit den Bewegungen der Henne vergleichen, und er begann jene Spur Maiskörner zu streuen, die das Huhn an die Kiste mit den Eisenspänen locken sollte, damit es ein Ei für ihn legte und nicht für den Schergen Adalberto oder für den Freund und Rivalen Tommaso.

Aber weder Pietros noch Tommasos Nest vermochten das Huhn zu inspirieren. Die Henne schien das Ei schon am frühen Morgen in Adalbertos Käfig zu legen, bevor sie ihren Gang durch die Abteilungen antrat. Und sowohl der Dreher als auch der Prüfer pflegten das Huhn zu ergreifen und abzutasten, sobald sie es erblickten. Das Huhn, zahm von Natur wie eine Katze, ließ es mit sich geschehen, doch war es immer leer.

Es muß gesagt werden, daß Pietro seit einigen Tagen nicht mehr allein war mit seinen vier Maschinen; das heißt, die Kontrolle über die vier Maschinen blieb ganz und gar ihm überlassen, aber man hatte bestimmt, daß eine festgesetzte Anzahl von Werkstücken nachbearbeitet wurden, und ein mit einer Feile bewaffneter Arbeiter nahm hin und wieder eine Handvoll solcher Stücke, trug sie an sein Tischchen und – frinfrin, fronfron – schabte er in aller Seelenruhe zehn Minuten daran. Er bedeutete für Pietro keine Hilfe, im Gegenteil, er behinderte ihn nur, denn er lief ihm immer vor die Beine, und es war klar, daß seine wahren Obliegenheiten anderer Art waren. Er war ein Typ, den die Arbeiter bereits sehr gut kannten, und er hatte auch einen Spitznamen: Giovannino aus der Kloake.

Er war ein schmächtiges Kerlchen mit rabenschwarzer, krauser Mähne und einer Nasenspitze, die sich hochreckte und dabei die Oberlippe mitzog. Wo man ihn aufgetrieben hatte, wußte keiner zu sagen; man wußte nur, daß der erste Posten, den er nach der Einstellung erhielt, der eines Wärters in den Aborten war. In Wirklichkeit sollte er sich den ganzen Tag dort aufhalten, um zu lauschen und zu denunzieren. Was es denn so Wichtiges auf dem Klosett zu hören gab, war nicht bekannt; es scheint, daß einmal zwei vom Betriebsarzt oder einer anderen teuflischen Einrichtung der Gewerkschaften in Anbetracht dessen, daß sie keine Möglichkeit hatten, an einem anderen Ort ein paar Worte zu wechseln, ohne auf der Stelle entlassen zu werden, ihre Gedanken von einer Kabine zur anderen austauschten, während sie ein natürliches Bedürfnis vortäuschten. Das soll nicht heißen, daß die Aborte für die Arbeiter einer Fabrik stille Plätzchen wären, so wie sie nun einmal gebaut sind: ohne Türen oder nur mit einer niedrigen Klappe, die Kopf und Oberkörper frei läßt, damit sich dort niemand aufhalten kann, um zu rauchen, und wo die Wärter von Zeit zu Zeit überprüfen, daß man nicht etwa zu lange sitzt und ob man dort überhaupt sitzt, um sich zu entleeren, oder nur, um sich auszuruhen – gleichviel, für alle anderen im Betrieb sind es freundliche und beschauliche Orte. Tatsache ist, daß jene beiden beschuldigt wurden, in der Arbeitszeit Politik getrieben zu haben, und daraufhin entlassen wurden. Zweifellos hatte einer sie denunziert, und bald hatte man auch Giovannino aus der Kloake als den Zuträger identifiziert, der fortan so genannt wurde. Er saß dort eingeschlossen. Frühling war es, doch er hörte nur den ganzen Tag Wasserrauschen, Sprudeln, Plumpsen und Brodeln. Und er träumte von wilden Gebirgsbächen und frischer Luft. Keiner sprach mehr in den Kabinen. Deshalb nahm man ihn dort weg. Da er ein Mann ohne Fertigkeiten war, wurde er mal dieser, mal jener Kolonne zugeteilt, mit allgemeinen, offensichtlich völlig nutzlosen Aufgaben und geheimen Spitzelaufträgen betraut, mit denen ihn die ständig angstgeplagten Leiter des Betriebes bedachten. Die Arbeitskollegen wandten ihm überall stumm den Rücken zu und würdigten die überflüssigen Handwerkeleien, die er aufs beste auszuführen sich bemühte, mit keinem Blick.

Nun hatte man ihn gar einem alten Arbeiter auf die Fersen gehetzt, der taub und ganz allein war. Was konnte er bei dem schon entdecken? War er vielleicht selbst auf der letzten Stufe angelangt, bevor man ihn auf die Straße setzte, wie die Opfer seiner Denunziationen? Und Giovannino aus der Kloake zermarterte sein Hirn, um eine Spur zu finden, einen Verdacht, ein Indiz. Es war ein günstiger Zeitpunkt. Die ganze Fabrik war in Alarmzustand, unter den Arbeitern gärte es, der Direktion standen die Haare zu Berge. Seit einiger Zeit nun brütete Giovannino an einer Idee. Jeden Tag, zu einer bestimmten Stunde, tauchte ein Huhn in der Werkhalle auf. Der Dreher Pietro berührte es. Er lockte es mit zwei Maiskörnern, näherte sich ihm und schob eine Hand unter das Tier. Was sollte das nur bedeuten? War es eine Methode, geheime Nachrichten von einer Abteilung in die andere zu schmuggeln? Giovannino war davon felsenfest überzeugt. Pietros Griff unter das Huhn ließ wirklich darauf schließen, daß er in den Federn des Hühnervogels etwas suchte oder daß er etwas hineinsteckte. Eines Tages folgte Giovannino aus der Kloake dem Huhn, als Pietro es losgelassen hatte. Das Huhn überquerte den Hof, erklomm einen Haufen von Eisenträgern, und Giovannino balancierte ihm nach. Es verschwand in einem Kanalisationsrohr – Giovannino kroch auf allen vieren hinterdrein –, es stolzierte über einen anderen Teil des Hofes und verschwand in der Abteilung Gütekontrolle. Dort war ein zweiter Greis, der es schon zu erwarten schien. Er spähte am Eingang nach dem Huhn, und kaum hatte er es erblickt, da ließ er Hammer und Schraubenschlüssel liegen und trat ihm entgegen. Das Huhn stand auch mit ihm auf vertrautem Fuße, denn es ließ sich von ihm an den Beinen hochheben und ebenfalls abtasten. Giovannino war jetzt sicher, daß er einen bedeutsamen Fang gemacht hatte. Die Mitteilung, dachte er, wird jeden Tag von Pietro an diesen hier weitergegeben. Wenn das Huhn morgen bei Pietro war, werde ich es verhaften und durchsuchen lassen.

Am nächsten Tag beobachtete Pietro, nachdem er das Huhn noch einmal skeptisch abgetastet und dann melancholisch wieder auf den Boden gesetzt hatte, daß Giovannino aus der Kloake seine Feile hinwarf und sich eilends entfernte.

Auf seinen Alarm hin schritt der Wachdienst zur Festnahme. Das Huhn wurde auf dem Hof überrascht, als es Insektenlarven zwischen den im Sand herumliegenden Nieten pickte, und in das Büro des Vorstehers der Wache gebracht.

Adalberto ahnte noch immer nichts. Da in dieser Angelegenheit seine stillschweigende Billigung nicht ausgeschlossen schien, wurde die Aktion ohne sein Wissen ausgeführt. Auf dem Revier kamen ihm fast die Tränen, als er das Huhn in den Händen seiner beiden Kollegen erblickte. »Was hat es getan? Wie ist das möglich? Ich habe es immer im Käfig gehalten!« begann er, in der Annahme, ihm werde zur Last gelegt, daß er es auf dem Fabrikgelände frei umherlaufen ließ.

Doch die Beschuldigungen waren ernsterer Natur, das merkte er bald. Der Vorsteher der Wache überschüttete ihn mit Fragen. Er war Carabinieri-Wachtmeister im Ruhestand und übte über die ehemaligen Carabinieri der Wache die gleiche Macht aus wie im aktiven Dienst. Beim Verhör ließ sich Adalberto mehr von der Angst vor einer Kompromittierung leiten als von seiner Liebe zu dem Huhn oder von den Hoffnungen auf künftige Geflügelzuchterfolge. Er streckte beschwörend die Hände aus und suchte sich dafür zu rechtfertigen, daß er das Huhn habe frei umherlaufen lassen. Als er aber über die Beziehungen zwischen dem Huhn und den Gewerkschaften befragt wurde, wagte er nicht länger, es in Schutz zu nehmen oder zu entschuldigen. Er verbarrikadierte sich hinter einer Serie von »Ich weiß nicht, ich habe damit nichts zu tun«, einzig und allein darauf bedacht, daß jegliche Verantwortung in dieser Angelegenheit von ihm genommen werde.

Das Vertrauen zu dem Wächter war wiederhergestellt, doch er betrachtete das seinem Schicksal überlassene Huhn mit Pein, und im Herzen war er dem Weinen nahe.

Der Wachtmeister befahl, das Huhn zu durchsuchen. Einer der Wächter schützte Übelkeit vor, ein anderer entfernte sich nach einem Schwall von Schnabelhieben, am blutenden Finger lutschend. Zu guter Letzt traten die unfehlbaren Experten vor, froh, ihren Eifer beweisen zu können. Es stellte sich heraus, daß der Eileitergang frei von Sendschreiben war, die den Interessen des Betriebes zuwiderliefen, aber auch von solchen anderer Art. Der Wachtmeister, der verschiedensten Kriegstechniken kundig, befahl, unter den Flügeln nachzusehen, wo der Taubenzüchterverein seine Botschaften in besonders versiegelten Kapseln zu verstecken pflegt. Man prüfte auch dort nach, der Schreibtisch bedeckte sich mit Federn, Flaum und Spritzflekken, aber nichts wurde gefunden.

Dennoch wurde das Huhn verurteilt, da es für allzu verdächtig und treulos gehalten wurde, um unschuldig zu sein. Zwei Männer in schwarzen Uniformen hielten es auf dem düsteren Hof an den Beinen, während ein dritter ihm den Hals umdrehte. Es stieß einen langen, herzzerreißenden letzten Schrei aus, ein grausiges Gackern, obwohl es sonst doch so diskret gewesen war, daß es nie ein freudiges Gackern hatte erschallen lassen. Adalberto verhüllte sein Gesicht mit den Händen. Der süße Traum von einem Stall voll piepsender Hühnchen war, kaum geboren, wieder zerronnen. So wendet sich die Maschinerie der Unterdrückung stets gegen den, der ihr dient. Der Betriebsinhaber, der besorgt der Unterredung mit dem Betriebsrat entgegensah, der wegen der Entlassungen protestieren wollte, hörte in seinem Büro den Todesschrei des Huhns, und eine bange Ahnung beschlich ihn.

Übersetzung von Caesar Rymarowicz

Trügerisches Dorf

Im Schlaf war ihm, als bisse ein Tier, eine Art Skorpion oder Krebs, ihn ins Bein, beim Schenkelknochen. Er wachte auf. Die Sonne stand hoch, und Toms Augen blinzelten geblendet. Wohin er den Blick kreisen ließ, sah er Stücke strahlenden Himmels zwischen die Zweige der Pinien gezeichnet. Dann erkannte er die Stelle wieder, wo er sich todmüde hingeworfen, als das verwundete Bein zu sehr geschmerzt hatte und es zu dunkel geworden war, um den Weg mit den Kameraden wiederzufinden. Sofort senkte er den Blick auf sein Bein: Der Verband klebte als harter, schwärzlicher Fleck an der Wunde, und ringsum war eine Schwellung.

Eine Angelegenheit ohne Bedeutung, so schien es. Er hatte es im Kampf kaum bemerkt, als er den Streifschuß am Oberschenkel erhielt. Später war es dann sein Fehler gewesen, beim Rückzug durch den Wald zu erklären: »Nein, nein, ich kann sehr gut gehen, ich werde schon allein fertig.« Und da war es ihm tatsächlich so vorgekommen, als hinkte er nur ein klein wenig. Als plötzlich eine Salve zwischen den Bäumen über sie hinstrich und die Partisanen sich über das Gelände verteilten, begann Tom zurückzubleiben. Rufen war unmöglich; so verlor er die anderen, und es wurde Nacht. Er hatte sich auf die Piniennadeln geworfen und wer weiß wie lange geschlafen. Jetzt war heller Tag. Er fühlte sich etwas fiebrig. Und wußte nicht, wo er war.

Er stand auf, hängte sich das Gewehr über und stützte sich auf einen Nußbaumast, der ihm seit dem Vortag als Stock diente. Er hatte keine Ahnung, welche Richtung er einschlagen sollte, hier im Wald gab es keinen Rundblick. Auf der Seite zum Berg hin ragte ein grauer Felsen; mühsam kletterte Tom hinauf. Er sah, wie sich das Tal vor ihm öffnete. Unter der reglosen Glocke des Himmels, genau in der Mitte, lag ein Dorf auf einem Hügel, und ringsum fielen magere Weingärten zur Talsohle ab. Eine staubige Fahrstraße wand sich zu dem Dorf hinauf. Alles war still und regungslos. Kein menschliches Wesen tauchte vor den Türen oder in den Feldern auf. Kein Vogelflug. Leer lag die Straße in der Sonne, als hätten die Eidechsen sie angelegt. Keine Spur von Feinden; seltsam, sich vorzustellen, daß dies der Tag nach einem Gefecht war.

In dem Dorf war Tom schon einmal gewesen. Nicht kürzlich, sondern vor mehreren Monaten. Seit einiger Zeit sandten die Partisanen nur noch dann und wann einen kleinen Spähtrupp dorthin, ohne sich länger blicken zu lassen; denn wenn dies auch nicht ein fester Stützpunkt des Feindes war, so verbanden doch mehrere Wege das Dorf mit anderen Gemeinden, in denen starke Truppeneinheiten lagerten; man mußte immer auf eine Falle gefaßt sein. In der guten Zeit vorher, so erinnerte sich Tom, als das ganze Gebiet in den Händen der Partisanen war und man sich in allen Dörfern wie zu Hause fühlte, hatte er hier einen Tag verbracht: Mädchen hatten Blumen gebracht, volle Teller mit Nudeln auf gedeckte Tische gestellt, es gab Tanz im Freien, freundliche Gesichter, Lieder.

»Ich gehe ins Dorf«, sagte Tom vor sich hin, »dort gibt es bestimmt Leute, die mir helfen, die Kameraden wiederzufinden.«

Doch da kam ihm ein Satz in den Sinn, den einer der Gefährten, Fulmine hieß er, ausgesprochen und auf den er damals nicht weiter geachtet hatte. Es war während jenes Festes, und Fulmine hatte eine Anspielung auf all die Dorfbewohner gemacht, die er besonders gern hier getroffen hätte und die sich nicht blicken ließen ... Und Fulmine hatte in seinen schwarzen Bart hineingegrinst und den Abzug seines Karabiners gestreichelt. Doch schließlich redete Fulmine immer so, und Tom verjagte den Gedanken. Er verließ den Wald und schritt die Straße hinab.

Die Sonne strahlte noch immer, doch schien sie vor Glut und Hitze selbst wie ermattet. Gelbe Wolken schoben sich über den Himmel. Tom bemühte sich beim Weitergehen, das Bein nicht zu beugen, um den Schmerz zu vermeiden; Schweißtropfen perlten auf seiner Stirn, er konnte es gar nicht erwarten, die ersten Häuser zu erreichen, mehr noch: jemanden herauszuklopfen, ein Lebenszeichen in diesem Haufen von Dächern und geschlossenen Fenstern zu erblicken.

An der Mauer, die ein Feld umgab, leuchtete ein Anschlag. »Bekanntmachung«, hieß es da. »Das Kommando der deutschen Wehrmacht gibt bekannt: Wer dazu beiträgt, einen Rebellen lebend oder tot gefangenzunehmen ...«

Mit der Spitze seines Stockes riß Tom das Papier ab; doch er mußte sich anstrengen, es war fest angeklebt und hielt etwas aus.

Hinter der Mauer war ein Drahtzaun. Ein Huhn pickte auf der Erde herum, im Schatten eines Feigenbaums. Wo ein Huhn war, mußten auch Menschen zu finden sein; Tom sah durch die Maschen des Zauns Blätter von Kürbispflanzen, die sich an einer Pergola emporrankten. Bis er endlich ein Gesicht erblickte, das reglos und gelb, selbst wie ein Kürbis, zu ihm herübersah. Es war eine alte Frau, in schwarze Tücher gehüllt.

»Hallo!« rief Tom, und die Alte kehrte ihm schweigend den Rücken und ging davon. Auch das Huhn drehte sich um und folgte ihr. »Hallo!« rief Tom noch einmal, um sie zurückzuhalten, doch die Alte und das Huhn verschwanden in einer Art Hühnerstall, und man hörte das Scharren eines rostigen Riegels.

Tom ging weiter. Der Schmerz im Bein verstärkte sich, daß ihm fast übel wurde. Vor ihm lag der Eingang zu einem Dreschplatz, und Tom trat näher. Mitten auf dem freien Platz stand regungslos ein fetter Hammel. Ein gebrechlicher Greis mit dem Hut über den Augen und einem Überwurf trotz der Hitze zog ihn an einem Strick. Tom schritt ihm entgegen.

»Hören Sie mal, heute streifen doch wohl keine Deutschen in der Gegend herum?« fragte er. Der Alte blieb stehen, den Blick gesenkt, schüttelte den Kopf und murmelte wie zu sich selbst: »Deutsche? ... Weiß ich nicht ... Nie gesehen hier, die Deutschen.«

»Wieso nie gesehen?« fragte Tom. »Und gestern? Sind sie etwa nicht gestern hier heraufgestiegen? Hat es kein Gefecht gegeben?«

Der Alte wickelte sich fest in sein Mäntelchen. »Ich weiß von nichts, gar nichts ...« Tom machte eine ungeduldige Bewegung. Die Wunde zog, er spürte, wie die Muskeln sich verkrampften. Und wieder stand er allein draußen.

Die Straße stieg zwischen den Häusern an. Es war vielleicht unvorsichtig, so, allein und verwundet, in das Dorf einzudringen. Immerhin hatte Tom noch seine Waffen, außerdem erinnerte er sich genau, wie herzlich sie an jenem Festtag empfangen worden waren, wie viele Freunde die Partisanen unter den Dorfbewohnern hatten.

Da, um die Ecke des nächsten Hauses bog ein Mann, ein dicker Kerl mit rotem Stiernacken. Tom folgte ihm, als er die Treppenstufen außen am Haus emporklomm.

»Hören Sie«, sagte Tom, doch der Mann drehte sich nicht um, und Tom stieg hinter ihm her und hinderte ihn gerade noch, die Tür zu schließen.

»Was wollen Sie?« fragte der Dicke.

Tom sah vor sich einen gedeckten Tisch mit dampfender Minestra, und Menschen saßen mit dem Löffel in der Hand ringsherum, drei vollbusige Frauen mit behaarter Oberlippe und ein magerer Jüngling, dem ebenfalls ein Bärtchen unter der Nase sproß.

»Einen Teller Suppe!« sagte Tom und trat entschlossen näher. »Seit achtundvierzig Stunden habe ich nichts gegessen. Ich bin verwundet.«

Die Blicke der üppigen Frauen und des Knaben wandten sich von Toms Gesicht ab und dem des Familienoberhauptes zu. Der stieß etwas Luft durch die Nase und erwiderte, »Es ist verboten. Wir können nicht. Verfügung.«

»Eine Verfügung?« fragte Tom. »Aber wovor habt ihr denn Angst? Hier ist ja nicht einmal ein deutscher Posten! Die Verfügung reißt man einfach herunter.«

»Es ist verboten«, wiederholte der dicke Mann.

Jetzt lege ich auf ihn an, dachte Tom, doch er fühlte sich unsäglich schwach und mußte sich schwer auf den Stock stützen. Er hätte sich gern gesetzt, doch es war kein Stuhl mehr frei.

Als er den Blick durchs Zimmer schweifen ließ, sah er an einer Wand, halb versteckt hinter einem Kalender, das Bild eines Pferdes. Es war ein muskulöses Tier mit breiter Brust, und in den Bügeln staken zwei schwarze Stiefel, und über den Stiefeln war eine bäuchige Uniform mit vielen Orden, und den Rest sah man nicht. Tom hob den Kalender hoch: Da war die Kinnlade, und da war der glänzende Helm Mussolinis.

»Was macht der denn hier?« fragte er.

»Ach, das ist ein Bild von früher, wir haben schon lange nicht mehr richtig Ordnung gemacht«, erklärte der dicke

Mann und werkte an dem Bild herum, wie um es zu verstecken, gleichzeitig aber auch abzustauben.

»Ich verstehe das nicht«, sagte Tom, mehr zu sich selbst, »vor ein paar Monaten habt ihr uns doch so gut aufgenommen hier im Dorf ... Die Nudeln, Tagliatelle waren es ... der Tanz ... die Blumen ... Wißt ihr nicht mehr?«

»Nee ... Wir waren damals nicht im Dorf«, antwortete der Mann.

»Aber die Nudeln« – und er konnte sich nicht länger zurückhalten und sprang auf eine der bärtigen Frauen zu – »waren aus unserem Mehl! Dreißig Säcke!« Doch schon unterbrach er sich, als er merkte, daß der Mann ihn wütend ansah.

Tom entsann sich der Worte Fulmines. »Aber wo sind sie denn, die von damals, unsere Freunde, wo?«

»Hm«, knurrte der Dicke, »keine Ahnung ... Viele Familien haben sich ... abgesetzt in letzter Zeit ... Junger Mann, ich rate Ihnen, gehen Sie zum Gemeindehaus, melden Sie sich beim Schulzen, dort wird man Ihnen helfen ...«

Zum Schulzen? Dem jage ich eine ganze Ladung in den Bauch, eurem Schulzen! wollte Tom schon sagen, aber er fühlte, wie es ihm dunkel vor den Augen wurde, und der Mann stieß ihn vor sich her, fast ohne ihn zu berühren, aus der Tür hinaus. »Einen Arzt brauche ich ... bin verwundet ...«

»Gewiß, natürlich, einen Arzt«, stimmte der Dicke zu. »Den finden Sie auf dem Marktplatz, er ist da immer um diese Zeit.« Und damit hatte er ihn auf die Treppe geschoben und ihm die Tür hinter dem Rücken verschlossen.

Tom stand wieder auf der Straße. Jetzt waren ein paar Leute gekommen; sie flüsterten miteinander, wandten sich ab, als er vorbeiging, und wichen seinem Blick aus. Er sah einen langen, ausgemergelten Priester mit elfenbeinblassem Gesicht, der mit einer kleinen, ungekämmten Frau sprach; ihm schien, daß sie mit dem Finger auf ihn wiesen.

Tom, der immer mühsamer weiterhumpelte, glaubte stets aufs neue, dieselben Gesichter zu sehen, und auch den Priester mit dem weißen Gesicht, der tauchte auf und verschwand wieder, in jedem Grüppchen war er dabei und flüsterte mit den anderen. Tom spürte, daß die Haltung der Dorfbewohner ihm gegenüber sich langsam änderte, sie sahen ihn interessiert an, mit weichlichem Lächeln, bis jene untersetzte Frau, die mit dem Priester gesprochen hatte, zu ihm herantrippelte und sagte: »Armer Junge, du kannst dich ja nicht mehr aufrecht halten, komm mit mir!«

Es war ein Weibchen mit einem Mardergesicht. Nach dem Heft, das sie in der Hand hielt, und dem Kreidestaub auf ihrem schwarzen Kostüm, das wie eine abgeänderte Uniform wirkte, konnte man sie für die Lehrerin halten.

»Du willst dich stellen? Das ist recht!« erklärte die Lehrerin, und als wollte sie ihn von einer Last befreien, versuchte sie, ihm das Gewehr von der Schulter zu ziehen.

Doch Tom hielt den Riemen fest in der Hand und blieb stehen.

»Was? Mich stellen? Wem denn?«

Die Lehrerin hatte die Tür eines großen Raumes vor ihm geöffnet, die Bänke waren in einem Winkel aufeinandergetürmt, doch an den Wänden hingen noch Plakate mit Szenen aus der römischen Geschichte, Triumphzüge der Imperatoren und geographische Karten von Libyen und Abessinien.

»Setz dich hierher, in die Schule, und wir bringen dir auch gleich ein Süppchen«, sagte die Lehrerin und wollte ihn einschließen.

Tom stieß sie beiseite. »Ein Arzt«, sagte er. »Ich muß zum Arzt.« Zwischen den Menschen auf dem Platz stand ein schwarzgekleidetes Männchen mit einem großen roten Kreuz auf weißer Armbinde.

»Sie sind der Doktor, nicht wahr?« fragte Tom. »Ich komme auf einen Augenblick zu Ihnen.«

Der kleine Mann öffnete einen zahnlosen Mund und blickte unsicher um sich. Doch die Umstehenden stießen ihn vorwärts, redeten gedämpft auf ihn ein, und der Arzt trat auf Tom zu und sagte, auf das rote Kreuz weisend: »Ich bin neutral, ich kenne weder die einen noch die anderen, ich tue nur meine Pflicht.«

»Natürlich, natürlich«, sagte Tom. Ihm war es gleich. Er folgte ihm zu einem Haus am Rand des Platzes. Die Leute hielten sich in einer bestimmten Entfernung hinter ihnen, bis endlich einer hervortrat und sich mit seinen Reithosen breitmachte, wobei man seiner aufgeregten, nervösen Miene ansehen konnte, daß er sich selbst um alles kümmern wollte, die anderen sollten ihn nur machen lassen.

Tom folgte dem Arzt in ein halbdunkles, nach Karbolsäure stinkendes Ordinationszimmer. Schmutzige Gaze, Spritzen, Schalen, Stethoskope lagen im großen Durcheinander herum. Der Doktor öffnete die Läden, und eine Katze sprang vom Lederdiwan.

»Hier, strecken Sie Ihr Bein hier aus«, forderte der Arzt ihn auf; sein Atem roch nach Wein. Tom preßte die Zähne auf die Unterlippe, um nicht zu schreien, als der Mann mit zitternden, ungeschickten Händen den Verband abriß.

»Eine schöne Infektion«, sagte er, »eine schöne Infektion.« Tom schien es, als wollte das nie enden.

Jetzt hatte er eine Rolle Verbandszeug ergriffen und wickelte sie ab, aber anstatt sie um das Bein zu schlingen, ließ er die Gaze überall herumschwirren, auch um das Lager und Toms Arme, bis ihm dieser alles aus den Händen riß und rief: »Sie sind ja betrunken! Ich mache es selbst!«

Und im Handumdrehen hatte er einen anständigen, festsitzenden neuen Verband um den ganzen Schenkel.

»Rasch, Tabletten gegen das Fieber!« sagte er eindringlich, und da der Arzt in dem wirren Haufen der Medikamentenschachteln lustlos herumwühlte, streckte er selbst die Hand danach aus, las den Namen auf einem Glasröhrchen, schüttete zwei Tabletten auf den Handteller, schluckte sie und steckte die Rolle in die Tasche.

»Dank für alles«, sagte er, nahm das Gewehr und ging hinaus. Doch in seinem Kopf drehte es sich. Er wäre auf der Schwelle gestürzt, wenn dort nicht der Mann mit den Reithosen gestanden und ihn gestützt hätte. »Du mußt dich aber wirklich ausruhen, ein bißchen zu dir kommen ... Du bist ja ganz fertig ...«, redete er Tom zu. »Los, wir gehen zu mir nach Hause.« Und er wies über ein Gitter hinweg auf ein Gebäude, das halb wie eine Villa und halb wie ein Bungalow aussah. Nebel vor den Augen, folgte ihm Tom.

Das Gitter fiel klirrend hinter ihnen ins Schloß, sobald sie eingetreten waren. Trotz der veralteten Form hatte es ein Sicherheitsschloß. In dem Augenblick fing eine Glocke auf dem Campanile an zu läuten, in einem bestimmten, immer gleichen

Rhythmus, langsam wie ein Totengeläut, dabei skandiert wie eine telegrafische Botschaft. Wie eine Nachricht, dachte Tom und konzentrierte sich auf den Klang, um nicht noch schwächer zu werden. »Was ist das?« fragte er den Mann mit den Reithosen. »Warum läutet man die Glocke auf diese Weise? Und jetzt, um diese Zeit?«

»Hat nichts zu sagen«, antwortete der andere. »Das ist der Mesner. Es wird wohl eine Messe gelesen.«

Er hatte Tom in eine Art gute Stube geführt, mit Sesseln und einem Sofa darin. Auf dem Tisch stand ein Tablett mit einer Flasche und Gläsern. »Probieren Sie diesen Würzbranntwein«, sagte er, und ehe Tom erklären konnte, daß ihn nach ganz anderen Dingen verlangte, hatte er ihm ein Gläschen eingeflößt.

»Wenn Sie gestatten, bestelle ich jetzt etwas zu essen«, rief er und entschwand. Tom ließ sich auf das Sofa fallen. Der Kopf schwankte hin und her, im Rhythmus der Glockenschläge. Don-dan-din! Don-dan-din! Und er fühlte, wie er in weichen, bodenlosen Schlaf versank.

Er starrte angestrengt auf einen schwarzen Fleck auf dem Büfett ihm gegenüber, und der schwarze Fleck erweiterte sich, dehnte sich aus, verschwamm, und Tom mühte sich ab, die Umrisse des Flecks wieder deutlich zu sehen, nur um nicht einzuschlafen, und da nahm er tatsächlich auch wieder konkrete Umrisse an; es war ein kleiner, runder Gegenstand, und wenn es ihm gelang, die Augen weiter offenzuhalten, konnte er sicherlich auch erkennen, was das war: eine runde, schwarze Kopfbedeckung, mit einer glänzenden Seidentroddel, die von oben herabhing – eine Faschistenmütze, unter einer Glasglocke auf dem Büfett.

Es gelang Tom, vom Sofa aufzustehen. In diesem Augenblick trug ihm die Luft etwas wie ein fernes Brummen zu. Er lauschte. Von irgendwoher näherte sich ein Lastkraftwagen. Einer oder mehrere, mit einem Brummen, das immer deutlicher wurde. Mit allen Kräften mühte Tom sich ab, aus der Betäubung zu erwachen, die ihn umklammerte. Das Brummen der Motoren schien eine Antwort auf den Klang der Glocke zu sein und ließ schon die Fensterscheiben leise scheppern. Da schwieg die Glocke, endlich.

Tom ging ans Fenster, schob einen Vorhang beiseite. Draußen lag ein gepflasterter Hof, in dem ein Seiler mit seinen Gehilfen arbeitete. Tom konnte ihnen nicht in die Gesichter sehen, es schienen ältere Männer zu sein, hart, mit dichten schwarzen Schnurrbärten. Schweigend, mit raschen Bewegungen, zogen und wrangen sie ein langes Hanfgeflecht, um einen Strick daraus zu drehen.

Tom wandte sich um, rüttelte an der Türklinke. Sie gab nach. Im Hausflur sah er vor sich drei geschlossene Türen. Zwei waren mit dem Schlüssel versperrt, die dritte, eine niedere Klapptür, führte auf eine dunkle Steintreppe. Tom stieg hinunter und gelangte in einen großen, leeren Stall. In den Krippen lag altes Heu. Ringsum überall Eisengitter; er sah keinen Ausweg. Das Motorengebrumm schwoll dröhnend an, vielleicht war es eine ganze Wagenkolonne, die in einer dichten Staubwolke die Windungen der Straße zum Dorf herauffuhr. Und er stak in der Falle.

In dem Augenblick hörte Tom ein Stimmchen, das ihn anrief: »Partisan! Du, Partisan!« Und aus einem Heuhaufen kletterte ein kleines Mädchen mit Zöpfen.

In der Hand hielt sie einen roten Apfel. »Nimm«, sagte sie, »beiß rein und komm mit!« Und sie zeigte auf eine Bresche in der Mauer hinter dem Heuhaufen. Sie traten auf ein unbebautes Feld hinaus, das voll wilder gelber Blumen stand. Sie waren hinter dem Dorf. Über ihnen erhoben sich die zerstörten Mauern der alten Burg. Nach dem Lärm der Lastwagen mußte die Kolonne schon bei der letzten Kehre sein.

»Sie haben mich zu dir geschickt, um dir den Weg zu zeigen, wie du ausreißen kannst«, erklärte das Kind.

»Wer?« fragte Tom, an dem Apfel kauend, doch er war ganz sicher, daß er sich diesem Mädchen blindlings anvertrauen durfte.

»Alle. Alle von uns, von denen, die sich im Dorf nicht blicken lassen, wir haben uns versteckt. Sonst schicken sie uns Spione auf den Hals. Ich hab zwei Brüder, die sind bei den Partisanen. Kennst du Tarzan? Kennst du Bufera?«

»Ja«, sagte Tom. Jedes Dorf, dachte er, jedes Land hat zwei Gesichter, auch wenn es dir nur feindselig und unmenschlich entgegenkommt. Einmal entdeckst du auch das andere, freundliche, es war immer da, nur hast du es nicht gesehen und konntest es nicht erwarten.

»Siehst du den Pfad da zwischen den Weingärten? Geh da ruhig hinunter, man sieht dich nicht. Dann geh über die Brükke, so schnell du kannst, und paß auf, denn sie ist nicht verdeckt. Renn in den Wald. Unter der großen Eiche ist eine Höhle mit Nahrungsmitteln. Heute nacht kommt dann ein Mädchen vorbei, die heißt Susanna; sie macht die Stafette und bringt dich zu den Kameraden. Geh, Partisan, los, mach schnell!«

Tom stieg zwischen den Weinreben hinab und fühlte kaum mehr den Schmerz im Bein; jenseits des Steges erstreckte sich dichtes Gehölz, dunkel, schwarzgrün, die Sonnenstrahlen drangen nicht hindurch. Und je lauter der Motorenlärm im Dorf anschwoll, desto dichter und dunkler erschien ihm der Wald. Wenn ich es schaffe, das Kerngehäuse des Apfels in den Fluß zu werfen, bin ich gerettet, dachte Tom.

Oben, auf dem unbebauten Feld, stand das Mädchen mit den Zöpfen und sah, wie Tom die Brücke, geduckt am Mäuerchen entlangschleichend, überquerte und wie dann das Kerngehäuse des Apfels tief hinunter in die Strömung des kleinen Flusses fiel, daß die Wasserspritzer emporschlugen und die Schilfrohre trafen. Sie klatschte in die Hände und lief davon.

Übersetzt von Nino Erné

Geh immer aufs Ganze

Das Leben beim schwarzen Markt ist mühsam, aber einträglich, frei und abwechslungsreich. Männer und Frauen reisen zusammengepreßt in Lastwagen oder Viehwaggons, an den Kontrollpunkten werden die Gelegenheitsfahrzeuge im Sturm genommen, die Nacht verbringt man dort, wo man gerade ist, man schläft zu fünft oder sechst in einem Gasthauszimmer, so viele, wie darin Platz finden, in Betten, die anderen auf der Erde. Das Mädchen mit den Zöpfen war noch nicht daran gewöhnt, es schlief wenig und schlecht. Es war die erste Reise, die es machte, die Hinfahrt mit Öl, die Rückfahrt mit Mehl.

Schon früh erreichte ein wenig Morgenröte die Scheiben, enthüllte die Oberfläche des großen Bettes, die durchzogen war von Erhöhungen und gekrümmten Mulden. Costantina stand bei sich daheim auf dem Lande immer früh auf, und um diese Zeit hätte sie nicht mehr einschlafen können. Sie schlich sich heimlich aus dem Bett fort, stieß sich an Hüften und Ellenbogen, fand ihre Schuhe inmitten der anderen, strich das rote, zerknitterte Kleidchen zurecht, flocht die Enden ihrer Zöpfe neu, und als sie sich mit lautlosen Schritten entfernen wollte, trat sie auf einen armen Kerl auf dem Boden, der sich mit einem unwilligen Seufzer auf die andere Seite drehte.

Draußen empfing sie ein gelber Himmel, das graue Meer, trockene, bärtige Palmen und die Würfel schlafender Häuser. Sie dachte: Bald ist es Tag, bald ist es Nacht, und ich hab schwarzen Markt gemacht. Und dann: Bald ist es Abend, bald ist es Morgen, zu Hause hab ich keine Sorgen. Die Hügel, die sich vorher kaum vor dem Himmel abgezeichnet hatten, wurden jetzt in der Dämmerung plastisch. Da war eine Brücke, halb heruntergerissen von den Angriffen, und auf dem Mäuerchen saß ein Junge, der sie ansah.

»He, Mädchen!«

Es war der kleine Adelchi, der durch die zerstörten Dörfer und die Truppenunterkünfte strich, kurzgeschoren und stämmig, mit einem verschlagenen, fast alten Gesichtchen, in eine schlotternde amerikanische Militärjacke gehüllt, aus der zwei nackte, dreckige Beine hervorschauten, was ihm gleichsam das Aussehen einer Taube gab.

Über dem Rücken trug er einen leeren Kanister, einen vollen Brotsack und einen Käfig mit einem Grünfinken, der so reglos dasaß, als wäre er aus Holz.

»Wo gehst du hin, Mädchen?« fragte der Junge.

»Ich vertrete mir die Beine, weil ich auf die anderen warte, die schlafen.«

Adelchi schnitt eine zustimmende Grimasse und sagte: »Geh immer aufs Ganze.«

»Was?« fragte Costantina.

»Hm, ich weiß, was ich sage«, antwortete Adelchi.

»Ich geh zum schwarzen Markt«, sagte Costantina.

»Ich etwa nicht?« sagte der Junge. »Sieh«, sagte er und schob sich den Brotbeutel auf den Bauch, »alles amerikanisches Zeug, lauter Konserven.«

Costantina dachte: Der Junge ist in Ordnung; so klein und treibt schon Schwarzhandel mit Konserven; seine Eltern werden wer weiß wie froh sein.

Sie dachte: Jetzt stelle ich ihm eine Frage, wie die Schwarzhändler unter sich, damit er sieht, daß ich wirklich dabei bin.

Sie fragte: »Was hast du dafür bezahlt?«

»Nicht bezahlt«, sagte Adelchi, »pfft!«

Er hatte gepfiffen und eine angeberische Bewegung in der Luft gemacht. Daraufhin pfiff auch der Grünfink, aber Adelchi schlug mit der Faust auf den Käfig, um ihn zum Schweigen zu bringen.

»Und verkaufst du alles, oder behältst du auch etwas zum Essen?«

Costantina wußte schon nicht mehr, was die vom schwarzen Markt sich sonst noch fragen.

»Nix essen, Essen ist extra, ist umsonst«, und er ergriff den leeren Kanister. »Ich stelle mich bei der Küche der Alliierten an.«

Jetzt wird er mir das mit dem Grünfink erklären, dachte Costantina. Sie sagte zu ihm: »Und der Grünfink?«

»Der heißt Benvenuto und dient mir dazu, so herumzugehen«, und er zog ein Tellerchen hervor und hielt es vor sich, als wolle er um Almosen bitten, dabei schob er sich den Käfig auf den Bauch und machte ein weinerliches Gesicht.

»Was du aber viel Geld kriegen mußt!« sagte Costantina.

»Schau mal«, und unter der Jacke hervor holte er eine dicke, schmierige, fette Brieftasche, die mit Gummiringen zugehalten war; er streifte die Gummiringe ab, zeigte ein großes Bündel mit rosa, braunen und grünlichen Geldscheinen, die er zu zählen begann.

»Alles deins?« fragte Costantina.

»Na klar«, sagte Adelchi.

Was für ein tüchtiger Junge, dachte Costantina, mit all dem Geld. Wenn ich doch auch so wäre.

»Soll ich dir zeigen, wie man Geld verdient?« fragte Adelchi.

»Oh ja«, sagte Costantina.

Adelchi sah die Straße hinunter: Zwei Männer kamen ihnen entgegen. Da ordnete er an: »Setz dich hier auf das Mäuerchen, so ist's gut, halte das Bein so, gut, nun bleib so, dreh die Brust so herum und schau hierher. Still jetzt, dann machst du's gut.«

Costantina saß unbeweglich auf dem Mäuerchen und spürte die Luft auf den entblößten Beinen und hinter den Ohren das Streicheln der Zöpfe, die von einem leichten Wind geschaukelt wurden, der auch die Schatten eines großen Akazienbaumes über ihr bewegte.

Jene beiden Männer waren Foffo und Nasostorto, die sich einiger unsauberer Geschäfte wegen auf die Reise machten. Die Luft des frühen Tages war ihren Lungen ebenso ungewohnt wie die morgendlichen Farben ihren Augen. Die beiden näherten sich pfeifend; es waren zwei elegante junge Burschen mit breitkrempigen Hüten. Foffo war kräftig und bewegte sich mit weichen Drehungen seiner Muskeln, Nasostorto war mager und wand sich bei jedem Schritt, als ob er nur aus losgelösten Knochen bestände, die von der Haut zusammengehalten wurden.

»Man sagt, daß frische Morgenluft der Gesundheit gut tue, Nasostorto; nie gehört?« sagte Foffo. Er lachte immer: weil seine Mundwinkel nach oben gebogen waren und weil er gutgläubig annahm, daß alles zum Lachen sei. »Ha, ha, ha!«

»Ah, Foffo, der Frieden der Felder!« berauschte sich Nasostorto. Er sprach im Falsett, und bei jedem Satz begann er mit quäkender Stimme irgendeine blöde Melodie zu singen. Er trällerte mit großem Eifer, wobei er alle möglichen Grimassen und Bewegungen machte, um den Rhythmus zu unterstreichen, und je mehr er sich anstrengte, desto übler wurde ihm, und daraufhin verdoppelte er seinen Eifer, um sich über sich selbst lustig zu machen, und so fort.

Foffo begleitete ihn nachlässig und lachte, überzeugt, daß es nichts anderes gäbe, als diese Melodie zu trällern. »Ah, der süße Frieden der Felder«, rief Nasostorto aus und verzog dabei die gespannte Haut seines eingefallenen Gesichts, über das eine knorpelige Nase lief, die sich von der Mitte an nach rechts bog und schließlich beim Jochbein anlangte. »Ach, die rauhe Feldarbeit! Alles so gesund, Foffo, so gesund!«

Nasostorto schritt aus, angefeuert von intravenösen Spritzen und Sulfonamid-Tabletten. Seine inneren Organe, die zusammengerollt zwischen den Knochen seines Skelettes hingen, waren ausgebrannt und wie verwest; seine Lungen nur daran gewöhnt, den dichten Rauch der hintersten Gaststuben zu verarbeiten, in denen Tag und Nacht gepokert wird; seine Bronchien Schwämme, vollgesogen mit Katarrh; Magen und Eingeweide klebrige Schlangen, berauscht von Alkohol und entkräftet durch langes Fasten, und in seinen Geschlechtsdrüsen hatten sich zahllose Bazillenkolonien angesiedelt, die sich mit Schimmel überzogen.

Foffo nichts dergleichen. Er hatte kräftiges Blut, und die gleichen Bazillen, die Nasostorto vergifteten, ließen ihn gesund und in Frieden. Literweise Alkohol hinunterzuschütten verursachte ihm noch nicht einmal Schwindel; nur manchmal plötzliches Erbrechen, das wieder verging. Wenn er bei den dunklen Geschäften, mit denen sie sich durchzuschlagen versuchten, weniger gerissen war als sein Freund und oft in die Klemme kam, so konnte er doch die Probleme lösen, ohne aus dem Lachen herauszukommen, indem er alle mit der Kraft seiner Fäuste zu Boden streckte.

»Ach! Foffo!«

»Ach! Nasostorto! Ha, ha, ha!«

»Ach! Du bist in Ordnung! In Ordnung, Foffo!«

»Ha, ha, ha, ha!«

Costantina schaute sie an, während sie sich näherten. Es waren wirklich zwei elegante Burschen. Wer weiß, was jetzt passieren würde. Adelchi war einige Schritte von der Straße weggegangen, hatte sich umgesehen und war wieder zurückgekommen.

»Ja«, sagte er, »da ist eine Wiese.«

Eine Wiese, wozu eine Wiese. Auf Wiesen geht man, um Heu zu machen, keinen Schwarzhandel. Diese beiden: Der eine hatte eine schiefe Nase, der andere nicht. Aber was kam es auf ihre Nasen an? Das Wichtigste war, zu sehen, was Adelchi machte. Costantina mußte lachen, trotzdem war sie neugierig und auch ein wenig unruhig.

Die beiden sahen Costantina von weitem im Schatten des Akazienbaumes. Nasostorto entdeckte sie zuerst und zeigte sie dem Freund.

»Sieh mal, da dir doch die Minderjährigen gefallen, welch schöne Walderdbeere so früh am Morgen!«

Foffo war schon dabei, seine Nasenflügel zu blähen: »Wo denn, wo denn?«

Costantina hatte alles verstanden: Adelchi hatte sie hierher gesetzt, damit die beiden sie ansähen und mit ihr anbandelten, während er sie beschwindelte, um ihnen weiß Gott was zu verkaufen. Einer ist traurig, und der andere lacht, beobachtete sie, einer hat eine schiefe Nase und der andere nicht. Schöner ist zweifellos der, der lacht und keine schiefe Nase hat.

Adelchi hatte sich erhoben, sein Gepäck auf dem Rücken, und ging ihnen mit einstudierten Schritten entgegen. Costantina blieb bewegungslos sitzen. Wehe, wenn sie sich bewegte, hatte Adelchi gesagt.

»He, was würdest du zu dieser da als Aperitif sagen, Foffo, wie?«

»Und du, Nasostorto, diese da als Aperitif, und du?«

»Du weißt doch, in welch traurigem Zustand ich mich befinde, Foffo!«

Wer weiß, was die da zu lachen haben, dachte Costantina, ich fürchte, wenn sie einmal beginnen anzubandeln, dann werden sie Adelchi nicht mehr anhören. Doch konnte auch sie sich eines Lachens nicht erwehren.

Adelchi kreuzte schon ihren Weg. »Zigaretten, amerikanische Zigaretten«, murmelte er zwischen den Zähnen und schaute zu Boden. Aha, Zigaretten waren es, die er verkaufen wollte.

»Schau mal an, er will uns beiden amerikanische Zigaretten verkaufen, hast du gehört, Foffo?«

Foffo lachte: »Amerikanische Zigaretten für uns, hör nur.«

»Für wieviel verkaufst du sie?«

Adelchi sagte es fast mit Zurückhaltung, immer noch zu Boden schauend. Die beiden zogen ihn damit auf, spaßten und lachten. Da veränderte Adelchi plötzlich seine Haltung, sah ihnen ins Gesicht, schnitt ihnen unauffällig eine Grimasse, und mit dem Daumen nach rückwärts zeigend, flüsterte er leise.

Vielleicht spricht er jetzt von mir, und ich komme ins Spiel, sagte sich Costantina und entschloß sich, die Gleichgültige zu spielen und nach der anderen Seite zu sehen. Im Grunde gefiel ihr das Spiel. Wer weiß, was Adelchi jetzt alles von ihr sagte!

»Also«, hatte Adelchi gesagt, »gefällt Ihnen meine Kusine?«

Die beiden änderten ihre Haltung und waren sofort interessiert und fast förmlich. Nasostorto ironisch und Foffo frech und begeistert.

»Sag doch, wie alt ist sie denn? Hm?«

Adelchi antwortete mit bedauernder Miene. Kurz vorher hatte er zu Costantina gesagt: »Hör, sag immer, daß du Jungfrau bist.«

»Natürlich bin ich Jungfrau«, hatte Costantina geantwortet. Wer weiß, warum sie das sagen sollte. Ihr machte es nichts aus, aber ihr schien, daß man so etwas nicht sage.

»Also, geh aufs Ganze«, hatte Adelchi in seiner unangenehmen Art gesagt. Er begann Costantina auf die Nerven zu fallen.

Nun hatte Adelchi den beiden die Sache mitgeteilt. Foffo wollte es nicht glauben, weil er wußte, daß man sich auf so etwas niemals verlassen darf. »Stell dir vor, wenn sie es wirklich ist, was, Nasostorto? Stell dir bloß vor!«

»Und warum nicht? Bis zu einem bestimmten Zeitpunkt müssen sie es ja sein, oder?« sagte Nasostorto, der sich darauf verstand, und er grinste so, daß man nicht recht wußte, ob es Ernst oder Spaß war.

Sie hatten sich jetzt Costantina genähert, und Costantina schaute sie an. Adelchi hatte ihr ihre Rolle zu ungenau erklärt.

»Teuer! Weiß der Himmel, ob das teuer ist«, sagte der Lustige. »Nicht wahr, Nasostorto?«

»Ja, teuer ist es.«

Aber Foffo fand die ganze Geschichte zum Lachen: Preis, Alter und Vertrag. Er war sehr schön, der Lustige, mit seiner weißen Haut auf der Stirn, den festen, geröteten Wangen, seinen nach oben weisenden Lachfältchen um Mund und Nase und den ihr unverhohlen zublinzelnden Augen.

»Los«, sagte Foffo, »als Aperitif, Nasostorto, komm schon, eine Walderdbeere am frühen Morgen, das ist eine Sache für dich, Nasostorto, los!«

Costantina begriff nicht, um was es sich handelte: Aperitif, Walderdbeere. Der Magere streckte seine hageren, knochigen Hände abwehrend vor.

»Der Arzt hat's mir verboten«, sagte er, »der Schlot raucht nicht mehr.«

Ah, dachte Costantina, sie reden noch über die Zigaretten.

Die Stirn Nasostortos war ein schmaler knochiger Halbkreis um die eingesunkenen Augenhöhlen, und in der Tiefe der Höhlen blinzelten die Äugelchen unter den geröteten Lidern. Die große Nase war bis zur Hälfte gerade, dann neigte sie sich in zwei Richtungen, nach unten und nach rechts, und gab seiner Stimme einen dumpfen Klang. Aus dem immer verzogenen Mund sah man schiefe, faule Zähne hervorragen; die Löcher in den Backen waren übersät mit kleinen Furunkeln. Und der Hals erhob sich aus der Umrahmung des gelben Schals, faltig wie bei einem Truthahn.

Und der Lustige lachte und lachte, immer ein wenig befangen. Und der Traurige schlug seine geschwollenen Lider auf und schaute melancholisch drein: Er hatte dunkelgraue Augen, der Traurige.

Der Lustige trat vor und sagte zu Costantina: »Komm, meine Schöne«, nahm ihre Hand, als ob er sie zum Tanze bäte, sagte: »Hopp!«, und das Mädchen sprang vom Mäuerchen herab.

Aha, dachte Costantina nach, der Kleine muß mit dem Traurigen verhandeln, und der Lustige, weil ihm das zu langweilig ist, will ein wenig mit mir spazierengehn.

Adelchi hob eine Hand und sagte: »Erst begleichen wir die Rechnung.«

Und Foffo griff nach seiner Brieftasche.

Ach so: Der Lustige ist schon fertig mit seinem Einkauf, darum geht er fort, legte sich Costantina den Vorgang zurecht.

Der Traurige sah sie mit seinen melancholischen dunkelgrauen Augen an, die von der schiefen Nase durchkreuzt wurden. Dieser Traurige, Costantina wäre lieber mit dem Traurigen davongegangen. Aber der Lustige hielt sie beim Ellenbogen und verschwand mit ihr im Gebüsch.

Adelchi und Nasostorto blieben auf der Straße zurück. »Hast du gesehn, wie sie dich angeschaut hat«, sagte Adelchi. »Geh aufs Ganze und mach dich nachher auch noch dran.«

Nasostorto zog eine Zigarette heraus, brach sie in zwei Hälften, weil eine ganze auf einmal ihm nicht bekam, setzte sich aufs Mäuerchen, zog seine Hosen mit den steifgebügelten Falten hoch und entblößte dabei seine gestreiften, völlig zerrissenen Socken, die ihm um seine dürren Beine schlotterten. Dieser anmaßende Junge ging ihm wirklich auf die Nerven. Warte nur!

»Sie hat mich angesehn, was?« sagte er mit verdächtig geheimnisvoller Miene. »Auch sie!«

Er näherte sich Adelchis Ohr und hauchte: »Sie wissen es alle!«

»Wie bitte, was?« sagte Adelchi mit geschäftlich väterlicher Miene.

»... Oder wenn sie es nicht wissen, dann erraten sie es. Ich weiß nicht, wie sie es machen; sie raten es ...«, sagte Nasostorto immer geheimnisvoller, indem er kaum eingeatmete Rauchwolken hervorstieß.

Der Junge ließ sich nicht aus seiner Fassung bringen: »Natürlich, natürlich«, sagte er, fuhr aber fort, ihn zu beobachten.

»Es gibt doch keinen häßlicheren Menschen auf der Welt als mich, nicht wahr?« fuhr Nasostorto fort. »Du mußt wissen, daß sich trotzdem alle Frauen nach mir umwenden und mir zuwinken, als ob es mir auf der Stirn geschrieben stände. Verstehst du das?«

»Tja, was soll man machen, das Leben.«

Adelchi, dieser Lümmel, gab nichtssagende Antworten, um sich nicht bloßzustellen, aber er war ganz Ohr, um zu erfahren, was es mit dieser Geschichte auf sich habe.

»Sie lassen mich nicht in Frieden. Sie wissen es alle. Sie flüstern es einander zu. Als ob es mir auf der Stirn geschrieben stünde. Weißt du, was es ist?«

»Hm, hm!« sagte Adelchi, fast platzend vor Neugier, aber scheinbar gleichgültig.

Nasostorto legte eine Hand auf den Mund und sagte ganz leise: »Ich bin wie Noah ...«

Adelchi machte: »Ah.«

Nasostorto schluckte bitter. Was für ein merkwürdiger Junge war dies nur? Er hustete und fuhr fort: »Ich kann so häßlich sein, wie ich will, mit meiner schiefen Nase. Ich kann so eklig von Kopf bis zu den Füßen sein, wie ich will. Die Frauen lieben mich: Ich bin wie Noah!«

Er hatte keinen Erfolg mit dieser Geschichte. Nasostorto ließ seine Finger knacken, schaute in den hellen Himmel und durch die kleinen Blättchen der Akazie und wendete sich plötzlich noch einmal zu Adelchi: »Weißt du, wie Noah war?«

Schon wollte der Junge verzweifeln, weil er es ihm nicht erklärte. Der Moment war jetzt gekommen, ihm zu beichten, daß er vor Neugier platzte, und mit seiner Angeberei aufzuhören. Er sagte: »Ich? Oh!«

Da pfiff der Grünfink vernehmlich. Adelchi schlug mit der Faust auf den Käfig.

»Gut«, sagte Nasostorto, »ich sehe, daß du es weißt. Sprechen wir nicht mehr davon.«

Und er ließ Adelchi sich die Zunge abbeißen.

Foffo und Costantina waren zu einer kahlen, abschüssigen Wiese gelangt, die neben den Schienen lag. Der Krieg war zu Ende, und die Züge fuhren noch nicht. Weiter hinten lag das blaue, streifige Meer. Das Mädchen blinzelte, fühlte ländliche Erde unter den Füßen und vergaß die Zahlen und die Mißgeschicke des Handels: Sie ging dem Meer entgegen, sich wiegend am Arm des jungen Mannes, als seien sie verlobt.

Was konnte Foffo tun? Singen. Er stimmte ein Lied im Dialekt der Barabba an: »Se vedi una grima muy delissiosa, / Le tiri l'acchito e la porti in ciambrosa.«

Sie setzten sich aufs Gras; vor sich hatten sie das Meer und die Schienen zwischen dem Schotter, im Rücken eine wirre Landschaft aus Schrott, Mauern und Drähten. Foffo nahm sich den Hut mit der breiten herabhängenden Krempe vom Kopf, ließ ihn um einen Finger kreisen und warf ihn fort. Er hatte eine perlenweiße Stirn, auf der der Rand des Hutes eine schmale, rote Linie hinterlassen hatte. Und die Haare waren weich und glänzend und gut gekämmt und seine Haut gut rasiert und zufrieden, und seine Augen schweiften umher, und seine Mundfalten waren bald gelöst und bald angespannt durch sein ewiges Lächeln und seinen unverständlichen Gesang: »Banda, Banda, Manuele, / cucar le baie e no cucar lo squelo!«

Der Tag begann mit frohen Verheißungen für Costantina: ein Tag mit Wiese und Meer am Damm der Eisenbahn, mit schlauen Buben, die sie lehrten, Geld zu verdienen, und schönen Burschen, die sich mit ihr mitten in die Wiese setzten und ihr Lieder sangen.

Plötzlich hörte Foffo auf zu singen und küßte sie. Er hatte sich herumgedreht, sie mit einer Hand an der Brust gefaßt und mit der andern am Rücken und, ahm!, mit dem Mund auf ihren Mund, als ob er sie beißen wollte. Aber Costantina war nicht einverstanden. Sie ergriff seinen Kopf mit beiden Händen, an der Stirn und am Kinn, und drehte ihn von sich weg.

»Uh!« sagte sie. »Bist du verrückt?«

Er sah sie ausdruckslos an, lachte und streckte den Kopf von unten wieder zu ihr hin. Costantina entfloh.

Sie lief mit großen Sprüngen die grasige Böschung entlang, und hinter sich fühlte sie Foffo mit schweren Sätzen ihr nachlaufen und lachen, als ob er sich noch nie so gut amüsiert hätte. Jetzt war sein Atem deutlicher und näher zwischen einem Auflachen und dem andern, jetzt war er hinter ihr und berührte sie. Costantina sprang auf die Gleise und lief zwischen den Schienen entlang.

»Ah, ah!« keuchte Foffo. »Was machen wir denn da? Spielen wir Eisenbahn?«

»Das gilt nicht!« sagte Costantina. »Wenn du mich so einholst, gilt es nicht: Du darfst nur auf die Schwellen treten und nicht dazwischen!«

Aber er nahm zwei Schwellen auf einmal und sie nur eine.

»Das gilt nicht!« sagte Costantina wieder. »Jetzt balancieren wir mal nur auf einem Gleis, wer mit dem Fuß die Steine berührt, muß zehn Schritt zurück!«

So balancierten sie um die Wette, er auf dem einen Gleis, sie auf dem andern, aber Foffo war geschickter, und dann begannen sie mit den Händen zu fechten, während sie einander ge-

genüberstehend das Gleichgewicht hielten. Costantina bemühte sich, nicht zu fallen und ihn so zu stoßen, daß er einen Fuß heruntersetzen mußte. »Du – hast – sie – berüührt! Die Stei – ne!« Foffo lachte immer noch, aber allmählich war er das Spiel leid geworden; so packte er sie bei den Handgelenken, zog sie an sich und warf sie über ein Mäuerchen mitten ins Gras.

»Auh!« hatte Costantina geschrien.

Nasostorto stieß kleine Rauchwolken aus dem Munde und summte seine falschen Melodien. Er hörte den Schrei, blies allen Rauch aus und gähnte.

In seinen roten, dunkel umrandeten Augen nahm die Welt im Licht der Morgenröte verzerrte Formen an. Da gruben sich weiche, erdverschmierte Regenwürmer durch das Pflaster, da waren Heuschrecken mit weißen, gestreiften Leibern, da streckten die Blüten des Aronstabes ihre bleichen Fruchtstempel aus den Lippen der fleischigen, gesprenkelten Blütenblätter. So war die ganze Welt, und dazwischen lief er, gepeitscht von Sulfonamiden und intravenösen Spritzen, und konnte nicht sitzen bleiben, weil er so wenig Fleisch auf den Knochen hatte und aufgeschwollen war von Injektionen.

Er ließ die Gelenke seiner Finger knacken. Alle seine Knochen knackten, die Finger und Handgelenke und sogar die Ellenbogen.

Adelchi strich um ihn herum mit der Miene eines aufmerksamen Gastgebers.

Idiot, dachte Nasostorto, in deinem Alter hätte ich einem Kerl wie mir ins Gesicht gespuckt, anstatt ihm kleine Mädchen zu verschaffen. Du machst Geschäfte, blöder Kerl, nichts als Geschäfte. Und wenn du ein sehr gutes Geschäft gemacht hast, blöder Kerl, was kaufst du dir, Murmeln?

»Hast du Murmeln?«

Und tatsächlich, er fängt an, seinen Brotsack zu durchstöbern, kramt in einem Haufen von Lumpen, Gummis und Bestecken und zieht Tonmurmeln hervor, rote und blaue, und eine aus Glas mit einer grünen und gelben Spirale im Innern. Schon besser die Murmeln; aber vielleicht hat er sie zum Verkaufen.

»Kannst du spielen?«

»Los, spielen wir, wer weiß, wann die andern endlich wiederkommen.«

Die beiden andern lagen im Gras, und mit einem Arm umfaßte Foffo Costantinas Taille. Costantina hatte die Augen niedergeschlagen und schaute auf den Boden, und die Zöpfe hingen über das geneigte Gesicht, und die plötzlich schwer gewordene Brust hob sich in kurzen und heftigen Stößen. Sich mit Buben herumzubalgen hatte ihr immer gefallen: Wenn man sich prügelnd auf den Wiesen und Heuhaufen herumwälzte, klopfte das Blut laut in den Adern, und die Brüste wurden hoch und hart. Aber hier mit diesem jungen Kerl, der immer lachte, mischte sich zu den bekannten Empfindungen etwas Neues und Bedrohliches. Vielleicht war es seine Person, die sie abstieß und mißtrauisch machte, oder war es diese traurige Wiese am Bahndamm. Zwischen dem Gras schauten Eierschalen, verschmiertes Papier, ausgezahnte Margarinebüchsen und zerrissene Schuhsohlen aus der Erde.

Inzwischen spielten Adelchi und Nasostorto Murmeln. Sie hatten im Schutz des Mäuerchens einen kleinen Kreis in den Staub gezeichnet und versuchten, die Murmeln mit dem Finger hineinzuschnellen.

Adelchi horchte. »Er lacht«, sagte er.

»Der lacht immer«, sagte Nasostorto, während der Rauch der Zigarette ihm zu den dunklen Lidern hinaufstieg.

»Warum?« fragte Adelchi ernsthaft.

»Ich weiß nicht«, sagte Nasostorto traurig, »er findet alles zum Lachen.« Nasostorto ließ die Murmeln mit seinen knochigen und ganz knotigen Fingern rollen, und wenn er auch zweifellos der Geschicktere war, so gab es doch keinen Trick, den Adelchi nicht kannte, und es war schwierig, ihm einen Vorteil abzugewinnen. Und dann war Nasostorto alle Augenblicke zerstreut, und Adelchi nutzte das aus, um zu mogeln und seinen Murmeln einen Stoß zu geben.

»Schreit sie da?« fragte Nasostorto und hob den Kopf hoch. »Hat sie nicht geschrien?«

»Spiel«, sagte Adelchi, den Kreis aufmerksam betrachtend, »du bist dran.«

Nasostorto begann Theater zu spielen mit verdrehten Augen und rechtwinklig erhobenen Armen: »Ach, das Täubchen! Die zarte Taube und der gierige Sperber!«

Adelchi lächelte mit niedergeschlagenen Augen und gesenktem Kopf, wie ein alter Vertrauter: »Übrigens, die Preise kennst du ja, wenn du willst, hinterher, ich hab's ja schon gesagt ...«

Nasostorto gab der Kugel einen solchen Stoß, daß sie einen halben Meter über den Kreis hinaussprang.

»Bist du nicht bei Troste?« fragte Adelchi.

Nasostorto war schon deswegen wütend, weil er so spielen wollte wie die Jungen: Wer gewinnt, bekommt die Murmeln des Verlierers. Aber Adelchi hatte gesagt, daß es so keinen Spaß mache und daß man um Tausendlirescheine spielen müsse. Und er hatte seine Brieftasche herausgezogen, die aussah wie eine Schulmappe. So kam es, daß Nasostorto anfing, aus seiner Tasche die wenigen Tausendlirescheine zu ziehen, die er besaß, weil Adelchi ihn immer wieder besiegte. Es war nicht abzusehen, wann Foffo wiederkommen würde. Er hatte ihn nicht mehr lachen hören.

Tatsächlich hatte Foffo aufgehört zu lachen.

»Sei lieb«, wiederholte er, und die Fältchen um seine Mundwinkel zitterten, und seine Augen waren weit aufgerissen, »hör auf, nicht werfen, bist du verrückt, was machst du, an den Kopf, die Steine, wenig hätte gefehlt ...«

Costantina war wieder mitten auf den Schienen. Sie hatte einen Stein geworfen und ihn nur um Haaresbreite verfehlt. Jetzt wog sie einen anderen in der Hand. Foffo stand auf der Böschung mit erhobenen Händen, um seinen Kopf zu schützen, unentschlossen, ob er vorwärts laufen oder fliehen sollte.

»Beim ersten Schritt werfe ich ...«, sagte Costantina.

»Aber bist du denn wahnsinnig? Bist du wahnsinnig geworden? Aber waren wir denn nicht einig? Hab ich nicht alles mit deinem Vetter geregelt, sag? Auh!« Ein großer Stein hatte heftig seinen Arm getroffen. Das Mädchen zielte immer auf den Kopf. Foffo krümmte sich und rieb sich stöhnend den Ellenbogen.

»Das ist ja gar nicht sie, die schreit ...« Nasostorto hob den Kopf. »Das scheint er zu sein ...«

Auch Adelchi war aufgefahren. Er faßte sich und schob seine Murmel. »Los, spiel«, sagte er zu dem Mann, »du bist an der Reihe, los, geh aufs Ganze!«

»Auh! Hilfe!« schrie Foffo unter einem Hagel der scharfen und spitzen Steine des Eisenbahnschotters, die seine Schienbeine trafen, seinen Magen, seine Brust und die mit der Kraft und Zielsicherheit eines Bauernmädchens geworfen wurden. Einer streifte seine Stirn. Er faßte hin: Es blutete. »Hilfe! Genug! Ich tu dir ja nichts mehr! Hör auf zu werfen! Ich fasse dich nicht mehr an! Ich komm dir nicht in die Nähe! Laß mich zum Meer gehn und das Taschentuch naß machen.«

Costantina unterbrach den Steinhagel. Zusammengekrümmt, nicht wagend sich aufzurichten, sie im Auge haltend, überquerte Foffo die Bahnlinie an einer weit von ihr entfernten Stelle, stieg zum Meer hinab, kniete nieder, tauchte das Taschentuch in den Ausläufer einer Welle, befeuchtete seine Wunde. Das Mädchen mit den Zöpfen war oben stehengeblieben und sah ihm unbeweglich zu, einen Stein fest in der Hand.

Foffo befühlte seine Knochen, betupfte sich die Stirn. Er hatte etwas Angst gehabt, aber jetzt war sie vorbei. Er war ganz bleich, aber nichts Ernstliches war ihm geschehen. Eine tolle Person, die da oben! »Sag, weißt du, daß du ein sauberes Früchtchen bist? Was ist in dich gefahren! Sah fast so aus, als wolltest du mich totschlagen! Konntest du's nicht vorher sagen? Konntest du's nicht sagen, daß du's nicht willst? Geh, was bist du für ein sauberes Früchtchen!« Und das Lachen packte ihn wieder, erst leise und dann immer lauter: »Ha, ha, ha!« Und lachend stieg er die Fahrstraße wieder hinauf, in gebührender Entfernung von Costantina und der Reichweite ihrer Geschosse.

»Er lacht wieder«, sagte Nasostorto. Sie hatten das Spiel beendet, und Adelchi hatte gewonnen.

Nasostorto hielt seine offene Hand dem Jungen entgegen: »Los: gib her.«

Er spielte den Dummen.

»Was willst du?«

Er war an den Rechten geraten.

»Gib mir all die Tausendlirescheine. Es war doch nur zum Spaß. Was hast denn du gedacht?«

»Du bist verrückt. Man spielt nie zum Spaß. Wenn du willst, schenke ich dir die Murmeln. Hier.«

Er legte ihm die Murmeln in die Hand: die aus Ton und die gläserne mit der grünen und gelben Spirale. Nasostorto schnaufte durch die große Nase, verdrehte die Augen und steckte die Murmeln ein, die er in der Tiefe der Manteltasche durch die Finger gleiten ließ.

Foffo war wieder auf der Straße erschienen; ein wenig verstimmt. Er kam näher, die Hände in den Hosentaschen, den Hut ins Gesicht gezogen, so daß er ihm die Stirn verdeckte. Die beiden drehten sich um und betrachteten ihn: Seine Mundwinkel zogen sich wieder nach oben. Wieder gurgelte ein Lachen in seiner Kehle.

»Na«, sagte Nasostorto, »wie ist es gegangen?«

»Oh, du fragst? Du fragst mich, wie es gegangen ist, Nasostorto? Wie sollte es gegangen sein! Glänzend! Glänzend ist es gegangen, Alter, glänzend, ha, ha, ha!«

»Ich hab dir's ja gesagt, daß du zufrieden sein würdest«, sagte Adelchi, der nach einem kurzen Zögern seine wichtigtuerische Miene wieder aufgesetzt hatte.

Costantina erschien ihrerseits auf der Straße, mit herabhängenden Zöpfen, die Fäuste hinter dem Rücken versteckt. Foffo sah sie nicht an. Nasostorto zog den Hut und machte eine linkische Verbeugung zu ihr hin. Einen Augenblick schien es, als wolle das Mädchen stehenbleiben, dann machte es jedoch kehrt, rannte die Straße hinunter, schnell wie ein Hase, und verschwand bald in einer Biegung.

»He, he, du! Mädchen!« rief Adelchi. »Wohin läufst du, Mädchen! Nicht fortrennen!« und schickte sich an, ihr nachzulaufen.

Nasostorto hielt ihn an. »Laß sie laufen, Chef. Sie ist wohl erschrocken. Foffo, diese Bestie, hat sie wohl erschreckt, unsere Walderdbeere, wer weiß, was er ihr getan hat.«

»Erdbeere«, lachte Foffo, »hast du eine Ahnung, wie Erdbeeren sind!«

Adelchi dachte, daß das Geld ihm bleiben würde, auch wenn sie davongerannt war, und daß er sie ruhig laufenlassen könnte. »Caballeros«, sagte er zu den beiden als Zeichen des Abschieds, »geht immer aufs Ganze.«

Nasostorto warf Foffo einen fragenden Blick zu. Dann deutete er mit dem Kinn auf den Jungen. Adelchi begriff, daß etwas schiefgehn würde, und trat einen Schritt zurück, aber schon hatten die beiden großen Hände Foffos ihn gepackt. »Hilfe! Verräter!«

Sie kippten alles, was er in der Tasche und im Brotsack hatte, auf die Erde, fanden das Paket mit den Tausendlirescheinen, teilten es in zwei Teile, wie man einen Stoß Spielkarten teilt, und nahmen jeder die Hälfte davon. Den Käfig brachen sie auf, und der Grünfink flog fort. Ein Tritt in den Hintern beförderte Adelchi drei Meter weiter.

Die beiden entfernten sich, der eine auf seinen bläulichen Beinen hinkend, der andere behutsamen Schrittes seiner unrühmlichen Wunden wegen.

»Ach, Foffo!«

»Ach, Nasostorto! Ha, ha, ha!«

»Bist in Ordnung, in Ordnung, Foffo!«

Übersetzt von Julia M. Kirchner

Die Nacht der Zahlen

Die Abenddämmerung dringt ein in die Straßen und in die Boulevards, füllt die Fugen zwischen den Blättern der Bäume mit Schwärze aus, tüpfelt die Oberleitungen der Straßenbahnen mit sprühenden Funken, klafft auf in getönten Kegeln unter den Punktlaternen, entflammt das prunkvolle Fest der Schaufenster und betont an den Fassaden darüber die Zurückhaltung der Vorhänge vor den Wohnungsfenstern. Jedoch in den Erdgeschossen und den Zwischenstockwerken enthüllen breite Lichtrechtecke ohne jeden Schutzschirm die Geheimnisse der Büros von tausend Firmen der Stadt. Der Arbeitstag ist beendet: Von den Walzen der in Reih und Glied aufgestellten Schreibmaschinen rutschen die letzten Bogen und werden von dem abgenutzten Kohlepapier getrennt; auf den Schreibtischen der Bürovorsteher werden die Dossiers mit der Korrespondenz der Firma abgelegt, die Stenotypistinnen stülpen die Hüllen über die Maschinen und begeben sich zur Garderobe, oder sie schließen sich bereits dem Kränzchen in Mänteln an, das sich an der Stempeluhr angesammelt hat. Bald ist alles öd und verlassen. Nun zeigen die Fenster ganze Suiten von leeren Sälen, eingetaucht in das kalkige Weiß, das von den Neonleuchten zurückstrahlt auf die in Zonen von aufheiternden Farben eingeteilten Wände, auf die glänzenden, kahlen Schreibtische, auf die mechanografischen Apparate, die im Stehen wie Pferde schlafen, nachdem das Stampfen ihrer hartnäckigen Denkbemühungen aufgehört hat. Und da nun bevölkert sich diese geometrische Kulisse auf einmal mit Weiblein mittleren Alters, eingemummt in grün und scharlachrot geblümte Kleider, die Köpfe in Tücher gehüllt oder im Empirestil frisiert oder auch mit einer Seidenschleife drapiert, in viel zu kurzen Röcken, unter denen geschwollene Beine in Wollstrümpfen hervorsehen, die Füße bewehrt mit Filzpantoffeln. Die Nacht der Buchhaltung erzeugt Hexen. Sie ergreifen Besen und Schrubber und stürzen sich über jene glatten Oberflächen, um darauf die Spuren ihrer Kabalen zu zeichnen.

In einem Fensterviereck taucht das sommersprossige Gesicht

eines Jungen auf, mit einem borstigen Kamm schwarzer Haare, taucht auf und entgleitet wieder, taucht am folgenden, am nächsten, am übernächsten Fenster auf wie ein Mondfisch in einem Aquarium. Jetzt verweilt es in der Ecke eines Fensters, doch in diesem Augenblick rollt plötzlich die Jalousie herunter, und das leuchtende Viereck des Aquariums verschwindet. Eins, zwei, drei, vier, über alle Fenster bricht Dunkelheit herein, und in jedem ist das letzte, was man zu sehen bekommt, jenes Frätzchen mit der Grimasse eines Mondfisches.

»Paolino! Hast du alle Jalousien heruntergelassen?«

Obwohl Paolino früh aufstehen muß, um zur Schule zu gehen, nimmt seine Mutter ihn jeden Abend mit, damit er ihr ein bißchen hilft und arbeiten lernt. Eine sanfte Schlafwolke beginnt um diese Zeit seine Augenlider zu beschweren. Betritt man, aus den bereits dunklen Straßen kommend, diese menschenleeren und lichterfüllten Räume, dann ist man wie betäubt. Auch die Tischlampen brennen noch, halten die grünen Schirme an den langen biegsamen Hälsen über die glänzenden Flächen der Schreibtische gesenkt. Paolino drückt im Vorübergehen auf die Knöpfe, um sie auszumachen und diese Helligkeit ein wenig zu mildern.

»Was tust du? Glaubst du wirklich, es ist jetzt Zeit für Spielereien? Komm und hilf uns ein bißchen! Sind die Jalousien herunter?«

Paolino läßt mit brüsker Bewegung die Jalousien auf einmal herunterrollen. Die Finsternis der Nacht da draußen, der Lichthof der Laternen, der gedämpfte Schein der fernen Fenster auf der anderen Seite des Boulevards verschwindet, und es gibt keine andere Welt mehr als diese Schachtel voll Licht. Jedesmal, wenn eine Jalousie niederrasselt, scheint Paolino aus seiner Erstarrung zu erwachen. Aber das ist so, wie wenn man im Schlaf davon träumt, aufzuwachen, und nichts anderes tut, als in einen anderen, noch tieferen Traum zu versinken.

»Mama, darf ich mir jetzt die Papierkörbe vornehmen?«

»Ja, das ist brav, nimm den Sack, geh!«

Paolino ergreift den Sack und streift durch die Büroräume, um die Körbe mit der Makulatur zu leeren. Der Sack ist größer als Paolino selbst, und er zerrt ihn über den Fußboden hinter sich her. Er bewegt sich langsam, damit sein Rundgang so lange wie möglich dauert: Dies ist für Paolino der angenehmste Augenblick des ganzen Abends. Säle mit langen Reihen von Rechenmaschinen und Ordnern, die alle gleich sind, öffnen sich vor ihm, Räume mit gewichtigen Schreibtischen, beladen mit Telefonen und Diktiergeräten und Tastaturen. Es macht ihm Spaß, so allein umherzuschweifen, bis er sich geradezu eins fühlt mit diesen metallischen Einrichtungsgegenständen, mit diesen rechtwinkligen Kanten und Ecken und alles andere darüber vergißt, ihm vor allem aber nicht mehr das Geplapper seiner Mutter und der Signora Dirce in den Ohren dröhnt.

Der Unterschied zwischen der Signora Dirce und Paolinos Mutter besteht darin, daß sich die Signora Dirce sehr viel darauf einbildet, daß sie die Bürozimmer der Firma »Sbav« reinigen darf, während es Paolinos Mutter nichts ausmacht, ob sie in einer Firma, in einer Küche oder hinten im Lager eines Ladens aufräumt.

Die Signora Dirce kennt die Bezeichnungen all dieser Büros. »Und nun gehen wir in die Buchhaltung, Signora Pensotti«, sagt sie zu Paolinos Mutter.

»Was ist denn das wieder?« fragt die Signora Pensotti, die eine dicke kleine Frau ist, vor kurzem erst vom Land in die Stadt gekommen.

Die Signora Dirce hingegen ist mager und groß, würdevoll und gesetzt, und sie trägt eine Art Kimono. Sie kennt alle Geheimnisse der Firma, und Paolinos Mutter hört ihr mit offenem Mund zu. »Sehen Sie nur, wie unordentlich dieser Doktor Bertolenghi ist, geradezu unmöglich«, sagt sie. »Ich wette, daß es um den Export schlecht bestellt ist bei diesem Durcheinander ...«

Paolinos Mutter zupft sie am Ärmel: »Was denken Sie, was Sie sind ...? Lassen Sie das doch ... Warum fassen Sie das an, Signora Dirce? Wissen Sie denn nicht, daß wir auf den Tischen nicht putzen dürfen, wenn sie nicht leer sind? Nur leicht mit dem Federwisch übers Telefon, damit das Schlimmste wegkommt ...«

Die Signora Dirce steckt ihre Nase auch in die Papiere, nimmt einen Brief, hält ihn dicht vor die Augen, weil sie kurzsichtig ist, und meint, »Sag bloß, hören Sie mal zu, dreihunderttausend Dollar steht hier ... Wissen Sie überhaupt, wieviel das ist – dreihunderttausend Dollar, Signora Pensotti?«

Paolino erscheinen die beiden Frauen wie ein Mißklang, wie eine Beleidigung für die Gesetztheit des Büros. Beide gehen ihm auf die Nerven: Die Signora Dirce ist anmaßend, lächerlich, wenn sie sich in den Sessel eines Bürovorstehers fläzt, um die Tastatur des Diktaphons oder die Schubladengriffe abzustauben, und dabei, während sie ihr Wischtuch hin und her bewegt, die Miene des Bürovorstehers aufsetzt, der im Begriff steht, eine wichtige Angelegenheit zu erledigen; und seine Mutter wiederum ist immer noch die Frau vom Lande, die die Tiere im Stall zu versorgen scheint, wenn sie die Rechenmaschinen putzt.

Je weiter sich Paolino von ihnen entfernt und in die menschenleeren Büroräume vordringt, um so mehr dehnen seine schläfrig verkleinerten Augen diesen kahlen, mit dem Winkelmaß abgezirkelten Horizont aus, und es macht ihm Spaß, sich selbst als eine Ameise vorzustellen, als ein fast unsichtbares Geschöpf, das durch ein verlassenes, linoleumglattes Gebiet läuft, zwischen glänzenden, senkrecht durchschnittenen Bergen und unter einem flachen, weißen Himmel. Dann packt ihn die Angst, und um wieder Mut zu fassen, sucht er ringsum nach Zeichen menschlichen Lebens, das ja immer abwechslungsreich und unharmonisch ist. Unter der Glasplatte eines Tisches – er gehört einer Angestellten – liegt ein Foto von Marlon Brando; eine andere hat einen Topf mit Narzissenzwiebeln auf dem Fensterbrett; in einem Papierkorb steckt eine Illustrierte, in einem anderen ein Blatt aus einem Notizblock, bekritzelt mit Bleistiftkarikaturen; der Schemel einer Stenotypistin riecht nach Veilchen, in einem Aschenbecher liegen Stanniolütchen von Likörpralinen. Man braucht sich eben nur an solche Einzelheiten zu halten, und schon schwindet der Schrecken dieser geometrischen Wüste, Paolino jedoch fühlt sich dadurch fast gedemütigt, als wäre es eine Feigheit, denn gerade das, was ihn am meisten schreckt, das eben will und muß er meistern.

Ein Saal ist voller Maschinen. Sie stehen jetzt still, aber Paolino hat sie einmal schon arbeiten gesehen, mit unablässigem Gesumme und mit dem Auf- und Abschnellen dicker durchlöcherter Blätter, wie Flügeldecken von Insekten; und ein Mann in weißem Chirurgenkittel, der die Maschinen bediente, ließ sich herab, ein paar Worte mit Paolino zu wechseln. »Es kommt der Tag, wo die Büros nur noch so weiterarbeiten werden«, hatte er zu ihm gesagt. »Dann wird niemand mehr gebraucht, nicht einmal ich.«

Paolino war sogleich zur Signora Dirce gelaufen. »Wissen Sie, was diese Maschinen herstellen?« hatte er sie gefragt, hoffend, er würde sie bei einem Irrtum ertappen. Der Mann im weißen Kittel hatte ihm eben eigens erklärt, daß diese Maschinen nichts herstellen, sondern alle Geschäfte der Firma leiten. Sie kontrollieren die Rechnungen, wissen alles, was geschehen ist und was geschehen soll.

»Die da?« hatte die Signora Dirce gesagt. »Die können nicht einmal als Mausefallen dienen, meine ich. Soll ich euch mal was sagen? Der Schwager vom Direktor Pistagna hat die Vertretung für diese Maschinen, und da hat er sie eben der Firma aufgeschwatzt. So einfach ist das ...«

Paolino hatte nur die Achseln gezuckt: Es war wieder einmal ganz klar, daß die Signora Dirce gar nichts begriff, sie wußte ja nicht einmal, daß diese Maschinen die Vergangenheit und die Zukunft kennen und daß sie die Büros, leer und verlassen wie jetzt nachts, allein weiterführen würden. Nun, während Paolino den Sack mit Makulatur hinter sich herschleppt, versucht er sich vorzustellen, wie das sein wird, will sich auf diese Gedanken konzentrieren, so weit weg wie möglich von seiner Mutter und von der Signora Dirce, aber da gibt es immer etwas, was ihn daran hindert, als wäre etwas Störendes anwesend. Was ist es?

Er betritt einen Büroraum, um die Papierkörbe zu holen, und hört ein entsetztes »Hach!«. Ein Angestellter und eine Angestellte, die dageblieben sind, um Überstunden zu machen, haben seine borstige Mähne wie ein Stachelschwein plötzlich in der Tür auftauchen und dann das Bürschchen im rot und grün gestreiften Trikot hervorkommen sehen, einen großen Sack hinter sich herzerrend. Voller Schmerz muß Paolino begreifen, daß jene unangebrachte Anwesenheit an diesem Ort eben die seine ist.

Dagegen scheinen die Angestellten im Einklang mit der Umgebung zu sein. Von diesen beiden, die hier Überstunden machen, ist das Fräulein rothaarig und trägt eine Brille, während das Haar des Mannes nach Brillantine glänzt. Er diktiert ihr

Zahlen, und sie tippt. Paolino bleibt stehen, um ihnen zuzuschauen. Der Angestellte verspürt beim Diktieren das Bedürfnis, umherzugehen, aber seine Bewegungen zwischen den vielen Tischen sind wie in einem Labyrinth, alle rechtwinklig. Nun nähert er sich dem Fräulein, dann entfernt er sich wieder von ihr; die Zahlen prasseln herab wie trockener Hagel, die Tasten heben und senken die Hämmerchen der Maschine, die Hände des Angestellten berühren nervös den Tischkalender, die Karteikästen, die Stuhllehnen, und alles, was sie anfassen, ist Metall. Plötzlich gähnt das Fräulein, hält inne, um auf der Walze zu radieren, und für einen Augenblick gewinnt alles einen freundlicheren, herzlicheren Ausdruck; der Angestellte wiederholt leise die Zahl, legt eine Hand auf die Stuhllehne des Fräuleins, und sie wölbt den Rücken, bis er seine Hand streift, und ihre Blicke, die sich für kurze Zeit ineinander vertiefen, mildern ein wenig die Spannung der dauernden Aufmerksamkeit. Doch nun ist das Ausradieren beendet; sie beginnt wieder auf den Tasten zu trommeln und er Zahlen herunterzuschnurren; sie haben sich voneinander gelöst, alles ist wieder wie zuvor.

Paolino muß nun aber doch den Papierkorb holen. Um sich eine ungezwungene Haltung zu geben, fängt er zu pfeifen an. Die beiden unterbrechen sich, schauen auf. Paolino deutet auf den Korb. »Ja, du kannst.« Paolino kommt mit zum Pfeifen gespitztem Mund näher, jedoch ohne einen Laut von sich zu geben. Unwillkürlich machen die beiden eine kurze Pause, während er zum Papierkorb geht, und in dieser Pause nähern sie sich wieder einander, ihre Hände berühren sich, ihre Blicke schießen nicht hierher oder dorthin, sondern wenden sich einander zu, bis sie sich treffen. Paolino öffnet langsam den Schlund seines Sackes, hebt den Papierkorb hoch; der junge Mann und das Fräulein lächeln sich zu. Paolino kippt mit einer jähen Bewegung den Papierkorb aus, klopft mit der Hand auf den Boden, um die Reste in den Sack fallen zu lassen. Der Angestellte und das Fräulein haben schon wieder mit vollem Ungestüm zu arbeiten begonnen, er, indem er ihr unaufhörlich diktiert, sie über ihre Maschine gebeugt, mit diesem rotem Haar, das ihr Gesicht verhüllt.

»Paolino! Paolino! Komm die Leiter halten!«

Paolinos Mutter putzt die Scheiben auf der Stehleiter, Paolino läuft hin, um ihr die Leiter zu halten. Die Signora Dirce, die den Bohnerbesen vor und zurück schiebt, bemängelt das Fehlen von Fußabtretern: »Einer Firma wie dieser müßte es doch nichts ausmachen, vier Fußabtreter auszulegen, damit die Leute die Büros nicht mit schmutzigen Schuhen betreten ... Aber nein, wir sollen immer bloß schuften, und wehe, wenn der Fußboden nicht blitzeblank ist ...«

»Also, am Sonnabend wachsen wir ihn, Signora Dirce, Sie werden schon sehen, wie gut ihm das bekommt ...«, sagt die Signora Pensotti.

»Oh, ich hab ja an dem Cavaliere Uggero gar nichts auszusetzen, wissen Sie, Signora Pensotti, es ist der Direktor Pistagna, von dem ich meine, im Vertrauen, daß er ...«

Paolino hört ihnen nicht zu. Er muß an jenen jungen Mann und an das Fräulein denken. Wenn Überstunden nach dem Abendessen gemacht werden, bildet sich zwischen Männern und Frauen eine Atmosphäre, als hätten sie eine außergewöhnliche Probe zu bestehen. Sie arbeiten schnell, könnte man meinen, aber es ist etwas Gespanntes, Geheimnisvolles dabei. Paolino weiß es nicht in Worte zu kleiden, aber in den Augen jener beiden lag etwas, was ihm aufgefallen ist, und er wäre gern umgekehrt, um sie noch einmal zu sehen.

»Halt doch die Leiter fest, schläfst du? Oder willst du, daß ich falle?«

Paolino betrachtet nun die Grafiken an den Wänden. Rauf, runter, rauf, rauf, etwas runter, wieder rauf. Was mögen sie wohl darstellen? Vielleicht kann man sie lesen, wenn man dabei pfeift: eine Note, die steigt, die immer noch steigt, dann eine tiefe Note, dann eine längere hohe. So versucht er, die Zeichnung einer Grafik zu pfeifen: Fifiii-fiii ..., dann die einer anderen und dann noch eine. Ein hübsches Motiv kommt dabei heraus. »Was pfeifst du denn, bist du blöd?« schreit die Mutter. »Willst du eine Ohrfeige?«

Paolino geht nun mit dem Kehrichteimer umher, um die Aschenbecher zu leeren. Er kehrt in den Raum zurück, in dem jene beiden gewesen sind. Man hört das Tippen der Maschine nicht mehr. Sind sie etwa schon weg? Paolino streckt den Kopf vor. Das Fräulein ist aufgestanden, hält dem jungen Manne mit der Pomade im Haar eine zur Kralle gekrümmte Hand mit spitzen lackierten Fingernägeln entgegen; er schiebt einen Arm vor, als wollte er sie an der Kehle packen. Paolino beginnt zu pfeifen: Jenes Motiv, das er sich kurz zuvor ausgedacht hat, kommt ihm auf die Lippen. Sie nehmen Haltung an: »Oh, da bist du ja schon wieder?« Sie haben bereits die Mäntel angezogen und sehen sich im Stehen noch gewisse Papiere an, die für die morgige Arbeit bestimmt sind. »Der Aschenbecher!« sagt Paolino. Aber sie beachten ihn nicht, legen die Blätter wieder hin und gehen. Hinten im Korridor nimmt er ihren Arm.

Paolino gefällt es nicht, daß sie fort sind. Nun ist wirklich niemand mehr da. Man hört nur noch das Summen der Bohnermaschine und die Stimme seiner Mutter. Paolino geht durch den Salon des Verwaltungsrats mit dem Mahagonitisch, der so blank ist, daß man sich darin spiegeln kann, und den Ledersesseln ringsherum. Er hätte Lust, Anlauf zu nehmen, sich wie ein Fisch auf die Tischfläche zu werfen und sie mit einem Bauchrutscher von einem Ende zum anderen entlangzugleiten, dann in einem Sessel zu versinken und gleich darin einzuschlafen. Statt dessen beschränkt er sich darauf, mit einem Finger darüber zu streichen und die feuchte Spur zu betrachten, die wie das Kielwasser eines Schiffes aussieht, um sie dann mit dem Ärmel seines Trikots wegzuwischen.

Der große Saal der Buchhaltung ist in viele Boxen eingeteilt. Im Hintergrund hört man gedämpftes Tippen. Dort muß noch jemand sein, der Überstunden macht. Paolino geht von einer Box zur anderen, aber es ist wie ein Labyrinth aus völlig gleichen Gängen, und das Tippen scheint jedesmal von einer anderen Stelle zu kommen. Schließlich entdeckt er in der letzten Box über eine alte Addiermaschine gebeugt einen abgemagerten Buchhalter im Pullover, einen grünen Zelluloidschirm mitten auf dem länglichen kahlen Schädel. Der Buchhalter hebt beim Tippen die Ellenbogen an wie ein Vogel, der mit den Flügeln schlägt: Er ähnelt wirklich einem großen Vogel, der sich hier niedergelassen hat, mit diesem Schirm, der wie ein Schnabel anmutet. Paolino will nach dem Aschenbecher greifen, um ihn zu leeren, aber der Buchhalter raucht und legt gerade seine Zigarette auf den Rand.

»Ciao«, sagt der Buchhalter.

»Guten Abend«, erwidert Paolino.

»Was treibst du dich um diese Zeit hier herum?« Der Buchhalter hat ein langes, blasses Gesicht mit trockener Haut, als bekäme es die Sonne nie zu sehen.

»Ich leere die Aschenbecher.«

»Kinder haben nachts zu schlafen.«

»Ich bin mit meiner Mutter hier. Wir sind die von der Reinigung. Wir fangen jetzt erst an.«

»Und wie lange bleibt ihr da?«

»Bis halb elf oder bis elf. Manchmal machen wir auch Überstunden, am Morgen.«

»Das Gegenteil von unseren, Überstunden am Morgen.«

»Ja, aber nur ein- oder zweimal in der Woche, wenn gewachst wird.«

»Ich dagegen mache immer Überstunden. Ich werde nie fertig.«

»Womit?«

»Damit, daß die Rechnungen stimmen.«

»Stimmen sie nicht?«

»Nie.«

Reglos, die Hand um den Griff der Addiermaschine, den Blick auf den schmalen Streifen gerichtet, der bis auf den Boden abrollt, scheint sich der Buchhalter von der Zahlenreihe etwas zu erhoffen, die aus der Walze hervorkommt, so wie der Rauch von der Zigarette zwischen seinen Lippen in einem geraden Faden aufwärts steigt, vorbei an seinem rechten Auge, auf den Schirm stößt, ihm ausweicht, sich dann weiter bis zur Lampenkuppel emporringelt und sich unter ihrem Schirm zu einer Wolke verdichtet.

Jetzt sage ich es ihm, denkt Paolino. Und er fragt: »Gibt es da nicht die elektronischen Maschinen, die alles selber ausrechnen? Entschuldigen Sie.«

Der Buchhalter blinzelt, irritiert durch den Qualm. »Alles falsch«, sagt er.

Paolino hat den Lappen weggelegt, den Kehrichteimer hingestellt und stützt sich auf den Tisch des Buchhalters. »Können sich diese Maschinen denn irren?«

Der Mann mit dem grünen Schirm schüttelt den Kopf. »Nein, es ist von vornherein so, alles war schon von Anfang an falsch.« Er steht auf, sein Pullover ist zu kurz, und das Hemd hat sich an der Gürtellinie rundherum aufgebauscht. Er nimmt die Jacke von der Stuhllehne und zieht sie an. »Komm mit.«

Paolino folgt dem Buchhalter zwischen den Boxen hindurch. Der Buchhalter macht lange Schritte, und Paolino muß hinter ihm her traben. Sie laufen durch den ganzen Korridor; als sie hinten angekommen sind, hebt der Buchhalter einen Vorhang hoch: Dort ist eine Wendeltreppe, die hinabführt. Es ist dunkel, aber der Buchhalter weiß, wo ein Schalter ist, und knipst unten ein schwaches Lämpchen an. Nun gehen sie die Wendeltreppe zu den Kellerräumen der Firma hinab. Im Kellergeschoß ist eine kleine Tür, mit einer Vorhängekette verschlossen. Der Buchhalter hat den Schlüssel dazu, er öffnet. Drinnen muß es wohl keine elektrische Leitung geben, denn der Buchhalter zündet ein Streichholz an und findet mit sicherem Griff eine Kerze, die er ansteckt. Paolino kann nichts genau erkennen, aber er begreift, daß er in einem engen Raum, in einer Art Zelle ist und ringsherum liegen, aufgehäuft zu Stößen, die bis an die Decke reichen, Kladden, Register, verstaubte Schriftstücke, und bestimmt entströmt ihnen jener Schimmelgeruch.

»Dies hier sind all die alten Hauptbücher der Firma«, sagt der Buchhalter, »aus den hundert Jahren ihrer Existenz.« Er hat sich auf einen hohen Schemel hinaufgeschwungen und schlägt ein schmales, längliches Heft auf, das über einer schräg wie ein Lesepult geneigten Bank liegt. »Siehst du? Das hier ist die Schönschrift von Annibale De Canis, dem ersten Buchhalter der Firma, er war der sorgfältigste, den es jemals gab. Schau nur, wie ordentlich er die Eintragungsbücher hielt.«

Paolino läßt seinen Blick über die Zahlenkolonnen in schöner, länglicher Kalligraphie mit kleinen Schnörkeln schweifen.

»Nur dir allein zeige ich diese Dinge. Die anderen würden sie gar nicht verstehen. Und jemand muß das gesehen haben – ich bin schon alt.«

»Jawohl, Herr Buchhalter«, versetzt Paolino mit dünner Stimme.

»Einen solchen Buchhalter, wie den Annibale De Canis hat es nie wieder gegeben.« Der Mann mit dem grünen Schirm hebt die Kerze, um das Foto eines Herrn mit Schnurrbart und Spitzbart, in eleganter Pose neben einem Spitz, zu beleuchten, das über einem Stoß von Registern neben einer alten Rechenmaschine mit auseinanderfallenden Stäbchen hängt. »Und dennoch unterlief diesem unfehlbaren Mann, diesem Genie, schau, am 16. November 1884«, und er blättert in dem Hauptbuch, schlägt es auf, wo eine vertrocknete Gänsefeder als Zeichen steckt, »hier, ein Irrtum, ein grober Fehler über eine Summe von vierhundertzehn Lire.« Die Summe ist am unteren Ende der Seite mit einem dicken roten Bleistiftstrich eingekreist. »Keiner hat es je bemerkt, nur ich allein weiß es, und du bist der erste, dem ich das sage: Behalt es für dich und vergiß es nicht! Aber schließlich, selbst wenn du es herumerzählen solltest, du bist ja noch ein Kind, und niemand wird auf dich hören ... Aber nun weißt du, daß alles falsch ist. Weißt du, was in den vielen Jahren aus diesem Irrtum von vierhundert Lire geworden ist? Milliarden! Milliarden! Die Rechenmaschinen, die elektronischen Hirne und all das andere Zeug – die können es jetzt drehen und wenden, wie sie wollen! Der Fehler steckt tief im Innersten, im Innersten all ihrer Zahlen, und er wächst, wächst und wächst!« Sie hatten die Kammer wieder verschlossen, stiegen die Wendeltreppe hinauf und liefen durch den Korridor. »Die Firma ist groß, sehr groß geworden, hat Tausende von Aktionären, ist mit hundert anderen Firmen vereinigt, hat ungezählte Auslandsvertretungen, aber sie alle wirtschaften immer nur mit falschen Zahlen, nicht eine Spur Wahrheit ist in all ihren Berechnungen. Die halbe Stadt ist auf diesen Irrtümern aufgebaut, was sage ich: die halbe Stadt – die halbe Nation! Und der Export und Import? Alles falsch, die ganze Welt schleppt sich herum mit diesem Irrtum, dem einzigen Irrtum, der dem Buchhalter De Canis in seinem Leben unterlaufen ist, diesem Meister, diesem Giganten der Rechnungsführung, diesem Genie!«

Der Mann ist zum Kleiderständer gegangen und hat seinen Mantel angezogen. Sein Gesicht wirkt ohne den grünen Schirm für einen Augenblick noch trauriger und bleicher, dann versinkt es wieder im Schatten der Hutkrempe, die tief über den Augen sitzt.

»Und weißt du, was ich dir sage?« bemerkt er leise, während er sich bückt. »Ich bin sicher, er hat das absichtlich getan!«

Er richtet sich auf, steckt die Hände in die Taschen. »Wir beide haben uns nie gesehen und nie gekannt«, sagt er durch die Zähne zu Paolino.

Dann dreht er sich um, wendet sich zur Tür mit einer Haltung, die kerzengerade erscheinen soll, aber krumm wirkt, und trällert: »Ach, wie so trügerisch ...«

Ein Telefon schrillt. »Hallo! Hallo!« tönt die Stimme der Signora Dirce. Paolino läuft hin.

»Ja, ja, die Firma ›Sbav‹. Was sagen Sie? Wie? Do Brasil? Sag bloß, die rufen aus Brasilien an. Jawohl, aber was möchten Sie? Ich verstehe nicht ... Wissen Sie was, Signora Pensotti? Die sprechen brasilianisch, wollen Sie nicht auch mal hören?«

Es muß wohl ein Kunde vom anderen Ende der Welt sein, der sich in der Berechnung der Zeitzonen geirrt hat und zu dieser Stunde telefonieren will.

Paolinos Mama reißt der Signora Dirce den Hörer aus der Hand. »Hier ist niemand, niemand, verstehen Sie?« schreit sie hinein. »Rufen Sie morgen an, morgen! Wir sind hier ganz allein, wir sind die von der Reinigung, verstehen Sie? Die von der Reinigung!«

Übersetzt von Caesar Rymarowicz

Der Eintritt in den Krieg

Der 10. Juni des Jahres 1940 war ein nebliger Tag. Es war eine Zeit, in der wir zu nichts Lust hatten. Trotzdem gingen wir an den Strand, am frühen Morgen schon, ich und mein Freund; er hieß Jerry Ostero. Es war bekannt, daß Mussolini am Nachmittag eine Rede halten würde, aber es war noch nicht ganz klar, ob wir in den Krieg eintreten würden.

Im Freibad waren fast alle Sonnenschirme zugeklappt; wir schlenderten am Strand entlang und tauschten unsere Vermutungen und Meinungen aus, in kurzen, unvollendeten Sätzen, zwischen denen lange Pausen lagen.

Ein bißchen Sonne brach durch, und wir ruderten mit einem Katamaran hinaus, wir beide und ein blondes Mädchen mit langem Hals, das eigentlich mit Ostero hätte flirten müssen, es aber nicht tat. Das Mädchen war faschistisch eingestellt und bekundete gegenüber unseren Ansichten manchmal eine träge, leicht schockierte Überheblichkeit, als wären es Anschauungen, die zu widerlegen nicht einmal lohnte. An diesem Tage jedoch war sie unsicher, wehrlos: Sie sollte am nächsten Tage abreisen, und das gefiel ihr nicht. Ihr Vater, ein Mann, der leicht zu beeindrucken war, wollte seine Familie aus der Frontnähe wegbringen, bevor der Krieg ausbrach. Schon im September hatte er ein Haus in einer kleinen Ortschaft in der Provinz Emilia gemietet. An diesem Morgen nun unterhielten wir uns in dem Katamaran darüber, wie schön es wäre, wenn Italien nicht in den Krieg eingriffe und wir in aller Ruhe baden könnten. Auch sie, den Hals neigend, die Hände zwischen den Knien, mußte schließlich zugeben: »O ja ... ja ... schön wäre es«, und dann, um diese Gedanken zu bannen: »Wir wollen hoffen, daß es auch diesmal blinder Alarm gewesen ist ...«

Wir begegneten einer Qualle, die an der Oberfläche schaukelte; Ostero fuhr mit dem Katamaran darüber, damit sie zu Füßen des Mädchens auftauchte und es erschreckte. Das Manöver mißglückte, denn das Mädchen bemerkte die Qualle nicht, es rief: »Ach was! Wo denn?« Ostero demonstrierte seine Ungezwungenheit im Umgang mit Quallen; er zog sie mit einem

Ruder an Bord und drehte sie um. Das Mädchen kreischte, aber nicht laut. Ostero stieß das Tier ins Wasser zurück.

Als ich die Anlagen verließ, holte mich Jerry ein, er war sehr stolz. »Ich habe sie geküßt«, sagte er. Er war zu ihr in die Kabine gegangen und hatte sie um einen Abschiedskuß gebeten. Sie habe sich geweigert, doch nach kurzem Kampf sei es ihm gelungen, sie auf den Mund zu küssen. »Das Wichtigste ist getan«, erklärte Ostero. Sie hatten auch vereinbart, sich während des Sommers zu schreiben. Ich gratulierte. Ostero, ein leicht entflammbarer junger Mann, klopfte mir einigemal heftig, schmerzhaft auf den Rücken.

Als wir uns gegen sechs Uhr wieder trafen, hatten wir Krieg. Der Himmel war noch immer bedeckt, das Meer war grau. Eine Kolonne Soldaten marschierte zum Bahnhof. Einige Leute klatschten ihnen vom Geländer der Passage Beifall. Nicht ein einziger der Soldaten blickte auf.

Ich traf Jerry mit seinem Bruder, einem Offizier, der auf Urlaub war und Zivil trug, einen eleganten Sommeranzug. Wir machten einige scherzhafte Bemerkungen über das Glück, das ihm zuteil geworden sei, ausgerechnet am Tage der Kriegserklärung auf Urlaub zu gehen. Filiberto Ostero, der Bruder, war ein hochgewachsener Mann, schlank, leicht nach vorn geneigt wie ein Bambusstab, und auf seinem blassen Gesicht spielte ein sarkastisches Lächeln. Wir setzten uns auf das Geländer nahe am Bahndamm, und er erzählte uns, wie unvernünftig gewisse Grenzbefestigungen auf unserer Seite angelegt seien und daß es in der Aufstellung der Artillerie Fehler gebe. Der Abend brach herein; die schmale Silhouette des jungen Offiziers, gebogen wie ein Klammerzeichen, zwischen den Fingern die qualmende Zigarette, die er fast gar nicht zum Munde führte, stach ab von dem Netz der Telegrafendrähte und dem dunklen Meer. Hin und wieder rangierte ein Zug, beladen mit Geschützen und Soldaten, und dampfte an die Grenze ab. Filiberto war sich nicht schlüssig, ob er auf den Urlaub verzichten und sofort zu seiner Einheit zurückkehren sollte – dazu trieb ihn wohl auch die Neugier, einige seiner pessimistischen Prognosen hinsichtlich der Taktik bestätigt zu sehen – oder ob er zu seiner Freundin nach Meran fahren sollte. Zusammen mit seinem Bruder überlegte er, wie viele Stunden er brauchen würde, um im Auto nach Meran zu gelangen. Ein wenig fürchtete er wohl auch, daß der Krieg zu Ende gehen könnte, während er noch auf Urlaub war; das wäre zwar sehr spaßig gewesen, aber auch nachteilig für seine Karriere. Er machte Anstalten, ins Kasino zu gehen, wo er spielen wollte; je nachdem, wie sehr ihm das Glück hold sein würde, wollte er entscheiden, was zu tun war. Er sagte wirklich: je nachdem, wieviel er gewinnen würde. Tatsächlich war er stets vom Glück begünstigt. Und nun entfernte er sich mit seinem sarkastischen Lächeln um die gespannten Lippen, einem Lächeln, das uns noch heute das Bild des in Marmarica Gefallenen in der Erinnerung heraufbeschwört.

Am Morgen des nächsten Tages gab es den ersten Luftangriff. Eine französische Maschine flog über uns dahin, und alle blickten ihr mit gerecktem Hals nach. Nachts folgte ein neuer Alarm: eine Bombe fiel, sie krepierte in der Nähe des Kasinos. An den Spieltischen entstand ein Chaos, Frauen fielen in Ohnmacht. Überall war es dunkel, denn das Kraftwerk hatte den Strom für die ganze Stadt gesperrt, über den grünen Tischen brannte nur das Notlicht der Hausanlage unter den schweren Lampenschirmen, die durch die Lufterschütterung heftig schaukelten.

Opfer hatte es nicht gegeben, wie wir am nächsten Tage erfuhren, abgesehen von einem kleinen Jungen in der Altstadt, der im Dunkeln einen Topf mit heißem Wasser umgestürzt hatte und an den Verbrühungen gestorben war. Aber die Bombe hatte die Stadt aufgeschreckt und erregt, und wie in solchen Fällen üblich, fand diese Aufregung ein phantastisches Ziel: die Spione. Alle erzählten, man habe Fenster beobachtet, die während des Alarms in regelmäßigen Abständen aufleuchteten und erloschen, oder es seien sogar geheimnisvolle Personen gesehen worden, die Feuer am Strand entfachten, oder Silhouetten, die auf freiem Felde den Flugzeugen dadurch signalisierten, daß sie mit Taschenlampen zum Himmel leuchteten.

Zusammen mit Ostero sah ich mir den Schaden an, den die Bombe angerichtet hatte: An einem Gebäude fehlte nur eine Ecke, also war es eine ganz kleine Bombe gewesen, gar nicht der Rede wert. Leute standen ringsherum und ließen ihren Meinungen freien Lauf: Noch lag alles im Bereich des Möglichen und des Vorausschaubaren; gewiß, ein Haus war bombardiert worden, aber man war noch nicht im Krieg, wußte noch nicht, was er bedeutete.

Ich konnte indessen den Gedanken an den Tod des kleinen Jungen, der sich mit dem siedenden Wasser verbrüht hatte, nicht loswerden. Es war ein Unfall gewesen, nichts weiter; das Kind hatte im Dunkeln den Topf umgestoßen, während die Mutter nur wenige Schritt von ihm entfernt stand. Aber der Krieg verlieh der idiotischen Unwiederrufbarkeit dieses Unglücks eine Richtung, einen allgemeinen Sinn: Die Hand, die den Hebel im Kraftwerk niedergedrückt hatte, war für den Unfall nur mittelbar verantwortlich, ebenso der Pilot, der unsichtbar am Himmel flog, der Offizier, der ihm den Kurs vorgeschrieben hatte, Mussolini, der den Krieg beschlossen hatte...

Militärfahrzeuge durchquerten ununterbrochen die Stadt, aber auch Zivilautos, die mit Hausrat auf dem Verdeck ins Landesinnere flüchteten. Zu Hause traf ich meine Eltern in größter Unruhe an, in die die Anordnung über eine sofortige Evakuierung sie versetzt hatte, die für sämtliche Ortschaften in den Voralpentälern galt.

Meine Mutter, die stets in diesen Tagen den neuen Krieg mit dem alten verglich, um anzudeuten, daß in diesem doch nichts von der großen Angst in den Familien, von dem Aufruhr der Gefühle zu spüren sei wie seinerzeit in dem anderen und daß dieselben Ausdrücke »Front«, »Schützengraben« nicht wiederzuerkennen seien, fremd klängen – meine Mutter erinnerte sich jetzt an die venetischen Flüchtlinge im Jahre 1917, an das andersartige Klima damals, und sie fand, daß die jetzige »Evakuierung« ungerechtfertigt war, aufgezwungen durch einen kalten, amtlichen Befehl.

Mein Vater, der über den Krieg nur abwegige Meinungen zum besten geben konnte, denn er war, da er das erste Viertel dieses Jahrhunderts in Amerika verbracht hatte, ein Europa und seinen Zeiten entfremdeter Mann, erlebte nun, daß auch die unveränderliche Szenerie der Berge, die ihm seit seiner Kindheit vertraut waren, der Schauplatz seiner weidmännischen Heldentaten, einstürzte. Es bereitete ihm Kummer zu wissen, daß von dem Räumungsbefehl auch seine Jagdgefährten betroffen waren, die er in jedem abgelegenen Dorf hatte, ebenso die armen

Bauern, die seine Gutachten einzuholen pflegten, wenn sie gegen den Fiskus prozessierten, und die geizigen Kläger, deren Streit er zu schlichten hatte, wobei er stundenlang umherlaufen mußte, um die Bewässerungsrechte für einen kümmerlichen Ackerstreifen zu bestimmen. Jetzt sah er bereits die verlassenen Fluren verunkrauten, die ungekalkten Mauern zusammenbrechen und die letzten Familien von Wildschweinen, die er jeden Herbst mit seinen Hunden hetzte, aus den Wäldern abziehen.

Für die Evakuierten – so hieß es in den Zeitungen – hätten der Fascio und das Hilfswerk vorgesorgt, sie hätten in den Ortschaften der Toskana Unterkünfte beschafft sowie Transport- und Verpflegungsmöglichkeiten organisiert, so daß es ihnen an nichts fehlen würde. Im Gebäude der Grundschule unserer Stadt war ein Durchgangslager eingerichtet worden. Alle Mitglieder des faschistischen Jugendverbandes waren aufgerufen, in Uniform zum Dienst zu erscheinen. Die meisten meiner Schulkameraden waren verreist, und wir konnten eigentlich so tun, als hätten wir von der Aufforderung nichts gehört. Ostero lud mich ein, ihm Gesellschaft zu leisten und ein neues Auto mit ihm auszuprobieren, das die Seinen kaufen wollten, da das alte vom Militär beschlagnahmt worden war.

»Und der Dienst?« fragte ich.

»Ach was, wir haben Ferien. Sie können uns doch deswegen nicht von der Schule jagen.«

»Aber die Flüchtlinge ...«

»Was können wir da tun? Sollen sich doch die um sie kümmern, die unentwegt ›Krieg! Krieg!‹ geschrien haben.«

Auf mich übten die Flüchtlinge eine Anziehungskraft aus, die ich mir nicht ganz erklären konnte. Vielleicht spielte die moralische Einstellung meiner Eltern dabei eine gewisse Rolle, bei meiner Mutter ein ziviler Moralismus, seinem Ursprung nach noch aus dem Kriegsjahr 1915, interventionistisch und pazifistisch zugleich, und bei meinem Vater jener ethnische, lokale, das Mitleid, das er mit den vernachlässigten, tyrannisierten Dörfern empfand; und genau so wie bei dem kleinen Jungen, der sich tödliche Verbrennungen geholt hatte, erkannte ich jetzt in dem Bild dieses wirren Haufens, das das Wort »Flüchtlinge« in mir heraufbeschwor, etwas Wahres und Uraltes, etwas, was auch mich irgendwie einbezog. Gewiß fand meine Phantasie hier mehr Nahrung als bei den Panzern, den Schlachtschiffen, den Flugzeugen auf den Abbildungen des ›Signals‹, bei diesem anderen Gesicht des Krieges, dem das Interesse der Allgemeinheit und auch die säuerliche Spöttelei meines Freundes Ostero galt.

Vor der Treppe des Schulgebäudes stiegen Flüchtlinge aus einem alten Postauto. Ich hatte die Avanguardistenuniform* an. Der zusammengedrängte Haufen mit dem zerlumpten Äußeren, mit seiner Krankenhausathmosphäre flößte mir auf den ersten Blick große Unruhe ein, als wäre ich bereits in der Kampflinie angelangt. Dann bemerkte ich, daß die Frauen mit den schwarzen Tüchern um den Kopf die gleichen waren, die man sonst immer beim Olivenpflücken oder bei den weidenden Ziegen sah, daß die Männer jene altgewohnten verschlossenen Bauerntypen waren, und ich kam mir beinahe vor wie in einem vertrauten Kreise, zugleich aber auch fremd, isoliert; denn da ich anders war als mein Vater, hatte mir der Anblick dieser Leute bereits eine Qual, einen stillen Vorwurf bedeutet, wenn sie, was weiß ich, Maultiere sattelten oder mit einem Spaten Bewässerungsrinnen für einen Weinberg aushoben, weil ich zu ihnen keine Beziehung zu finden, nie zu glauben vermochte, daß ich ihnen helfen könnte. So waren sie für mich noch immer, zwar ein klein wenig aufgeregter als sonst, Menschen, die ihrer Beschäftigung nachgingen, Väter und Mütter, die einander die Kinder vom Wagen herunterreichten und sich im Verein mit den Greisen bemühten, die Familien auf der Treppe zusammen- und auseinanderzuhalten. Was also konnte ich für sie tun? Es war sinnlos, sich einzubilden, daß ich ihnen helfen könnte.

Ich stieg die Treppe hinauf, wobei ich langsam schreiten mußte, da vor mir eine alte Frau Stufe um Stufe hinaufgeführt wurde, eine Greisin in schwarzem Rock und schwarzem Umhängetuch; sie hielt die Arme ausgebreitet, ihre dürren Hände waren mit dunklen Blasen bedeckt, wie erkrankte Äste. Die Kinder, die in Bündeln von gelblicher Farbe auf den Armen getragen wurden, reckten die Köpfe, rund wie Kürbisse. Eine Frau, der die Reise schlecht bekommen war, erbrach sich; dabei stützte sie die Stirn mit der Hand, und die Verwandten umstan-

* Jungfaschistenuniform

den sie unbewegt und schauten zu. Ich empfand einen Widerwillen gegen alle diese Menschen.

Die Schulkorridore glichen Biwaks oder Krankensälen. Die Familien lagerten dicht an den Wänden, saßen auf Bänken mit ihren Bündeln und ihren Kindern, die Kranken lagen auf Tragen, und die Häupter der einzelnen Gruppen versuchten, die Ihren zu zählen, kamen indessen nie zu Rande. Verstreut und wie verloren in diesen dröhnenden Hallen, sah man Jungfaschisten, Soldaten, Beamte in der Tropenjacke oder in Zivil; die einzigen jedoch, die offenbar etwas zu bestimmen hatten, waren fünf oder sechs Leiterinnen vom Roten Kreuz, die nur aus Sehnen und Nerven zu bestehen schienen, befehlshaberisch waren wie Unteroffiziere und mit dieser kopflosen Menge von Flüchtlingen, Organisatoren und Helfern wie auf dem Kasernenhof umsprangen, nach einem Plan, der nur ihnen bekannt war. Der an die Avanguardisten ergangene Befehl, zum Dienst zu erscheinen, hatte offensichtlich wenig Anklang gefunden, selbst unter den Mitgliedern, die sonst immer bereit waren, sich hervorzutun. Ich entdeckte einige der höheren Dienstgrade, die sich in eine Ecke zurückgezogen hatten und rauchten. Zwei Avanguardisten prügelten sich und hätten beinahe eine Flüchtlingsfrau umgestoßen. Keiner machte den Eindruck, als hätte er etwas zu tun. Ich hatte meinen Gang durch den Korridor beendet und war an einer Tür auf der gegenüberliegenden Seite angelangt. Jetzt wußte ich alles und konnte nach Hause gehen.

Die Treppe auf dieser Seite war leer. An eine Mauer gelehnt, stand dort nur mitten auf dem Treppenabsatz ein Korb, und darin hockte ein Greis. Der Korb war eine große, flache Kiepe aus Weidenruten, mit zwei Griffen, für zwei Mann zu tragen; sie war fast senkrecht an die Mauer gestellt. Der Greis kauerte auf dem Rand, der auf dem Treppenabsatz ruhte, und der Kiepenboden diente ihm als Rückenstütze. Es war ein verschrumpelter, kleiner alter Mann, ein Paralytiker – das konnte man daraus schließen, wie er die Beine gekrümmt hielt. Ein Zittern, das ihn bewegte, ließ ihn nicht eine Sekunde still sitzen, und es rüttelte mit der Kiepe an der Mauer. Er brummelte etwas mit seinem zahnlosen Mund, sein Blick war geradeaus gerichtet, war jedoch nicht matt, im Gegenteil, er war voll von einer wachen, wilden Spannung; es war der Blick eines Uhus, der da unter dem Schirm einer in die Stirn gezogenen Mütze hervorstarrte.

Ich begann, die Treppe hinunterzusteigen, und wollte an ihm vorbeigehen, quer durch das Blickfeld seiner stierenden Augen. Seine kräftigen, großen Hände waren wohl nicht gelähmt, sie waren um den Knauf eines kurzen, knorrigen Stockes geschlungen.

Ich war gerade vor ihm, als das Zittern heftiger und das Stammeln keuchender wurde; die um den Knauf geschlungenen Hände hoben und senkten sich und stießen die Stockspitze auf den Boden. Ich blieb stehen. Der Alte war schließlich erschöpft, ließ den Stock immer schwächer aufschlagen, und aus seinem Munde drang nur ein langsames Blasen. Ich wollte mich entfernen. Da zuckte er zusammen, wie von einem Schluchzen gepackt, klopfte mit dem Stock und fing wieder an zu stammeln. Er bewegte sich dabei so heftig, daß die Kiepe an die Mauer prallte und das Gleichgewicht verlor. Er wäre mit dem Korb die Treppe hinuntergerollt, hätte ich nicht aufgepaßt und ihn festgehalten. Es war schwierig, die Kiepe in eine sichere Lage zu rücken, sie hatte nämlich eine ovale Form, obendrein bebte sein Körper darin, ließ sich aber nicht um einen Millimeter verschieben. So mußte ich immer mit einer Hand bereitstehen, um sie zurückzuhalten, wenn sie von neuem zu rutschen beginnen sollte. Ich stand also ebenso gelähmt wie der Paralytiker mitten auf der verlassenen Treppe.

Endlich belebte sie sich. Zwei Männer vom Roten Kreuz stürzten herbei und sagten zu mir: »Los, faß mit an! Hast du? Und jetzt rühr dich!« Wir hoben gemeinsam die Kiepe mit dem Greis hoch und trugen sie rasch über den Aufgang ins Schulgebäude, in Windeseile, als hätten wir schon seit einer Stunde nichts anderes getan, als wäre dies nun die Schlußphase und als ließe ich allein Zeichen von Ermüdung und Faulheit erkennen.

Als wir den dichtbevölkerten Korridor betreten hatten, verlor ich sie aus den Augen. Ein Sturmführer, der vorbeihastete und meinen suchenden Blick bemerkte, fuhr mich an: »Ach, so spät erscheinst du also zum Dienst? Los komm, du wirst hier gebraucht!« Und an einen Herrn in Zivil gewandt, sagte er: »Herr Major, brauchten Sie nicht einen Mann? Ich überlasse Ihnen diesen hier.«

Zwischen zwei Reihen von Strohsäcken, auf denen die armen Frauen ihre schweren Schuhe auszogen oder ihre Kinder stillten, stand ein fülliger, rosiger Herr mit einem Monokel, das exakt gescheitelte Haar von einem feurigen Rot, das aussah, als wäre es gefärbt oder als trüge er eine Perücke, in weißen Hosen und Schuhen mit weißen Kappen und gelber, perforierter Spitze; am Ärmel seiner Jacke aus schwarzem Wollstoff hatte er ein blaues Band mit dem Zeichen der UNUCI*. Es war Major Criscuolo, ein Süditaliener, außer Dienst, ein Bekannter meiner Eltern.

»Eigentlich«, sagte der Major, »brauche ich niemanden. Hier sind schon alle gut organisiert. Ach, du bist es?« fügte er hinzu, als er mich erkannt hatte. »Wie geht es deiner Mutter? Und dem Professor? Nun, bleib hier, wir werden weitersehen.«

Ich blieb bei ihm. Er rauchte eine Zigarette in einer Kirschholzspitze und fragte mich, ob ich auch eine Zigarette haben wolle; ich verneinte.

»Hier gibt es nicht das geringste zu tun«, sagte er achselzuckend.

Überall gingen die Flüchtlinge daran, die Schulräume in ein Labyrinth von Straßen eines armen Dorfes zu verwandeln; sie kramten Laken aus und banden sie an Stricke, um sich dahinter auszukleiden, klopften Nägel in Schuhsohlen, wuschen Strümpfe und hängten sie auf, holten aus ihren Bündeln gebratene Kürbisblüten und gefüllte Tomaten hervor und suchten ständig ihre Angehörigen, zählten einander, vermißten Sachen, die sich dann wieder anfanden.

Der charakteristischste Zug an diesen Menschen jedoch, das diskontinuierliche, aber immer wiederkehrende Moment, das sofort auffiel – so wie man beim Betreten eines Empfangssalons mit dem Blick nur die Busen und die Schultern der Damen mit dem größten Dekolleté erfaßt –, war die Anwesenheit der Krüppel, der kropfigen Schwachsinnigen, der bärtigen Frauen, der Zwerginnen, waren die vom Lupus deformierten Lippen und Nasen, war der wehrlose Blick der an Delirium tremens Erkrankten, war das düstere Gesicht der Bergdörfer, die jetzt gezwungen waren, sich zu enthüllen, sich offen zur Schau zu

* Bund italienischer Offiziere im Ruhestand

stellen, das alte Geheimnis der Bauernfamilien, um das sich die Häuser der Ortschaften enger zusammenschließen, wie die Schuppen eines Tannenzapfens. Jetzt, aus der Dunkelheit ans Tageslicht gezerrt, versuchten sie wieder, in dieser bürokratischen Helligkeit des Gebäudes eine Zuflucht zu finden, versuchten sie, ihr Gleichgewicht zu finden.

In der Aula saßen die alten Leute alle in den Bänken; nun war auch ein Priester erschienen, und schon bildete sich um ihn eine Ansammlung von Frauen. Er scherzte, um sie zu ermutigen, und über ihre Gesichter spannte sich ein zitterndes Lächeln, eine Art Hasenlächeln. Aber je stärker sich dieses ländliche Gepräge ihrem Lager aufdrängte, desto verstümmelter und verlorener kamen sie sich darin vor.

»Zugegeben«, sagte Major Criscuolo, während er mit schlenkernden Beinbewegungen, die die Falte in seinen Hosen nicht beeinträchtigten, auf und ab schritt, »die Organisation klappt ausgezeichnet. Jeder hat seinen Platz, alles ist im voraus eingeplant, nun wird an alle Suppe ausgeteilt, eine schmackhafte Suppe, ich habe davon gekostet, die Zimmer sind geräumig und gut gelüftet, ausreichende Transportmittel sind vorhanden, andere werden kommen, gewiß, und die hier gehen für einige Zeit in die Toskana, wo sie gut untergebracht, gut genährt werden, und der Krieg wird ja nicht lange dauern, sie bekommen ein Stück von der Welt zu sehen, eine herrliche Landschaft, die Toskana, und dann kehren sie nach Hause zurück.«

Jetzt konzentrierte sich das gesamte Leben im Lager auf das Austeilen der Suppe. Die Luft war weich von ihrem Dunst und voller Löffelgeklapper. Nervös und gebieterisch übten die Damen vom Roten Kreuz als oberste Gesetzgeberinnen der Gemeinschaft ihre Herrschaft über den dampfenden Aluminiumkessel aus.

»Du kannst ein paar Teller Suppe austragen«, sagte der Major zu mir, »nur um zu zeigen, daß du etwas tust.«

Die Rotkreuzschwester, die die Schöpfkelle handhabte, füllte einen Teller.

»Geh vor auf der rechten Seite bis zu denen, die noch keine Suppe bekommen haben, und gib sie dem ersten von ihnen.«

Voller Vorbehalte also widmete ich mich dem Austeilen der Suppe. Ich hatte den Eindruck, daß dieses bißchen Hoffnung, das ich mit meinem Teller in den beiden Menschenmauern wachrufen konnte, zwischen denen ich hindurch mußte, bemüht, die Suppe nicht zu verschütten und mir die Finger nicht zu verbrühen, gleich in der allgemeinen Erbitterung und Unzufriedenheit über die eigene Lage verlorenging, für die ich gewissermaßen den verantwortlichen Teil repräsentierte. Eine Erbitterung und Mißbilligung, von der sie die Tröstung durch das bißchen Suppe nicht abzulenken vermochte, im Gegenteil, die sie noch verschärfte, da sie an einen Wust elementarer Wünsche rührte.

Ich entdeckte den alten Mann in der Kiepe wieder; er war an eine Wand gelehnt, mitten zwischen anderen Gepäckstücken, über seinen Stock gebeugt, und seine Uhupupillen starrten geradeaus. Ich ging an ihm vorbei, ohne ihn anzublicken, als fürchtete ich, wieder in seinen Bann zu geraten. Ich glaubte nicht, daß er mich wiedererkannte in dem Durcheinander, das hier herrschte; aber ich hörte, wie sein Stock den Boden bearbeitete und wie er tobte.

Da ich keine andere Möglichkeit fand, unser neuerliches Zusammentreffen zu feiern, reichte ich ihm den Teller Suppe, den ich gerade in der Hand hielt, obwohl er für einen anderen bestimmt war.

Als er den Löffel ergriff, kamen gerade mehrere Damen vom Hilfswerk herein; das schwarze Käppi saß schräg auf den Lokken, und die schwarzen Uniformen waren geschwellt durch die voluminösen Busen: eine Dicke mit Brille, und drei Magere, die geschminkt waren. Als sie den Greis erblickten, riefen sie: »Ach, da ist ja die Suppe fürs Opachen! Oh, was für eine schöne Suppe! Und sie schmeckt doch, nicht wahr?« Sie hatten Kindertrikots in den Händen, die verteilt werden sollten, und sie hielten sie vorgestreckt, als wollten sie sie dem alten Manne anprobieren. Hinter ihnen sammelten sich Flüchtlingsfrauen an, vielleicht die Schwiegertöchter oder die Töchter des Alten, und beobachteten ihn mißtrauisch, während er aß, ebenso mich und die vom Hilfswerk.

»He du, Avanguardist! Was machst du? Halte ihm den Teller richtig!« fuhr die bebrillte Matrone mich an. »Schläfst du?« Ich war in der Tat mit meinen Gedanken ein wenig abgeschweift.

Völlig unerwartet ergriff eine von jenen Schwiegertöchtern

oder Nichten für mich Partei. »Nicht doch, mag er nur allein essen, laß ihm den Teller, seine Hände sind stark, er kann ihn selber halten!«

Die faschistischen Matronen zeigten sich interessiert. »Ach, er kann ihn selber halten? Das ist brav, Opa. Und wie gut er ihn hält! Ja, so ist es recht!«

Ich wagte nicht, ihm den Teller ganz zu überlassen, er jedoch – möglicherweise gereizt durch die Anwesenheit jener Damen, vielleicht auch, weil die Suppe in ihm die Sehnsucht nach seiner verlorenen Habe geweckt hatte – geriet in Zorn, riß mir den Teller aus der Hand und wollte nicht, daß ich ihn berührte. So standen wir dort alle miteinander, ich, die Damen und die Schwiegertöchter, mit ausgestreckten Händen – die Damen mit den Trikots und den kleinen Pyjamas – versammelt um den Teller, den er zitternd hielt und sich nicht aus der Hand nehmen ließ, und er aß und warf uns gleichzeitig zornige Laute an den Kopf und bekleckerte sich mit Suppe. Da sagten jene Törinnen: »So, jetzt gibt uns der Opa den Teller, ja, er kann ihn selber halten. Vorsicht! Aber nun gibt er ein bißchen uns den Teller, damit wir ihn für ihn halten. Vorsicht! Er fällt herunter. Gib ihn uns, verdammt noch mal!«

Alle diese Bemühungen steigerten den Zorn des Greises, schließlich fiel ihm alles, Teller, Löffel und Suppe, aus der Hand, und er und alles rings um ihn wurde beschmutzt. Er mußte gesäubert werden. Es waren sehr viele, die sich da zu schaffen machten, und alle befahlen mir. Am Ende mußte er auf den Abort getragen werden. Dort war ich nun. Sollte ich mich aus dem Staube machen? Nein, ich half.

Als wir ihn in die Kiepe zurückgelegt hatten, stellten sich neue Zweifel ein: »Er kann ja den Arm nicht mehr bewegen, er kriegt das eine Auge nicht mehr auf! Was hat er, was fehlt ihm? Ein Arzt müßte her ...«

»Ein Arzt? Ich gehe!« sagte ich und war im Nu weg. Ich kam an dem Major vorbei. Er stand rauchend an einem Fenster und betrachtete aufmerksam einen Pfau im Garten.

»Signor Criscuolo, da ist ein alter Mann, der fühlt sich nicht wohl, ich will einen Arzt holen.«

»Ja, ist recht, so kommst du ein bißchen raus. Wenn du erst in einer halben Stunde oder in einer Dreiviertelstunde zurückkommen möchtest, kannst du es ruhig tun, hier ist alles in bester Ordnung ...«

Ich suchte einen Arzt auf und schickte ihn in die Schule. Draußen herrschte einer jener sommerlichen Spätnachmittage, an denen die Sonne zwar keine Kraft mehr hat, der Sand aber noch brennt und das Wasser wärmer ist als die Luft. Ich mußte an unsere Reserviertheit denken, die Ostero und ich gegenüber allem, was mit dem Krieg zusammenhing, bekundeten und die wir zu höchster stilistischer Vollendung zu treiben vermocht hatten, so daß sie uns eine zweite Natur geworden war, ein Schutzpanzer. Jetzt aber enthüllte sich mir der Krieg darin, daß ich Paralytiker ins Klosett tragen mußte; so weit war ich also schon gesunken. Was geschah nicht alles auf dieser Erde, Ostero, wovon unsere heimliche Anglophilie keine Ahnung hatte! Ich ging nach Hause, zog meine Uniform aus, legte Zivilsachen an und kehrte zu den Flüchtlingen zurück.

Dort fühlte ich mich gleich wohler, leicht und beschwingt. Ich war voller Tatendrang, mir schien, ich könnte mich wirklich nützlich oder zumindest bemerkbar machen, könnte mit den anderen zusammen sein. Gewiß, ich hatte zwar die Absicht gehabt, mich nicht wieder blicken zu lassen, sondern an den Strand zu gehen, mich nackt in den Sand zu werfen und an all das zu denken, was sich in diesem Moment auf der Erde ereignete, während ich still und müßig dort lag. Ich hatte also eine Weile zwischen Zynismus und Pflichtgefühl geschwankt, wie es mir oft passierte, in einem fiktiven Zwiespalt, und hatte schließlich dem Pflichtgefühl den Vorzug gegeben, nicht ohne vorher auf die Freude an einer zynischen Haltung verzichtet zu haben. Ich wünschte nur, Ostero zu begegnen, um ihm sagen zu können: »Weißt du, ich gehe, ein paar Paralytiker und ein paar grindige Kinder bei Laune halten. Kommst du mit?«

Ich meldete mich gleich wieder bei Major Criscuolo. »Ah, brav, da bist du ja wieder, du hast dich beeilt!« sagte er. »Hier gibt es nichts Neues.«

Als ich mich entfernte, rief er mir nach: »Aber sag mal, hattest du nicht vorhin eine Uniform an?«

»Der Alte hat sie mir mit Suppe beschmutzt. Ich mußte mich umziehen ...«

»Aha, recht so.«

Nun war ich bereit, Teller oder Matratzen zu tragen und Leute aufs Klosett zu begleiten. Aber ich begegnete einem Sturmführer, demselben, der mich Criscuolo zugewiesen hatte. »He, du, ohne Uniform!« rief er mir zu; zum Glück hatte er vergessen, daß ich vorhin eine angehabt hatte. »Mach dich hier rar, der Verbandsinspekteur soll kommen, und wir wollen, daß er nur Leute sieht, bei denen alles in Ordnung ist.«

Ich wußte nicht, wohin ich gehen sollte, um nicht aufzufallen; ich spazierte also unter den Flüchtlingen umher, und während ich noch zwischen der Furcht oder dem Ekel vor dem Paralytiker und dem Gedanken kämpfte, daß er hier der einzige von allen war, zu dem ich eine, wenngleich rudimentäre, Beziehung hatte, führten mich meine Schritte schon dorthin, wo ich ihn verlassen hatte. Er war nicht mehr da. Dann erblickte ich einen Kreis von Menschen, die stumm nach unten schauten. Die Kiepe ruhte jetzt am Boden, aber der Greis kauerte nicht mehr darin, er lag ausgestreckt. Die Frauen bekreuzigten sich. Er war tot.

Sogleich ergab sich das Problem, wo man ihn hinschaffen sollte, denn der Inspekteur würde kommen, und da mußte alles in bester Ordnung sein. Man schloß den Geometrieraum auf und gestattete, den Toten dort aufzubahren. Die Verwandten hoben die Kiepe vom Boden und schritten den Korridor entlang. Die Töchter, Schwiegertöchter und Nichten folgten, einige weinten. Ich bildete den Schluß.

Gerade als wir den Raum betreten wollten, stießen wir mit einer Gruppe junger Führer zusammen. Sie reckten die Köpfe mit den hohen Mützen, an denen die Goldadler prangten, und blickten in die Kiepe. »Oh«, riefen sie aus. Der Verbandsinspekteur begann, den trauernden Verwandten sein Beileid auszusprechen. Er drückte jedem von ihnen die Hand und schüttelte dabei den Kopf, bis er schließlich bei mir anlangte. Auch mir reichte er die Hand und sagte: »Mein tiefempfundenes Beileid.«

Am Abend ging ich nach Hause, und mir schien, daß inzwischen Tage vergangen waren. Ich brauchte nur die Augen zuzumachen und sah wieder die langen Reihen der Flüchtlinge mit ihren runzligen Händen vor den Suppentellern. Der Krieg hatte für mich diese Farbe und diesen Geruch angenommen; es war ein grauer Kontinent, wimmelnd von Menschen, den wir nun betreten hatten, etwas wie ein trostloses China, endlos wie das Meer. Nach Hause zu gehen bedeutete mir jetzt so viel wie einem Soldaten der Urlaub, denn er weiß, daß alles, was er wiederfindet, nur von kurzer Dauer sein kann: eine Illusion. Es war ein heller Abend, der Himmel war noch gerötet, ich klomm langsam eine Straße zwischen Häusern und Lauben hinan. Militärfahrzeuge rollten vorbei, ins Gebirge, zu den Nachschubstraßen an der Grenze.

Plötzlich gab es einen Auflauf, ein Hin und Her auf den Bürgersteigen, die Fliegenvorhänge an Obstläden und Friseurgeschäften wurden beiseite geschoben, und man redete: »Aber ja, er ist es, sehen Sie dort, der Duce, es ist der Duce.«

Mussolini, in der Uniform eines Marschalls der Landtruppen, saß neben einigen Generälen in einem offenen Wagen. Er fuhr zur Inspektion an die Front. Er schaute sich nach allen Seiten um, und da die Leute ihn staunend betrachteten, hob er lächelnd eine Hand zum Zeichen, daß man ihm applaudieren dürfe. Jedoch der Wagen fuhr in schnellem Tempo weiter, und schon war er verschwunden.

Ich hatte ihn nur kurz gesehen. Mir fiel auf, wie jung er noch war: Er wirkte wie ein Junge, gesund wie ein Fisch im Wasser, mit jenem ausrasierten Stiernacken, die Haut glatt und braungebrannt, der Blick funkelnd vor gieriger Freude: Es war Krieg, ein Krieg, den er angezettelt hatte, und er saß im Auto neben seinen Generälen, hatte eine neue Uniform, erlebte Tage voll höchster Spannung und Aktivität, fuhr durch Ortschaften, in denen ihn die Menschen wiedererkannten, und das an diesen sommerlichen Abenden. Und wie bei einem Spiel suchte er nur die Komplizität der anderen, eine Lappalie, so daß man fast geneigt war, sie ihm zu gewähren, um ihm sein Fest nicht zu verderben, und beinahe bedauerte man, daß man sich erwachsener fühlte als er und dieses Spiel nicht mitmachte.

Übersetzt von Caesar Rymarowicz

Die Avanguardisti in Menton

Es war im September des Jahres neunzehnhundertvierzig, und ich war fast siebzehn Jahre alt. Nach dem Mittagessen konnte ich kaum den Augenblick erwarten, wieder spazierenzugehen, obwohl ich fast den ganzen Tag nichts anderes tat. Es war wohl gerade die Zeit, wo ich dem Leben Geschmack abzugewinnen begann, obschon ich mir dessen nicht bewußt wurde, denn ich war in jenem Alter, in dem man alles Neue, das man erwirbt, schon immer besessen zu haben glaubt.

Meine Stadt, der der Krieg ihren Tourismus genommen hatte, war gewissermaßen in ihrer provinziellen Schale geronnen; sie kam mir vertrauter und meßbarer vor. Die Abende waren schön, die Verdunkelung schien eine erregende Mode zu sein, der Krieg ein ferner und gewohnter Brauch. Im Juni hatten wir ihn aus der Nähe gespürt, jedoch nur für wenige verblüffende Tage, dann schien er völlig zu enden; schließlich hörten wir auf, darauf zu warten. Ich war jung genug, um ohne die Besorgnis zu leben, daß ich als Soldat fort müsse; und dieser Krieg war mir fremd, meinem Temperament sowohl wie meinen Ansichten. Jedesmal jedoch, wenn ich mich Phantasien über meine Zukunft hingab, vermochte ich ihnen keinen anderen Schauplatz zuzuweisen als den Krieg: Aber dann war es ein Krieg ohne Furcht und ohne Tadel, in dem ich mich, ich weiß selbst nicht wieso, beglückend frei und verändert wiederfand.

So kannte ich zugleich den Pessimismus und die Begeisterung der Zeiten, lebte in Wirrnis und ging spazieren.

Ich schlenderte zum Platz hinunter und begegnete in der Nähe der Casa del Fascio einigen Lehrern, die sich bemühten, Avanguardisti* zusammenzuholen, die ihre Uniform in Ordnung hatten und sich am nächsten Tag frühmorgens hier einfinden würden. Ein Ausflug nach Menton stand bevor. Aus Spanien sollte eine Abteilung junger Falangisten ankommen, und

* Avanguardisti = Angehörige der Avanguardia, einer faschistischen vormilitärischen Jugendorganisation

die GIL* meiner Stadt hatte den Befehl erhalten, an der Bahnstation von Menton, die seit einigen Monaten italienische Grenzstation geworden war, Ehrendienst zu leisten.

Menton war von Italien annektiert worden, war aber für Zivilisten noch gesperrt, und hier bot sich nun die erste Gelegenheit, es zu besuchen. So ließ ich mich in die Liste eintragen, auch meinen Schulkameraden Biancone, den ich zu benachrichtigen versprach.

Ich vertrug mich mit Biancone recht gut, obgleich wir verschieden geartet waren; es machte uns Spaß, immer dort zu sein, wo etwas Neues geschah, um es mit kritischer Distanz zu kommentieren. Biancone allerdings fand mehr Vergnügen als ich daran, sich mit den Dingen des Faschismus abzugeben, und ahmte mitunter das dazugehörige Verhalten mit karikierender Mimikry nach. Aus Freude am bewegten Leben war er vor einem Jahr in einem Avanguardistilager in Rom gewesen und kehrte mit den Tressen eines Kolonnenführers zurück. Mir wäre das nie passiert, schon aus meinem angeborenen Widerspruch gegen den Korporalsgeist und auch aus Haß gegen die Stadt Rom, in die ich, wie ich mir schwor, niemals im Leben den Fuß setzen würde.

Die Fahrt nach Menton dagegen war etwas ganz anderes: Ich war neugierig darauf, dieses Städtchen jetzt wiederzusehen, das, dem meinen so nahe und so ähnlich, nun erobertes Gebiet war, zerstört und verlassen, ja sogar die einzige, die symbolische Eroberung unseres Junifeldzugs. Kürzlich hatten wir im Kino einen Dokumentarfilm gesehen, der die Kämpfe unserer Truppen in den Straßen von Menton zeigte; aber wir wußten, daß sie alles nur vortäuschten, daß Menton von niemandem erobert, sondern von dem französischen Militär im Augenblick des Zusammenbruchs geräumt und dann von den Unsrigen besetzt und geplündert worden war.

Für diese Unternehmung also war Biancone der ideale Gefährte: Einerseits war er, im Gegensatz zu mir, mit dem Milieu der GIL vertraut, andererseits stimmten wir auf Grund unserer Schulkameradschaft im Geschmack, in der Ausdrucksweise, in unserer spöttischen Neugier für die Ereignisse überein, und

* GIL = Faschistische Jugendorganisation

wenn wir zusammen waren, verwandelten sich auch die langweiligsten Umstände in eine fortgesetzte Gelegenheit zu Beobachtungen und komischen Bemerkungen. Nach Menton würde ich nur fahren, wenn auch er mitkam, deshalb machte ich mich sofort daran, ihn zu suchen.

Beim gewohnten Billard war er nicht; wenn man zu ihm nach Hause wollte, mußte man die ganze Altstadt hinaufsteigen. Die blaubeschmierten Laternen unter den schwarzen Bögen sandten ein trügerisches Licht aus, das nicht bis zu den Rändern der Gasse und der geschotterten Aufstiege reichte, sondern nur von den weißgestrichenen Streifen widerschien, die die Stufen kennzeichneten. Ich erriet, daß ich an Personen vorüberging, die in der Finsternis vor Türen, auf Schwellen oder rittlings auf Strohstühlen saßen. Im Dunkel waren sie samtene Schatten, die ihre menschliche Gegenwart in Geplauder, plötzlichen Rufen und Gelächter offenbarten, stets mit einem knisternden Ton der Intimität, mitunter auch in dem weißen Schimmer eines Frauenarms oder eines Kleides.

Schließlich trat ich aus der Finsternis eines Bogenganges unter den freien Himmel, den ich erst dort zwar ungestirnt, jedoch klar durch das Laub eines riesigen Johannisbrotbaumes erblickte. Die kompakte Anhäufung der Häuser endete hier, die Stadt begann sich ins Ländliche aufzulösen und ihre Abzweigungen ungeordnet durch die Täler auszustrecken. Über Gartenmauern hinweg ließen die hellen Schatten der Villen am gegenüberliegenden Hang nur die spärliche Lichtspalte rings um die Fensterrahmen durchsickern. Eine von einem Drahtzaun flankierte Straße führte auf halber Höhe zum Wildbach hinab, und dort wohnte Biancone in einem Häuschen, das eine Dachterrasse mit Pergola trug. In der Stille, in der nur das Schilf flüsterte, näherte ich mich und pfiff hinüber zum Haus.

Wir trafen uns auf der Straße, und Biancone wunderte sich ein wenig über meinen Vorschlag, denn in diesem Sommer hatten wir unser ganzes Trachten darauf gerichtet, der GIL und ihren drängenden Versuchen auszuweichen, uns für den »Marsch der Jugend« anzuwerben, in dem sich all die staubige Anmaßung dieser schreihälsigen Institution zu konzentrieren schien. Nun aber hatte sich diese Besorgnis gelegt, weil der »Marsch der Jugend« bereits stattfand, und eben jene spanischen Avanguardisti waren für die Abschlußparade vor Mussolini in einer Stadt im Veneto eingeladen.

Biancone war für meinen Plan sogleich Feuer und Flamme, und wir ergingen uns eifrig in Vermutungen über den morgigen Tag, über das Schicksal unserer Eroberungen und über den Krieg. Vom Krieg kannten wir nur das wenige, was unseren Bezirk in den Tagen berührt hatte, als er Hinterland der Front war; und dennoch genügte es, um uns ein Gefühl dafür zu geben, was es heißt, von feindlichen Truppen besetzt zu sein. Im Juni war im Binnenland die sofortige Evakuierung verfügt worden; wir sahen die Flüchtlinge durch die Straßen ziehen, Wägelchen hinter sich herschleppend, die beladen waren mit ihrer armseligen Habe: geplatzte Matratzen, Säcke mit Kleie, eine Ziege, ein Huhn. Der Exodus währte nur kurz, aber doch lange genug, daß die Rückkehrer ihre heimatlichen Stätten verwüstet vorfanden. Mein Vater hatte begonnen, durch das Land zu fahren, um Gutachten über die Kriegsschäden anzufertigen: Müde kehrte er heim, bekümmert über die neuen Verwüstungen, die er messen und schätzen mußte, die er in seinem tiefsten Inneren jedoch, in seinem sparsamen ländlichen Gemüt für so ungeheuerlich und unsinnig hielt wie die Verstümmelungen eines menschlichen Körpers. Da waren entwurzelte Weinstöcke, die zu Pfählen für ein Lager gedient hatten, gesunde Olivenbäume, zum Verbrennen abgeholzt, Haine von Südfrüchten, in denen die angebundenen Maulesel die Pflanzen getötet hatten, indem sie die Rinde abnagten; aber da war auch der Vandalismus in den Wohnhäusern – und hier schien sich das verübte Unrecht gegen die eigene menschliche Natur zu kehren und nicht nur die Frucht rücksichtsloser Unwissenheit zu sein, sondern das Zeichen einer verborgenen, beklemmenden Zerstörungswut: das Küchengeschirr bis zur letzten Tasse in tausend Scherben zertrümmert, die Familienbilder beschmutzt, die Betten zerfetzt oder gar, von wer weiß welch ruchlosem Trübsinn dazu angeregt, die eigenen Exkremente in Tellern und Töpfen zurückgelassen. Wenn meine Mutter diese Schilderungen hörte, sagte sie, sie erkenne das ihr so vertraute Gesicht unseres Volkes nicht wieder; und wir wußten daraus keine andere Moral zu ziehen als die eine: Dem Soldaten, der sich als Eroberer fühlt, ist jedes Land feindlich, auch sein eigenes.

Mitunter versetzten mich solche Nachrichten in stille Wut, in stumme Raserei, die sich nicht austoben konnte. Um mich davon zu heilen, flüchtete ich mich mit der Geschmeidigkeit jugendlicher Neigungen in den Zynismus: Ich ging aus, traf mich mit zuverlässigen Freunden, war ruhig, kläräugig, höhnisch: »Sag, weißt du schon das Neueste?« Und die Dinge, die mir insgeheim qualvoll erschienen waren, wurden im Dialog zu witzigen Erwiderungen, zu paradoxen Prahlereien, die man augenzwinkernd zum besten gab, auflachend, ja beinahe mit wohlwollender Bewunderung.

So unterhielt ich mich denn mit Biancone leise vor seinem Haus auf der dunklen Straße, bisweilen dämpften wir die Stimmen so, daß wir uns kaum verstehen konnten, dann wieder sagten wir die weniger erlaubten Dinge ganz laut, wie uns das immer passierte. Ich wußte nicht, ob auch Biancone den Faschismus als ein Leiden empfand oder nicht vielmehr als eine vergnügliche Gelegenheit, mit zwei Eigenschaften, zwei Vorzügen seines Geistes daran teilzuhaben: der Leichtigkeit, sich dem faschistischen Stil anzupassen, und zugleich jenem kritischen Scharfsinn, in dem unser früher Hang zur Opposition heranreifte. Biancone war kleiner als ich, aber kräftiger und muskulöser, sein Gesicht hatte stolze, kantige Züge, vor allem in der Kinnpartie, den Backenknochen und der klar geschnittenen Stirn; diesen Zügen widersprach seine starke Blässe, die ihn von der hiesigen Jugend unterschied, vor allem im Sommer. Im Sommer nämlich schlief Biancone tagsüber und ging nachts aus: Das Meer und das Leben im Freien liebte er nicht; sein Sport waren der Ringkampf und das Turnen. Er hatte ein gezeichnetes altes Gesicht, in dem ich die vorzeitigen Offenbarungen seines nächtlichen Vagabundenlebens zu lesen glaubte, um die ich ihn maßlos beneidete. Indes besaß sein Gesicht eine seltsame Fähigkeit, mussoliniähnlichen Ausdruck anzunehmen: wenn er die Lippen vorschob, das Kinn hob, den kräftigen Hals mit dem geraden Nacken reckte und wenn er sich in militärische Posen warf, wo man es am wenigsten erwartete; mit diesen Ausbrüchen und lapidaren Antworten pflegte er oft die Lehrer zu verwirren und sich aus der Patsche zu ziehen. Sein auffälligstes Merkmal war die Art, wie er sein schwarzes, glattes Haar frisierte: eine sonderbare Form, halb Helm, halb Bug eines römischen Schiffes, geteilt durch einen schnurgeraden Scheitel – eine Frisur, die er selbst erfunden hatte und an der ihm besonders viel lag.

Wir trennten uns, nachdem wir uns für den nächsten Morgen zum Sammelappell verabredet hatten. Biancone ging den Wekker stellen. Ich kehrte nach Hause zurück, um den Eltern zu sagen, daß sie mich wecken sollten. »Was willst du denn dort?« fragte mein Vater, der keinerlei Grund für das Interesse an einer verlassenen Stadt sehen konnte.

Mein Vater und meine Mutter hatten einen Passierschein und fuhren einmal in der Woche nach Menton: Ihnen war die Pflege gewisser Gärten mit seltenen und exotischen Pflanzen anvertraut, die Eigentum feindlicher Staatsangehöriger waren. Sie kehrten mit Botanisiertrommeln voller kranker Blätter wieder; ihre Besuche konnten nur dazu dienen, die Fortschritte festzustellen, die die Insekten, das Unkraut und die Trockenheit in den vernachlässigten Anpflanzungen machten; hier wären Gärtner, aufwendige Arbeiten und Ausgaben vonnöten gewesen, und sie mußten sich darauf beschränken, ein bestimmtes kostbares Exemplar zu retten, einen Pilz zu bekämpfen oder dem Aussterben einer besonderen Art vorzubeugen. So verharrten sie in diesen Gesten des Mitleids mit den Pflanzen – in einer Zeit, da ganze Völker starben, niedergemäht wie Gras.

Am nächsten Morgen verließ ich früh das Haus; die Luft war grau, wegen der frühen Stunde, dachte ich, aber auch wegen der Wolken. Vor der Casa del Fascio hatten sich erst wenige Avanguardisti eingefunden, alles Burschen, die ich kannte, mit denen ich jedoch nicht auf vertrautem Fuße stand. Sie kauften Schinkenbrote in einer Imbißstube, die gerade geöffnet hatte, bissen hinein und schubsten sich gegenseitig mitten auf der Straße. Nach und nach trudelten die anderen ein, ohne sich zu beeilen; sie sahen, daß noch Zeit war, und entfernten sich wieder mit Freunden, um sich Zigaretten oder etwas zu essen zu kaufen. Ich war mit keinem von ihnen befreundet: Die meisten waren Burschen, die sich in diesem Scheinbetrieb militärischer Disziplin der GIL mit einer aggressiven, piratenhaften Unbefangenheit bewegten, während ich mich dort nie spontan und ungezwungen geben konnte.

Der für den Sammelappell festgesetzte Zeitpunkt war längst

überschritten; die Avanguardisti ballten sich in dichten Haufen auf der Straße zusammen, aber bislang waren weder der Autobus noch unsere Kommandeure zu sehen und auch nicht Biancone. An ein solches Zuspätkommen meines Freundes war ich gewöhnt, geheimnisvollerweise gelang es ihm stets, es mit den Verspätungen der Vorgesetzten oder der Verzögerung der Veranstaltungen zusammenfallen zu lassen, vielleicht durch seine natürliche Fähigkeit der Identifikation mit den leitenden Schichten. Aber diesmal zitterte ich vor Angst, daß er nicht kommen würde. Ich hatte mich einigen der vernünftigeren und gemäßigteren Typen genähert, von denen ich freilich wußte, daß sie ziemlich unbedarft waren, wie zum Beispiel ein gewisser Orazi, der Industriefachmann studierte, seinen ruhigen blauen Blick umherschweifen ließ und gemächlich von seinen Radiobasteleien im Kurzwellenbereich erzählte. In Orazi hätte ich einen ausgezeichneten Reisegefährten gehabt, doch wie fern stand ihm jeglicher Sinn für Entdeckungen oder für eine geistreiche Unterhaltung, wie ich sie in Biancones Gesellschaft fand. Ich wußte genau, er würde während der ganzen Fahrt nur von seinen Radios reden, und die Dinge, die seine Aufmerksamkeit fesseln würden, wären mechanische, ballistische, bauliche Kuriositäten, über die er mir lange Erläuterungen geben würde. So reizte mich die Fahr nach Menton nicht mehr, denn ich hatte noch das Bedürfnis nach Freunden, das jungen Menschen innewohnt, das heißt das Bedürfnis, dem, was sie erleben, im Gespräch mit anderen einen Sinn zu geben; ich war also noch weit entfernt von der männlichen Selbstgenügsamkeit, die man mit der Liebe erlangt, mit der Liebe, die zugleich Ergänzung und Einsamkeit bedeutet.

Mit einemmal hörte ich hinter mir Biancone sprechen, er stand mitten unter den anderen und riß Witze, und schon war er auch dem Unfug verfallen, der sich an diesem Morgen breitmachte, und alberte herum, als wäre er von Anfang an dabeigewesen. Kaum war Biancone eingetroffen, bekam alles einen anderen Rhythmus: Unsere Offiziere tauchten auf und klatschten in die Hände: »Los, los, schnell, ihr seid wohl alle eingeschlafen?«, der Autobus kam, wir stellten uns in Reih und Glied auf und wurden in Mannschaften eingeteilt. Biancone war einer der Truppführer und wurde sogleich von seiner Aufgabe in Anspruch genommen. Er rief mich mit einem Augenzwinkern in den von ihm befehligten Trupp, dem er spaßeshalber ich weiß nicht wie viele Laufrunden als Strafe androhte. Ein Fenster der Waffenkammer öffnete sich, und wir erhielten einer nach dem andern die Musketen und die Marschverpflegung von einem verschlafenen und reizbaren Soldaten zugeworfen. Dann stiegen wir in den Autobus, und los ging's.

Wir fuhren die Küste entlang, und die Offiziere spornten uns zum Singen an, das aber bald zerflatterte und abriß. Der Himmel war immer noch grau, das Meer glasgrün. Bei Ventimiglia betrachteten wir mit neugierigen Augen Häuser und Zementbassins, die von Explosionen zertrümmert waren; die ersten, die wir in unserem Leben sahen. Aus der Mündung eines Tunnels schaute jener berühmte Panzerzug hervor, ein Geschenk Hitlers an Mussolini; er wurde da drinnen aufbewahrt, damit ihn keine Bombe traf.

Wir näherten uns der alten Grenze bei Ponte San Luigi, und der Hundertschaftsführer Bizantini, der uns anführte, wies darauf hin, um in uns ein wenig Ergriffenheit darüber zu wecken, daß sich Italiens Grenzen nun veränderten. Die Unterhaltung erschöpfte sich jedoch bald, und Verlegenheit breitete sich aus, denn in diesem ersten Zeitabschnitt des Krieges war das Thema unserer Westgrenze gerade für die lautesten Faschisten delikat und heikel. Der Eintritt in den Krieg zu dem Zeitpunkt, als Frankreich zusammengebrochen war, hatte uns in der Tat nicht nach Nizza gebracht, sondern nur bis zu jenem bescheidenen Grenzstädtchen Menton; das übrige würde beim Friedensvertrag hinzukommen, hieß es, doch nun war die Vorstellung von einem triumphalen und kriegerischen Einmarsch verraucht, und selbst im Herzen der Gläubigsten nistete sich die Furcht ein, diese enttäuschende Verzögerung könnte ewig währen; und die Erkenntnis brach sich Bahn, daß Italiens Geschicke nicht in Mussolinis Händen ruhten, sondern in denen des allmächtigen Verbündeten.

Es regnete, als wir in Menton ankamen. Ein dichter, feiner Regen über dem Meer ohne Horizont und über den verschlossenen, verrammelten Villen. Hinter diesem triefenden Naß lag die Stadt auf ihren Felsen. Über den spiegelblanken Asphalt der Allee rasten Kradschützen. In den von Wasserrinnsalen gestreiften Scheiben des Autobusses funkelten Bildfragmente, und jedes davon eröffnete mir eine Welt, die ich noch zu entdecken hatte. An den baumgesäumten Alleen erkannte ich die winterlich nebelverhangenen, nie gesehenen Städte des Nordens wieder: War Menton Paris? Ein Schild im Blumenstil, verblaßt: War Frankreich die Vergangenheit? Man sah niemanden außer einigen Wachposten, die in ihren Schilderhäuschen Zuflucht suchten, und Maurern, Säcke wie Kapuzen über den Kopf gezogen. Und dann Grau, Eukalyptusbäume und die schrägen Drähte der Feldtelefone.

Wir stiegen aus, es regnete, anscheinend sollten wir uns sofort am Bahnhof aufstellen, aber dann ging es wieder hinein in den Autobus, und wir fuhren weiter, wohin eigentlich, weiß ich nicht: eine requirierte Villa, dann ein Stück zu Fuß im Regen bis zu einem leeren Landhaus, das auch eine Schule oder ein Polizeirevier gewesen sein mochte, und dort stellten wir unsere Musketen an einer Mauer in einer Reihe ab.

Wir verströmten einen Geruch von nasser Kleidung. Eigentlich war ich damit zufrieden, denn meine Uniform roch stets trist und staubig nach Magazin, und jetzt würde dieser Geruch vielleicht verschwinden. Wann diese Spanier eintreffen sollten, wußte keiner, es gab keinen Fahrplan für die Züge aus Frankreich, ab und zu kam ein Scharführer angelaufen und schrie: »Sammeln! Sammeln mit Gewehren!« Und dann wieder: »Weggetreten!« Ein wenig schien es, als habe niemand in ganz Menton je von den Spaniern gehört, ein wenig, als würden sie hier von einem Augenblick zum anderen erwartet, ja genau um »elf Uhr zehn«, wie ein Gerücht es haben wollte, das sich bis elf Uhr fünf hielt, dann jedoch verlor.

Wir aßen alles auf, was wir von zu Hause mitgenommen hatten, unter dem kleinen Säulengang der Kasernen-Villa stehend, und sahen zu, wie es in den geplünderten Garten regnete. Einige hatten es zwischen dem einen und dem anderen Appell zuwege gebracht, auf einen Spaziergang zu entwischen und Zigaretten oder Orangeade zu kaufen. In der näheren Umgebung schienen ein paar Läden geöffnet zu sein, auch ein Ausschank für die Maurer.

Um Mittag brach die Sonne durch, und es hörte auf zu regnen. Jetzt gelang es ihnen nicht mehr, uns länger dort drinnen zu halten, einer nach dem andern verkrümelte sich, worauf uns eine halbe Stunde Freizeit gewährt wurde. Biancone und ich gingen auf eigene Faust los, wir verachteten die allzu kleinlichen Ziele derer, die nur einen Tabakladen oder einen Billardtisch suchten, oder auch jene allzu unwahrscheinlichen, nämlich die Suche nach Frauen. Wir gingen langsam und betrachteten die durchgestrichenen französischen Aufschriften, die schüchternen Lebenszeichen der wenigen Familien, die heimgekehrt waren – meistens Ladenbesitzer –, und die zersplitterten Scheiben, das gipserne Aussehen der von Geschossen getroffenen Häuser, die wie Rekonvaleszenten anmuteten. Wir hatten den Weg durch Nebenstraßen von halb ländlichem Charakter genommen. Ein Maurer aus dem Veneto sagte uns, die neue Grenze sei nur fünf Minuten weit entfernt, und wir beeilten uns, hinzukommen. Da war das kleine Tal eines Wildbachs, die italienische Fahne und weiter unten die französische. Ein italienischer Soldat fragte uns feindselig, was wir hier zu suchen hätten, wir antworteten: »Wir wollen nur schauen«, und wir schauten stumm. Dort war Frankreich, die besiegte Nation, und hier begann Italien, das immer gesiegt hatte und immer siegen würde.

Als wir verspätet zum Sammelplatz kamen, gingen einige wieder fort, und es sah nach guten Nachrichten aus. »Sie sind angekommen, sie sind da!« – »Wer? Die Spanier?« – »Nein, die mit der Verpflegung.« Ein Fouragewagen schien eingetroffen zu sein. Aber keiner wußte, wo er sich befand: Es waren weder unsere Offiziere zu sehen, noch wurde zum Sammeln gerufen. So schlenderten wir weiter durch die Stadt.

Auf einem zerstörten Platz voller Erdhaufen war ein Denkmal stehengeblieben: Eine Frau in langem Rock beugte sich zu einem kleinen Mädchen herab, das ihr entgegenkam; daneben stand ein Hahn. Es war das Denkmal der Volksbefragung aus dem Jahre achtzehnhundertsechzig. Das Mädchen stellte Menton dar, und die Frau war Frankreich. So triumphierte also unser Skeptizismus über leichte Ziele: Auf unseren Uniformen die römischen Adler und hier nun diese Vignette aus einem Buch; die ganze Welt war idiotisch, und nur wir beide waren geistreich.

Ich fand keinerlei Erinnerungen mehr an die Fahrten, die ich in meiner Kindheit nach Frankreich gemacht hatte, Menton schien mir jetzt eine traurige, eintönige Stadt. Wir marschierten im Glied durch die Alleen, um uns die Verpflegungsrationen zu holen; es hieß, die Spanier würden erst am nächsten Tag ankommen und wir müßten hier übernachten. Mir war, als hätte ich nun ganz Menton gesehen und wäre enttäuscht. Und ich war auch dieser Gesellschaft und dieser Mischung aus Zuchtlosigkeit und Diszipliniertheit müde, in der wir gehalten wurden, und sehnte mich nach der Abreise. Wir gingen an grauen, versperrten Gebäuden im Libertystil vorüber. Es fehlten jene unbedeutenden Einzelheiten, wie die Anstrichfarben an den Mauern rings um die Läden oder die verschiedenartigen Autokarosserien, die die Vorstellung eines Lebens wachrufen, das anders ist als das unsere, obschon ihm nahestehend: die Vorstellung des lebenden Frankreich. Dieses hier war ein totes Frankreich, ein Libertysarkophag, den die Avanguardisti unter dem Gebrüll der »Hymne an Rom« durchquerten und dem das Auftauchen von orientalischen Minaretten und Kuppeln eines Hotels oder die pompejanischen Dekorationen einer Villa die Atmosphäre eines verlassenen Theaters mit unordentlich beiseite gestellten Kulissen gaben.

Die Verpflegung erhielten wir gegen fünf. Auch eine Schar jungfaschistischer Matrosen aus *** war eingetroffen, ein Trupp lang aufgeschossener Burschen, die wir als Eindringlinge betrachteten. Mit ihnen war der Bundesführer gekommen, und Bizantini meldete ihm unsere Mannschaftsstärke. Der Bundesführer erkundigte sich, ob das Essen ausreichend gewesen sei, und kündigte an, daß wir die Nacht hier verbringen würden. Mich befiel eine trübe Traurigkeit; unter meinen Gefährten wurden Stimmen der Begeisterung laut.

Der Bundesführer war jung, er stammte aus der Toskana. Er hatte eine Uniform aus khakifarbener Gabardine an, mit Reithosen und gelben Stiefeln; und diese so militärisch scheinende Kleidung war, was Schnitt, Stoff, Leichtigkeit und unverschämte Lässigkeit im Tragen betraf, den Uniformen des Heeres so unähnlich, wie man es sich nur vorstellen konnte. Und ich – vielleicht wegen der Plumpheit, mit der ich meine Uniform trug, wegen der Duldsamkeit, mit der ich sie über mich ergehen ließ, wegen meiner bereits vorbestimmten Zugehörigkeit zu dem Teil der Menschheit, der die Uniformen an sich dulden muß, und nicht zu jenem, der sich ein Instrument der Autorität oder des Pomps daraus schafft –, ich fühlte mich gepackt von dem stets etwas neidischen Moralisieren der regulären Frontsoldaten gegen die Drückeberger und die Dandys.

Einige Avanguardisti aus meiner Stadt, Söhne kleiner Parteibonzen oder Beamten, waren alte Bekannte des Bundesführers, und er unterhielt sich scherzend mit ihnen. Mir flößte dieses Klima von kameradschaftlicher Komplizenschaft ein leichtes Unbehagen ein, und ich zog ihm den platten Ton des Zwanges vor, den ich hinzunehmen gewohnt war. Ich suchte Biancone überall, um mit ihm über diese Dinge zu sprechen oder vielmehr, um mit ihm gemeinsam die Einzelheiten zu sammeln und hervorzuheben, die wir später in aller Gemächlichkeit bereden würden. Doch Biancone war nicht da, er war verschwunden.

Ich fand ihn bei Sonnenuntergang, als ich über die Strandpromenade mit den niedrigen stachligen Palmen schlenderte. Ich war jetzt bedrückt. Das langsame Schlagen der Wellen gegen die Klippen vereinte sich mit dem natürlichen Schweigen der Landschaft, und sie umschlossen in einem Kreis die leere Stadt mit ihrem unnatürlichen Schweigen, das ab und zu ein vereinzelter, widerhallender Laut unterbrach: Ein Trompetenstoß, ein Lied, das Knattern eines Motorrads. Biancone kam mir mit überschwenglicher Freude entgegen, als hätten wir uns seit einem Jahr nicht mehr gesehen, und teilte mir all die Neuigkeiten mit, die er aufgeschnappt hatte: Ein schönes Mädchen war offenbar gesichtet worden, in einer Drogerie, sie sollte in einem Konzentrationslager in Marseille gewesen sein, und nun gingen alle Avanguardisti hin, um dort für ein paar Lire einzukaufen und sie sich anzuschauen. In einem anderen Geschäft wurden angeblich französische Zigaretten angeboten, fast für ein Nichts; und in einer Straße stünde ein französisches Geschütz, zerstört und verlassen.

Er bekundete bei diesen belanglosen Neuigkeiten eine allzu mitteilsame Euphorie; und ich hatte es ihm nicht verziehen, daß er ohne mich gegangen war. Er schwatzte weiter und kam auf die Plünderungen zu sprechen, die diese Häuser im Juni erlebt haben mußten, und er bemerkte beiläufig, es stimme, es gebe da aufgebrochene Häuser, wo man hineingehen und sehen könne, wie alles herausgerissen sei und verstreut am Boden herumliege. Aber in seiner Schilderung, die ziemlich allgemein zu sein schien, fielen hin und wieder einige recht genaue Einzelheiten auf. »Und du, warst du da auch drin?« fragte ich. Ja, er war auch da drin gewesen, wie er sagte; er war mit ein paar anderen umhergestreift, und so hätten sie eben einige der geplünderten Häuser und Hotels betreten. »Schade, daß du nicht mit warst«, sagte er. Es kam mir jetzt wie ein unverzeihlicher Verrat vor, daß er ohne mich gegangen war. Anstatt mich jedoch beleidigt zu zeigen, schlug ich ihm lieber lebhaft vor: »Wir könnten doch gemeinsam wieder hingehen ...« Er entgegnete, es wäre schon zu dunkel dafür und bei der Unordnung dort würden wir nicht sehen, wo wir die Füße setzten.

Als wir dann alle im Schlafsaal waren, den man uns in einer Turnhalle mit auf die Erde gepackten Strohsäcken improvisiert hatte, wurden die Besichtigungen der geplünderten Häuser das Hauptthema der allgemeinen Unterhaltung. Jeder erzählte, was er an außergewöhnlichen Dingen unterwegs gesehen hatte, und erwähnte Namen von Orten, die allen vertraut zu sein schienen, wie »im Bristol« oder »in dem grünen Haus«. Ich hatte diese Erkundungen zunächst nur für die Erlebnisse eines beschränkten Kreises der Unternehmungslustigsten gehalten, die eine Gruppe für sich bildeten, nach und nach aber sah ich, daß auch Burschen wie Orazi, die erst abseits zugehört hatten, ihre Erfahrungen zum besten gaben. Mein Verlust erschien mir unwiderbringlich. Ich hatte diesen Tag höchst langweilig verbracht, ohne an die Geheimnisse der Stadt heranzukommen, und morgen würde man uns früh wecken und am Bahnhof aufmarschieren lassen wegen einiger weniger Kommandos wie »Präsentiert das Gewehr!«, dann wieder in den Autobus verladen, und die Vision einer geplünderten Stadt würde für immer meinen Blikken entschwinden.

Biancone kam mit einem Stoß Decken an mir vorüber und sagte leise: »Bergamini, Ceretti und Glauco haben einen Schatz gefunden.«

Ich hatte bereits ein gewisses Herumwirtschaften zwischen den Strohsäcken bemerkt, das ich mir nicht zu erklären vermochte, aber nun, da Biancone mir diesen Wink gegeben hatte, erinnerte ich mich, daß ich kurz zuvor jenen Bergamini einen

Tennisschläger hatte schwingen sehen und mich beiläufig gefragt hatte, woher der wohl stammte. Jetzt sah ich zwar nicht den Tennisschläger, aber gerade in diesem Augenblick warf Glauco Rastelli die Decke über seinem Strohsack zurück, und ein Paar Boxhandschuhe tauchte auf, das er gleich wieder darunter verschwinden ließ.

Biancone hatte sich bereits unter die Decken gelegt und rauchte, auf einen Ellenbogen gestützt. Ich setzte mich auf den Rand seines Strohsacks. »Da sind wir ja in eine schöne Bande hineingeraten«, sagte ich.

»Ach ja!« versetzte er. »Eine Gang nach allen Regeln der Kunst, diese Stümper!«

»Als wir in die Quinta im Gymnasium gingen, waren wir nicht so!«

»Nun ja! Andere Zeiten!« bemerkte Biancone.

In diesem Augenblick erklang im Schlafsaal ein »Kuck-kuck, Kuck-kuck«, rasselnd und pfeifend; und Ceretti kugelte sich auf seinem Strohsack vor Freude, weil es ihm gelungen war, die Kuckucksuhr in Gang zu bringen, mit der er sich so lange abgemüht hatte.

»Wie wollen die denn diese Sachen nach Hause schaffen?« fragte ich Biancone. »Eine Kuckucksuhr kann man doch nicht unter der Jacke verstecken?«

»Er wird sie wegwerfen; was soll er sonst damit anfangen? Er hat sie nur mitgenommen, um Krach zu machen.«

»Wenn er sie bloß nicht die ganze Nacht durch rufen läßt und uns beim Schlafen stört«, sagte ich.

»Hallo, Jungs«, rief gerade in diesem Augenblick Ceretti, »ich habe sie aufgezogen, von jetzt an schlägt sie jede halbe Stunde.«

»Ins Meer damit! Schmeißt sie ins Meer!« Zu viert oder fünft, barfuß, stürzten sie sich auf seinen Strohsack und fielen über ihn und über die Uhr her. Sie kämpften so lange, bis die Uhr stehenblieb.

Nachdem das Licht ausgeschaltet war, legten sich auch der Lärm und das Toben. Aber es gelang mir nicht, einzuschlafen. Im angrenzenden Turnsaal waren die vormilitärischen Matrosen aus *** untergebracht, mit denen wir uns nicht verbrüdert hatten, vielleicht weil sie älter waren als wir, vielleicht auch wegen alt überkommenen Kirchturmdenkens, vielleicht noch eher wegen des Standesunterschiedes, da sie ja offenbar zu einer Art Hafenproletariat gehörten, indes die meisten von uns Gymnasiasten waren. Während bei uns auch die größten Hitzköpfe mit einem Schlage vom Lärmen in den Schlaf gefallen waren, fuhren die Matrosen fort zu toben, hin und her zu laufen, Scherze zu treiben. Sie hatten ihren eigenen Schlachtruf, der wahrscheinlich an diesem Tag unter irgendwelchen besonderen Umständen geboren war und für sie eine Komik besaß, die anderen unverständlich blieb. »Ihr Ochsen!«, ein Schrei, den sie wie Viehgebrüll ausstießen, mit langgezogenem O, vielleicht als eine Art Hirtenruf. Einer von ihnen, er lag bereits, schrie ihn im tiefsten Baß, und alle anderen brachen in schallendes Gelächter aus. Eine Weile schien es, als wären sie endlich eingeschlafen, und auch ich versuchte in meinen Schlummer zu finden, aber da blökte eine andere, weiter entfernte Stimme wieder los: »Ihr Ochsen!« Und auf die Proteste und Drohungen, die einige von uns zu ihnen hinüberriefen, antworteten sie mit neuem Gebrüll. Ich hätte gewünscht, daß ein energischer Trupp von uns in ihren Schlafsaal liefe und sie die Fäuste spüren ließe; aber die kampflustigsten Typen, das heißt Ceretti und die Seinen, schliefen fest, als wäre alles still, wir aber, die wir keinen Schlaf fanden, waren nur wenige und zudem unentschlossen. Auch Biancone gehörte zu denen, die schliefen.

Wütend über den Heidenlärm und empört über meine Kameraden, diese Plünderer, wälzte ich mich unruhig hin und her zwischen den rauhen Militärdecken. Zu jener Zeit waren viele meiner Gedanken von einer aristokratischen Bitterkeit geprägt; und aristokratisch war auch die Art, wie ich alles, was mit dem Faschismus zusammenhing, betrachtete und anfeindete. In jener Nacht waren der Faschismus, der Krieg und die Vulgarität meiner Gefährten für mich ein und dasselbe, und ich schloß alles in den gleichen Überdruß ein, aber ich fühlte, daß ich alledem unentrinnbar ausgeliefert war.

Daher betrachtete ich sie, diese vormilitärischen Matrosen, mit Widerwillen, als ich sie am nächsten Morgen in Reih und Glied durch den Garten marschieren sah, lang, dürr, mit müdem Schritt, gleichgültig gegen die Befehle, während wir vor dem Hundertschaftsführer Bizantini, der unsere Gewehre inspizierte, strammstanden.

Bizantini erhöhte noch die Dosis, als wir gegen ihr nächtliches Benehmen protestierten; er hatte sich die Kirchturmfeindseligkeit zwischen unseren Ortschaften zu eigen gemacht, aus hierarchischer Rivalität mit denen von der GIL des Hauptortes, und legte los: »Jawohl, jetzt habt ihr gesehen, was für einen tüchtigen Haufen uns die aus*** schicken! Ist das etwa die Jugend? Burschen, die noch nie Sport getrieben haben, krumm wie Haken, schiefe Schultern, schleppender Gang!«

Er übertrieb, aber unrecht hatte er nicht. Sie waren gewiß keine Athletentypen, aber ehrlich gesagt, das war ich auch nicht, und hierin war ich mit ihnen solidarisch gegen Bizantinis Ironie.

»Hungerleider, Hafenlastträger, Schipper!« sagte Bizantini. »Kommen her, um sich die paar Lire Tageslohn bezahlen zu lassen, ohne arbeiten zu müssen.« Und je länger er redete, desto mehr verblaßte mein eben noch gehegter Groll, und an seiner Stelle regte sich wieder die Moral, in der ich erzogen worden war, widersetzlich gegen den, der die Armen und die Arbeitenden verachtete.

»Und das bei alledem, was unser Regime für das Volk tut ...«, fuhr Bizantini fort.

Das Volk ..., dachte ich. Waren diese vormilitärischen Matrosen das Volk? Ging es dem Volk gut oder schlecht? War das Volk faschistisch? Das Volk Italiens ... Und ich, wer war ich?

»... sie pfeifen darauf, pfeifen auf die Jugendorganisation und auf alles!«

»Auch ich! Auch ich!« flüsterte ich Biancone zu, der neben mir stand.

Und Bizantini: »Oh, aber der Bundesführer hat es bemerkt, er hat es sich sofort notiert: daß wir lauter Gymnasiasten mitgebracht haben, alles gutgekleidete, kräftig gebaute, wohlerzogene Burschen ...«

»Scheiße«, sagte ich leise zu Biancone, »Scheiße.«

»Er hat versprochen, er würde uns vor den Spaniern gut sichtbar aufstellen ... vor der Jugend des Caudillo ...«

Der Zug der Matrosenrekruten hatte sich entfernt; Bizantini fuhr in seiner Rede fort und ich in meinen Überlegungen: Vielleicht würden wir einen weiteren Tag in Menton zubringen, und ich wollte, daß Biancone mich begleitete, um die geplünderten Häuser zu besichtigen. »Sobald er uns freiläßt«, sagte ich leise zu ihm, »gehen wir beide los.« Er, auch in der Rührt-euch-Haltung gleichmütig, zwinkerte mir bloß zu.

Der Hundertschaftsführer fuhr fort, seine Philosophie hinauszuschreien, und verglich nun die Erziehung der Zeiten Mussolinis mit jener vergangener Zeiten. »Wieso seid ihr im Klima des Faschismus aufgewachsen und wißt nicht, was das bedeutet! Wären zum Beispiel gestern abend, hier in Menton, jene alten Lehrer von einst dabeigewesen, na, ihr könnt euch nicht vorstellen, was das für eine Tragödie gegeben hätte: um Himmels willen, Kinder auswärts schlafen zu lassen, wie das hier geschieht, und ohne Betten, und dann die Verantwortung, und die Familien ... O weh! Für den Faschismus gibt es da gar keine Schwierigkeiten, alles wird im Nu erledigt, er visiert das Ziel ohne alle Umschweife an, römische Erziehung, wie in Sparta. Fehlen Betten? Dann schlaf eben auf dem Boden, alle sind Soldaten,verdammt noch mal! Rechts um, rechts!«

Und damit entpuppte sich der Hundertschaftsführer als das, was er in Wirklichkeit war: der naivste von uns allen. Vor einer Schar haariger Burschen und Galgenstricke, die sich danach sehnten, eine Stadt zu plündern, geriet er in Rührung wie eine Großmutter, wegen des großen Abenteuers, eine Nacht fern von Zuhause zu verbringen! Und mit Rülpsern und Gefurze im Schritt abmarschierend, ließ der Trupp der Avanguardisti sein »Eins-zwei! Eins-zwei!« widerhallen.

Biancone wußte von einer Villa in der Nähe, die interessant sein sollte, wenn man denen glaubte, die dort gewesen waren – er selbst kannte sie noch nicht. Im Garten sang ein Zeisig, ein Tropfen fiel in ein Bassin. In die grauen Blätter einer großen Agave waren Namen von Personen, Ortschaften, Regimentern mit Bajonettspitzen eingeritzt. Wir schlenderten um die Villa herum, die verschlossen zu sein schien, fanden jedoch in einer Veranda mit eingeschlagenen Scheiben einen aus den Angeln gehobenen Fensterflügel. Wir betraten einen Salon mit durcheinanderliegenden Sesseln und Sofas, die über und über mit einem Scherbenregen bedeckt waren; die ersten Plünderer hatten das Silberzeug in den kleinen Schränken gesucht und die

Keramikservice in die Luft geworfen; und sie hatten die Teppiche unter den Möbeln hervorgezogen, die wie nach einem Erdbeben in den absonderlichsten Stellungen liegengeblieben waren. Wir gingen durch dunkle oder helle Zimmer und Flure, je nachdem, ob die Jalousien heruntergelassen oder hochgezogen oder auch ganz entfernt worden waren, und wir stießen dauernd auf Gegenstände, zufällig irgendwo abgelegt oder auf der Erde verstreut und zertreten: Pfeifen, Schuhe, Kissen, Spielkarten, Leitungsschnüre, Illustrierte, Kronleuchter. Biancone deutete im Vorübergehen auf jeden Gegenstand, keine Einzelheit entging ihm, er fügte Dinge wieder zusammen, bückte sich, um den Stiel eines zerbrochenen Weinglases oder einen abgerissenen Tapetenrand aufzuheben, als führte er mich herum, um mir die Blumen in einem Gewächshaus zu zeigen, und legte jedes Ding wieder in die Lage zurück, in der er es gefunden hatte, mit der leichten, akkuraten Hand eines Untersuchungsrichters, der den Ort eines Verbrechens inspiziert.

Über eine von Schmutzspuren gezeichnete Marmortreppe stiegen wir in die oberen Etagen: und hier quollen die Zimmer über von Schleiern.

Es waren Baldachinnetze aus Tüll gegen Mücken; es mußte wohl über jedem Bett eines gehangen haben, und die ersten Eindringlinge hatten sie abgerissen und heruntergezerrt. Jetzt bedeckte dieser Tüll mit seinen Drapierungen und seinen Krausen die Fußböden, die Betten, die Kommoden mit einem dunstig aufgeblähten und vielfach gewundenen Mantel.

Biancone weidete sich an diesem Anblick und bewegte sich durch die Zimmer, indem er die Schleier mit zwei Fingern beiseite schob.

In einem dieser Schlafzimmer hörten wir es geschäftig rumoren, und etwas wie ein großes Tier wirtschaftete unter der Tülldecke herum.

»Wer ist da?«

Duccio war es, ein Avanguardist aus unserem Trupp, etwa dreizehn Jahre alt, dick und fett und rot im Gesicht.

»Da sind so viele Sachen ...«, sagte er mit verhaltenem Atem; er durchstöberte gerade angelegentlich eine Kommode.

Er zog die Gegenstände aus den Schubladen, und wenn sie ihm nicht gefielen, warf er sie auf den Boden, wenn ja, steckte er sie sich unter die Windjacke: Sockenhalter, Strümpfe, Krawatten, Bürsten, Handtücher, eine Dose Brillantine. Durch das viele Hineinstopfen hatte sich unter der Windjacke ein fast kugelrunder Buckel gebildet: und immer noch schob er sich Schals, Handschuhe, Hosenträger unter den Pullover. Er war aufgeschwollen und aufgeblasen wie eine Taube, machte aber keinerlei Anstalten, aufzuhören.

Wir beide beachteten ihn nicht mehr: Wir hatten ein deutliches Geräusch gehört, wie von Hammerschlägen, das im oberen Stockwerk widerhallte. »Was kann das sein?« fragten wir uns.

»Gar nichts«, sagte Duccio, »es ist Fornazza.«

Dem Lärm folgend, gelangten wir in die nächste Etage, in ein kleines Eßzimmer, wo der Avanguardist Fornazza, ein Bursche von der Statur Duccios, jedoch mager und schwarzhaarig, mit hoher, krauser Mähne, einer antiken Kommode mit Hammer und Schraubenzieher zu Leibe rückte.

Was machst du da?« fragten wir.

»Ich brauche diese Beschläge«, sagte er und zeigte die Hand. Zwei davon hatte er bereits entfernt.

Wir ließen die Kameraden bei ihrem Tun zurück und setzten unseren Gang durch die Villa fort. Aus den Dachkammern gelangten wir durch eine Luke auf eine kleine Terrasse über den Dächern. Ein herrlicher Blick bot sich von hier aus auf den Garten und die grüne Zone ringsum, auf Menton, auf die Olivenbäume und im Hintergrund auf das Meer. Ein paar modernde Kissen lagen herum, wir legten sie gegen den Mast einer Rundfunkantenne und streckten uns darauf aus, um friedlich in der Sonne zu rauchen.

Der Himmel war blank und rein, die weißen Streifen der Wölkchen flatterten über der Antenne wie sich windende Fähnchen. Von unten klangen hin und wieder Stimmen herauf, verstärkt durch die Hohlräume der Straßen, und wir erkannten sie: »Das ist Ceretti auf Jagd, dies ist Glauco in Wut.« Zwischen den kleinen Pfeilern der Balustrade hindurch beobachteten wir das Treiben der Avanguardisti und der Jungfaschisten in der Stadt: Eine Gruppe bog grölend an einer Kreuzung um die Ecke; zwei tauchten in einem Haus vor dem Fenster auf und pfiffen, und in einem Spalt zum Meer hin sahen wir unsere

Vorgesetzten, geschart um den Bundesführer, angeheitert aus einer Bar treten. Der Sonnenschein spiegelte sich in den Meereswogen.

»Warum gehen wir eigentlich nicht baden?«

»Allez?«

»Allez.«

Wir rannten hinunter, liefen talabwärts und gingen zum Strand. Unterhalb der Allee, auf einem Streifen Sand und Steine, hielt eine Schar halbnackter Maurer Imbiß in der Sonne und reichte eine Flasche herum.

Wir zogen uns aus und liefen am Ufer entlang. Biancone hatte eine weiße Haut, übersät mit Muttermalen, ich war braungebrannt und mager. Der Sand war schmutzig, voller Algen in Form von Borsten, braunen Kügelchen und fauligen Bärten. Biancone sah schon, wie sich Wolken der Sonne näherten, ein Grund für ihn, von der Idee mit dem Baden abzulassen, aber ich rannte los und tauchte hinein, und er konnte nicht umhin, mir zu folgen. Die Sonne verschwand wirklich, und das Schwimmen in dem fischfarbenen Wasser wurde ziemlich trist, genauso wie die Sicht auf die Felsen des Straßenunterbaus über uns und auf das schweigsame Menton. Ein Soldat mit Gewehr und Stahlhelm erschien oben auf der Mole und schrie etwas. Er schrie in unsere Richtung: Das sei verbotenes Gelände, wir sollten sofort ans Ufer zurückkehren. Wir schwammen zurück, trockneten uns ab, kleideten uns an und gingen Essen fassen.

Den Nachmittag wollten wir nicht zwischen den außerhalb und vereinzelt stehenden Villen vertrödeln, sondern uns lieber an die Wohnblöcke der Innenstadt halten, wo jeder Treppenabsatz die unterschiedlichsten Welten, jede Türschwelle das Geheimnis eines Lebens eröffnete. Die Wohnungstüren waren aufgebrochen, und auf den Fußböden lagen die Sachen aus den Schränken herum, die auf der Suche nach Geld und Schmuck ausgeräumt worden waren, und wenn man in diesen Schichten von Stoffen, Krimskrams, Papier herumwühlte, konnte man sehr wohl noch manchen Wertgegenstand finden. Jetzt durchstöberten unsere Gefährten methodisch jedes Haus und rafften alles an sich, was noch brauchbar war; wir begegneten ihnen auf den Treppen, in den Gängen, und manchmal schlossen wir uns ihnen an. Sie ließen sich fast nie dazu herab – das sei gesagt –, alles zu durchsuchen, wie wir das bei Duccio gesehen hatten. Wenn sie einen interessanten oder auffälligen Gegenstand fanden, stürzten sie sich mit Geheul darauf, bevor die anderen ihn zu fassen kriegten; später warfen sie ihn vielleicht sogar weg, wenn er ihnen lästig wurde oder wenn sie einen besseren fanden.

»Und was habt ihr aufgegabelt?« fragten sie uns. Ich knurrte durch die Zähne mein: »Gar nichts«, hin und her gerissen zwischen dem Verlangen, meine Opposition zu zeigen, und einem Rest kindlicher Scham darüber, daß ich anders war. Biancone dagegen erging sich in großen Erklärungen: »Ach! Wenn ihr gesehen hättet! Wir kennen da eine Stelle! Wißt ihr, da an der Ecke? Na, das halb aufgerissene Haus? Ihr müßt hintenherum gehen und dann den Aufstieg hinauf. Was es da gibt? Wenn du es wissen willst, geh hin ...« Seine Scherze gelangen ihm nicht oft, denn er war ja als Spaßvogel bekannt; aber sie gaben ihm immerhin den Anschein eines jungen Mannes, der wußte, was er wollte.

Das Jagdfieber hatte alle erfaßt. Als ich Orazi begegnete, der höchst aufgeregt und lustig war und mich seine Taschen befühlen ließ, begriff ich, daß es niemanden gab, der uns, das heißt mich und Biancone, verstanden hätte. Aber wir waren zu zweit, wir verstanden einander, und das würde uns immer verbinden.

»Faß an, faß an! Was ist es?« rief Orazi.

»Flaschen?«

»Röhren! Philips. Damit baue ich mir ein neues Radio.«

»Meinen Glückwunsch!«

»Gute Jagd!«

Von einem Haus zum anderen gelangten wir schließlich in alte, ärmliche Wohnungen. Die Treppen waren eng; die Räume schienen, wenn man nach dem Zustand ihrer Lumpen urteilte, vor vielen Jahren geplündert und so zurückgelassen worden zu sein, damit sie im Wind verfaulten, der vom Meer herüberwehte. Schmutzige Teller in einem Spülbecken, die Töpfe fettig, mit geronnenen Rückständen, und vielleicht nur deshalb noch erhalten.

Ich hatte das Haus mit einer Gruppe anderer Avanguardisti betreten. Und plötzlich merkte ich, daß Biancone nicht darunter war. Ich fragte: »Habt ihr Biancone gesehen?«

»Wieso?« fragten sie. »Biancone? Der war doch gar nicht mit uns.«

Wir hatten uns verschiedenen Trupps angeschlossen, die sich ab und zu teilten oder mit wieder anderen vermischten; und ich wüßte nicht einmal zu sagen, zu welchem Zeitpunkt ich in dem Glauben, der Gruppe, in der Biancone war, zu folgen, einen anderen Weg eingeschlagen hatte. »Biancone!« rief ich im Treppenflur, »Biancone!« auch in einem Arm des Korridors. Ich glaubte Stimmen zu hören, wußte aber nicht, woher. Ich öffnete eine Tür. Ich befand mich in der Werkstatt eines Handwerkers. An der einen Seite stand eine Hobelbank und mitten im Raum das Werktischchen eines Kunstschreiners oder Schnitzers. Am Boden lagen noch Späne, Holzsplitter, Zigarettenstummel, so als hätte noch vor zwei Minuten jemand hier gearbeitet; und darüber lagen, verstreut und zerbrochen, Hunderte von Werkzeugen und Hunderte von Arbeiten, die der Mann hier angefertigt hatte: Rahmen, Schatullen, Stuhllehnen und ungezählte Schirmgriffe.

Es wurde Abend. Mitten im Raum hing ein Lampenschirm mit einem birnenförmigen Spanngewicht, ohne Glühbirne. Im Licht der untergehenden Sonne, das durch ein Fensterchen drang, betrachtete ich ein Gestell, auf dem in einer Reihe die Rümpfe von Marionetten angeordnet lagen, für eine Schießbude, glaube ich, oder auch für ein kleines Puppentheater, die Holzköpfe in einer naiven, nur angedeutet karikierenden Weise geschnitzt, einige schon bemalt, doch die meisten noch unbearbeitet. Von diesen Köpfen hatten nur wenige das Los all der anderen Gegenstände in dem Raum geteilt und waren von ihren Hälsen getrennt worden, der größte Teil saß noch auf den Rümpfen, die Lippen zu einem ausdruckslosen Lächeln gebogen, die runden Augen weit aufgerissen, und manche schienen sogar auf dem Pflock, der ihnen als Hals diente, sacht zu schaukeln, vielleicht von einem Luftzug durch das Fensterchen, vielleicht auch durch mein plötzliches Hereinkommen bewegt.

Oder war kurz zuvor jemand hier gewesen und hatte sie berührt? Ich öffnete noch eine Tür. Da stand ein Bett, auch eine Wiege, unbeschädigt; ein Schrank war weit aufgerissen, leer. Ich betrat ein anderes Zimmer: Ein Strom von Briefen, Postkarten und Fotos hatte sich über den Boden ergossen. Ich erblickte ein Brautbild: Er war Soldat, sie eine schöne Blondine. Ich kauerte mich nieder, um einen Brief zu lesen: Ma chérie ... Es war ihr Zimmer. Es war ziemlich dunkel, ein Knie auf dem Fußboden, entzifferte ich diesen Brief, suchte dazu das zweite Blatt. Ein Trupp jungfaschistischer Matrosen kam herein, keuchend und die Hälse vorgestreckt wie Spürhunde; sie umdrängten mich: »Was ist das, was hast du gefunden?« – »Nichts, gar nichts«, murmelte ich, sie wühlten mit Händen und mit Füßen in dieser Papierschicht und entfernten sich dann in der gleichen Hast, in der sie gekommen waren.

Jetzt war es zu dunkel, um noch zu lesen. Ich hörte durch das Fenster das Meer rauschen, als wäre es in den Häusern. Ich trat hinaus ins Freie. Die Abenddämmerung brach herein. Ich machte mich auf zum Appellplatz. Unterwegs traf ich noch andere Kameraden, ihre Jacken waren durch Buckel verunstaltet, die größeren Gegenstände hatten sie schlecht und recht in Bündel gewickelt.

»Und du, was hast du dir mitgenommen?« fragten sie mich.

Der Sammelappell fand in einem großen Pavillon statt, der zuvor Sitz eines englischen Klubs gewesen war, nun umgewandelt in die Casa del Fascio. In seinen von Kronleuchtern erhellten Gängen schien Jahrmarkt zu herrschen: Jeder zeigte seine Beute und prahlte damit, ohne die geringste Angst vor den Vorgesetzten zu haben, und überlegte die beste Methode, sie zu verstecken, damit sie bei seiner Rückkehr nach Italien nicht auffiel. Bergamini ließ seinen Tennisschläger in der Weite seiner Hose verschwinden, Ceretti wickelte sich Fahrradschläuche um die Brust, zog die Strickjacke darüber und sah aus wie ein echter Maciste. In ihrer Mitte entdeckte ich Biancone. Er hielt Damenstrümpfe in der Hand, die er gerade aus einer Zellophantüte zog, um sie zu zeigen, und in der Luft auseinanderrollte wie Schlangen.

»Wie viele hast du davon?« fragten sie ihn.

»Sechs Paar!«

»Seide?«

»Weiß Gott!«

»Schwein gehabt! Wem gibst du sie? Willst du sie verschenken?«

»Verschenken? Dafür gehe ich einen ganzen Monat gratis zu den Frauen!«

Sieh da, auch Biancone. Jetzt war ich ganz allein.

Die anderen fluchten, weil sie wer weiß wie oft dort durchgekommen waren, jedoch nur Biancone es geschafft hatte, diese Strümpfe aufzuspüren.

»Die Strümpfe?« meinte er. »Und was sagt ihr zu dem schottischen Schal? Und die Pfeife aus Kirschholz?« Er war ein As, dieser Biancone, einer von denen, die treffsicher zuschlagen, die überall, wo sie hinlangen, einen Schatz entdecken.

Ich ging zu ihm, um ihn zu beglückwünschen, und vielleicht war ich dabei aufrichtig. Im Grunde war ich zu dumm gewesen, nichts mitgenommen zu haben; jetzt gehörten die Sachen ja niemandem mehr. Er zwinkerte mir zu und führte mir seine wahren Entdeckungen vor, die, an denen ihm wirklich etwas lag und die er den anderen nicht gezeigt hatte: ein Gehänge mit einem Bild von Danielle Darrieux, ein Buch von Léon Blum und dann eine Schnurrbartbinde. Eben, man mußte mit Geist an die Dinge herangehen, so wie Biancone: Ich war dazu nicht imstande. Der Bundesführer vergnügte sich ebenfalls damit, die Beute der Avanguardisti zu mustern, er betastete die Jacken, ließ die verschiedenartigsten Gegenstände hervorholen. Bizantini folgte ihm und lachte zustimmend, zufrieden mit uns. Danach rief er uns zu sich, ohne uns antreten zu lassen, und gab uns seine Anweisungen. Es herrschte eine Atmosphäre von Übermut und fröhlicher Aufregung, da ja alle diesen ganzen Fasching am Leibe hatten.

»Die Ankunft der spanischen Kameraden«, sagte der Hundertschaftsführer Bizantini, »ist für heute abend halb zehn vorgesehen. Um drei Viertel neun ist hier Sammeln, damit wir Aufstellung nehmen und uns bewaffnen können. Dann brechen wir auf, und noch heute nacht sind wir zu Hause. Die Sachen hier werden wir schon irgendwie verstecken können, im Autobus oder am Körper, und keiner wird uns da etwas anhaben. Der Bundesführer, der sich sehr über euch gefreut hat, hat es mir versichert. Jungs, vergessen wir nicht, dies ist eine eroberte Stadt, und wir sind die Sieger. Alles, was hier ist, ist unser, und niemand kann uns etwas sagen! Jetzt haben wir noch fünf Viertelstunden Zeit, ihr könnt noch herumstreifen, aber ohne Lärm, ohne große Geschichten, wie ihr das bis jetzt getan habt, und einstecken, was euch gefällt. Ich kann euch nur das eine sagen«, fuhr er etwas lauter fort, »daß ein Junge, der heute hier ist und nichts mitnimmt, ein Blödian ist! Jawohl, ein Blödian, und ich würde mich schämen, ihm die Hand zu drücken!«

Beifallsgemurmel folgte seinen letzten Worten. Und ich zitterte nun vor Aufregung: Ich war der einzige, der einzige unter allen, der nichts genommen hatte, der einzige, der nichts nehmen würde, der mit leeren Händen nach Hause zurückkehrte! Nicht, daß ich ein weniger lebhafter und aufgeweckter Bursche als die anderen gewesen wäre, wie ich bis vor kurzem noch gefürchtet hatte: Meine Haltung war mutig, geradezu heroisch! Ich konnte mich jetzt rühmen, viel mehr als sie.

Bizantini redete immer noch, gab den unschuldigen Avanguardisti seine unnützen Empfehlungen. Ich stand dicht neben einer Tür; im Schloß steckte der Schlüssel: ein Hotelschlüssel, mit einem großen Anhänger, auf dem die Nummer und die Aufschrift »New Club« zu lesen waren. Ich zog den Schlüssel aus dem Türschloß. Eben, ich würde diesen Schlüssel zur Erinnerung mitnehmen, einen Schlüssel des Fascio. Ich ließ ihn in die Tasche gleiten. Dies würde meine Beute sein.

Es waren die letzten Stunden in Menton. Ich schlenderte allein auf das Meer zu. Es war dunkel. Die Schreie der Kameraden drangen aus den Häusern. Traurige Gedanken befielen mich. Ich ging auf eine Bank zu, da sah ich, daß jemand in Matrosenuniform darauf saß. Ich erkannte die karmesinrot-gelbe Quaste der Jungfaschisten unter dem Kragen – es war einer der vormilitärischen Matrosen aus***. Ich setzte mich; sein Kinn war ihm auf die Brust gesunken.

»Sag mal«, fing ich an, wußte aber noch nicht, was ich ihm sagen würde. »Gehst du nicht in die Häuser?«

Der andere wandte sich nicht einmal um. »Ich quäl mich in meiner Seele«, sagte er leise.

»Sag, hast du etwa nichts genommen?« begann ich von neuem.

Er wiederholte: »Ich quäl mich in meiner Seele.«

»Aber sag doch, nimmst du nichts, weil du nichts findest oder weil du nichts willst?«

»Ich quäl mich in meiner Seele«, sagte er wieder. Er stand auf und entfernte sich mit langen Schritten zwischen den gezackten Schatten der Palmen, seine Arme baumelten hin und her. Mit einemmal begann er aus vollem Halse zu singen, aber es war eher ein Grölen denn ein Singen: »Ja leeeben! Solang du noch jung bist ...« Sollte er betrunken sein?

Ich setzte mich wieder auf die Bank, zog den Schlüssel aus der Tasche und betrachtete ihn. Ich hätte ihm gern eine symbolische Bedeutung gegeben. »New Club«, dann Casa del Fascio und nun in meiner Hand: Was konnte das bedeuten? Mich überkam der Wunsch, es möchte ein sehr wichtiger, unentbehrlicher Schlüssel sein, und die da sollten verrückt werden, weil sie ihn nicht fanden, weil sie einen Raum nicht abschließen konnten, der eine unschätzbare, heimliche Beute enthielt oder unersetzliche Dokumente, von denen ihr persönliches Schicksal abhing.

Ich erhob mich und ging zurück zum Gebäude des Fascio.

In den Gängen waren nur wenige Avanguardisti, und die packten ihren Krimskrams ein; die Unterführer zählten die Gewehre und entschieden über die Aufstellung der einzelnen Züge; unter ihnen war auch Biancone. Ich schlenderte durch die Gänge, tat, als langweilte ich mich, und ließ die Hand über die Wände und die Türen gleiten, wobei ich einen Schlager pfiff. Wenn meine Hand in die Nähe eines Schlüssels kam, zog ich diesen rasch aus dem Schloß und schob ihn in die Windjacke. Es waren Flure mit vielen Türen, und in fast jeder steckte der Schlüssel von außen, mit der daran hängenden vergoldeten Nummer. Meine Windjacke war nun voll davon. Ich sah keine Schlüssel mehr ringsum. Niemand hatte mich dabei beobachtet. Ich ging hinaus.

Im Eingang begegnete ich anderen, die zurückkamen. »Na, was nimmst du mit nach Hause?« – »Ich? ... Gar nichts ...« Aber sie sahen das Lächeln in meinen Mundwinkeln. »So so, gar nichts, tüchtig, tüchtig ...«, erwiderten sie.

Ich streifte im Garten umher. Ich hatte wohl an die zwanzig Schlüssel. Sie klimperten wie ein Haufen Eisenzeug. Auch ich habe jetzt meine Last, dachte ich. »He, du, was schleppst du mit dir herum?« redete ein Vorbeikommender mich an. »Klingelst ja wie eine Kuh!«

Ich bog um die Ecke. Der Garten hatte wild umrankte Pergolen und Pavillons, ich betrat einen davon. Allmählich wurde mir klar, was ich angestellt hatte. Meine unbegreifliche Tat konnte sehr wohl aus dem einen oder anderen Grund auch sofort entdeckt werden. Wenn einer unserer Offiziere oder Funktionäre irgend etwas in einem dieser halbleeren Räume einschließen wollte ...? Und wenn die Kameraden – jetzt oder später, im Autobus, in Italien – mich zwingen würden, vorzuzeigen, was ich in der Windjacke verbarg ... All die Schlüssel mit den Nummern des »New Club« konnten ja nur in der Casa del Fascio gestohlen worden sein: Und zu welchem Zweck? Wie sollte ich mein Handeln rechtfertigen? Es war unverkennbar eine Geste der Nichtachtung oder der Rebellion oder auch der Sabotage ... Hinter mir stand drohend der einstige »New Club« mit all seinen erleuchteten und abgeschirmten Fenstern, durch die nur flüchtige blaue Lichtschimmer drangen. Ich war ein Saboteur des Faschismus auf erobertem Gebiet ...

Ich lief zurück. Ich hatte einen Wasserspiegel glänzen sehen: Da war im Garten ein Wasserbecken, umgeben von Felsblökken, in der Mitte hatte es ein Rohr, aus dem jedoch kein Wasserstrahl sprühte. Ich zog einen Schlüssel nach dem anderen aus der Windjacke und ließ sie in das Wasser fallen, ließ sie sacht hineinrutschen, damit niemand das Plumpsen hörte. Im Hintergrund zog eine finstere Wolke auf, die den Widerschein des Mondes auslöschte. Nachdem der letzte Schlüssel versenkt war, erblickte ich einen hellen Schatten im Wasser: Ein Fisch, vielleicht ein alter Goldfisch, schwamm herbei, um zu sehen, was da geschah.

Ich richtete mich auf. War ich ein Feigling? Als ich die Hände in die Taschen steckte, fühlte ich, daß ich noch einen Schlüssel hatte: den ersten, den ich genommen hatte und der noch immer da war. Ich fühlte mich erneut gefährdet, aber glücklich. Die Kameraden kehrten zum Sammeln zurück, und ich schloß mich ihnen an.

Eine Stunde nach unserem Aufmarsch auf dem Vorplatz des Bahnhofs traf der Zug mit den Spaniern ein. Bizantini donnerte los: »Präsentiert das Gewehr!« Schwache, abgedunkelte Laternen hingen unter dem Vordach. Die jungen Falangisten traten in dieser Lichtzone an, während wir weit entfernt von ihnen standen, unten im Hintergrund des Bahnhofsplatzes. Es waren großgewachsene, kräftige Burschen; Gesichter, die plattnasig schienen wie bei Boxern; die roten Baskenmützen hatten sie tief übers Auge gezogen; schwarze Pullover, die Ärmel bis zum Ellenbogen hochgekrempelt; Brotbeutel, die am Gürtel befestigt waren. Wind wehte in jähen, kurzen Böen, die Laternen schwankten, wir präsentierten die Gewehre vor der Jugend des Caudillo. Dann und wann drangen Töne und Melodiefetzen ihres Marschliedes zu uns herüber, seit ihrer Ankunft hatten sie nicht aufgehört zu singen, es klang wie »Arò ... arò ... arò ...«. Ein abgehackter Befehl, und sie stellten sich in einer Reihe auf, maßen den Abstand von Mann zu Mann mit vorgestrecktem Arm; nun hörten wir lautes Schreien, undeutliches gegenseitiges Rufen: »Sebastián ... Habla, Vincente ...« Dann setzten sie sich in Marsch, erreichten die Autobusse, die auf sie warteten, und stiegen ein. Wie sie angekommen waren, so fuhren sie auch wieder ab: ohne uns eines Blickes zu würdigen.

Als der Zeitpunkt unserer Abfahrt da war, zogen wir, bepackt wie Schmuggler, an Bizantini vorüber, der jeden einzelnen musterte, um zu sehen, ob er nicht allzusehr auffiel, und jeden mit einem Schlag auf die dröhnende Windjacke oder mit einem Fußtritt ins Gesäß entließ. Auch ich kam an die Reihe, schlank und glatt mit meiner leeren Joppe, den Blick auf Bizantini gerichtet; er stand mit ernster Miene da, sagte nichts, scherzte aber wieder mit dem, der nach mir kam.

Der Autobus fuhr die Küstenlinie zurück, wir waren alle müde und schweigsam. Scheinwerfer von Autokolonnen zerschnitten ab und zu die Finsternis; die Häuser an der Küste waren dunkel, das Meer war silbern, öde und drohend. Es herrschte Krieg, wir alle waren davon betroffen, und nunmehr wußte ich, daß er über unser Leben entscheiden würde. Über mein Leben; und ich wußte nicht, wie.

Übersetzt von Caesar Rymarowicz

Luftschutznächte

Ich war ein Spätentwickler; mit sechzehn war ich in vielen Dingen für mein Alter noch ziemlich zurückgeblieben. Dann, urplötzlich, im Sommer des Jahres vierzig, schrieb ich eine Komödie in drei Akten, hatte eine Liebschaft und lernte radfahren. Aber ich hatte noch keine einzige Nacht außer Hause verbracht, als die Anordnung kam, daß die Gymnasiasten in den Ferien einmal in der Woche Nachtdienst beim Luftschutz zu leisten hätten.

Die städtischen Schulgebäude mußten bei eventuellen Luftangriffen geschützt werden. Luftangriffe hatte es jedoch noch nicht gegeben, und die Sache mit dem Luftschutz kam mir eher als eine Formalität wie viele andere vor. Für mich war das etwas Neues und Ergötzliches; es war September, meine Schulkameraden waren noch fast alle fort, in der Sommerfrische oder auf der Jagd oder im Juni wegen des Kriegsausbruchs evakuiert und nicht mehr zurückgekehrt; nur ich und Biancone waren in der Stadt geblieben. Ich, der ich den ganzen Tag herumspazierte und mich zu Tode langweilte, und er, der nachts ausging und sich vergnügte, und zwar nach Kräften, wie es schien. Diese Dienstschichten beim Luftschutz wurden zu zweit abgeleistet; natürlich ließen Biancone und ich uns zusammen eintragen. Er würde mich durch alle Lokalitäten führen, die er kannte; wir versprachen uns große Dinge davon. Man wies uns das Gebäude der Grundschule zu und setzte unsere Schicht für Freitag nacht an. Ein Raum mit zwei Feldbetten und einem Telefon war unser Quartier; unsere Aufgabe bestand darin, uns für den Fall eines Fliegeralarms bereitzuhalten. Wir konnten auch Inspektionsgänge machen, das heißt umherspazieren, soviel wir wollten, aber nur einzeln, denn wir hatten Kontrollanrufe zu erwarten. Natürlich überlegten wir gleich, daß wir auch gemeinsam ausgehen könnten, wenn wir uns mit den Mannschaftsleitern verständigten, und daß wir das Telefon vor allem dazu benutzen würden, in den frühen Morgenstunden unsere Bekannten zum besten zu haben.

Aber obwohl wir uns sagten: »Wir wollen dies und jenes tun!

Du wirst sehen, wie wir uns amüsieren!« und schon in den Tagen vor jenem Freitag alles mögliche planten und voraussahen, erhoffte ich mir von dieser Nacht noch etwas anderes, etwas, was ich nicht einmal klar auszudrücken vermocht hätte: eine Offenbarung, von der ich noch nicht wußte, welcher Art sie sein würde, die Offenbarung der Nacht. Für Biancone dagegen schien alles auf fröhliche Weise gewöhnlich und vorausschaubar zu sein, und ich tat, als sei es das auch für mich, dabei jedoch hörte ich bei jedem der oberflächlich gefaßten Pläne in meiner Phantasie die unbekannte Zeit der Nacht wie ein unsichtbares Meer rauschen.

An jenem Freitag machte ich mich nach dem Abendessen auf den Weg, und es war noch ein Abend wie jeder andere; ich hatte den Pyjama mit und einen Bezug für das Kopfkissen des Feldbetts, auf dem ich schlafen sollte. Und außerdem eine Illustrierte, denn bei all unseren Beschäftigungen würden wir vielleicht auch etwas Zeit mit Lesen verbringen können.

Die Schule war ein großes Steingebäude mit einem Blechdach. Sie stand ziemlich ungünstig hoch über der Straße, und man mußte drei Treppen zu ihr hinaufsteigen. Das Gebäude war erst während des Regimes erbaut, zeigte aber nichts von der protzigen Architektur dieser Epoche; es atmete einen Hauch bürokratischer Selbstverständlichkeit, den der laue Faschismus meiner Heimatstadt nach Möglichkeit zu wahren trachtete. Auch das Basrelief des Giebels, das immerhin einen Balillapimpfen und eine kleine Italienerin darstellte, sitzend zu beiden Seiten der Aufschrift »Grundschule«, schien von einer pädagogischen Vernunft inspiriert zu sein, die ganz an das neunzehnte Jahrhundert erinnerte.

Es war eine Nacht ohne Mondschein. Das Schulgebäude spiegelte noch eine schwache Helligkeit wider. Ich hatte mich hier mit Biancone verabredet, aber natürlich war er unpünktlich. Weiter oben im Dunkel waren Villen und Felder. Ich hörte die Grillen zirpen und die Frösche quaken. Es gelang mir nicht mehr, jene brennende Erwartung in mir wiederzufinden, die mich bislang beseelt hatte. Nun, als ich allein vor dieser Schule auf und ab ging, in der Hand den Pyjama, den Kopfkissenbezug und die Illustrierte, wurde ich verlegen und kam mir völlig fehl am Platze vor.

Ich wartete, und plötzlich loderte eine Flamme auf, die fast meinen Rücken streifte. Ich machte einen Sprung: Die Illustrierte, die ich unterm Arm hielt, hatte Feuer gefangen. Ich ließ sie fallen, aber noch bevor ich erschrecken konnte, hatte ich begriffen, daß dies einer von Biancones Scherzen war. Platt gegen die Mauer gedrückt, hielt er noch das Zündholz in der Hand, mit dem er sich mir im Dunkeln heimlich genähert hatte. Er lachte nicht. Wie immer hatte er eine offizielle, untadelige Miene aufgesetzt.

Er sagte: »Entschuldigung, habt ihr vom Luftschutz hier in der Nähe etwa ein Feuer gesehen?«

»Das Feuer soll dir den Hintern versengen!« schimpfte ich und trat mit den Absätzen die brennende Zeitung aus. »Laß diese albernen Späße!«

»Das war gar kein Spaß. Das ist eine Inspektion. Luftschutz, mein Lieber, bedeutet gefährlich leben, da muß man auf alles gefaßt sein. Aber ich habe beobachtet, daß du ganz ordentlich Wache hältst. Bravo. Also dann ciao. Ich kann mich somit jetzt meinen eigenen Angelegenheiten widmen.«

Ich sagte ihm, er solle aufhören, den Schlaukopf zu spielen, wir müßten doch hinaufgehen, um unseren Wachdienstraum in Augenschein zu nehmen und unsere Sachen abzulegen.

Aber die Türen der Schule waren verschlossen. Wenn man den Klingelknopf drückte, hörte man nur ein fernes Schrillen, und wenn man klopfte, dröhnte nur das Echo in den leeren Korridoren.

»Es ist niemand da! Die Hausmeisterin ist auf dem Lande!« sagte eine Stimme hinter uns – offenbar hatte unser Trommeln an der Tür jemand aufgeschreckt. Wir drehten uns um; da war eine Mauer und darüber, zwischen den Schatten von Bohnenstauden, der Schatten eines Mannes. Er war dabei, aus einer Gießkanne eine Flüssigkeit zu versprengen, die an ihrem Geruch als Jauche zu erkennen war. Ein Gärtner, der die Nachtstunden nutzte, um die Pflanzen zu düngen, damit der Gestank die Nachbarn nicht störte.

»Aber wir müssen doch hinein! Wir sind der Luftschutz!«

»Was?«

»Der Luftschutz!«

In einem kleinen Haus in der Nähe erlosch mit einemmal ein

schwaches Licht. Biancone versetzte mir mit dem Ellenbogen einen Stoß, zufrieden über diesen Beweis unserer Autorität. »Siehst du, was das bedeutet?« warf er mir leise zu. »Wir sind der Luftschutz.«

»Die Hausmeisterin ist auf dem Lande, weil sie Angst hat vor den Luftangriffen«, sagte der Gießende dort oben im Dunkeln, »aber weit weg ist sie nicht. Wenn ihr diese Straße hinaufgeht, seht ihr auf dem Gipfel ein einstöckiges Haus. Ihr braucht nur zu rufen: ›Bigín‹, und sie wird antworten.«

»Danke.«

»Keine Ursache. Aber, wenn ihr vom Luftschutz seid – dürfen wir das blaue Licht so lassen, oder ist das verboten?«

»Nein, nein«, antworteten wir selbstgefällig, »es ist zwar etwas zu hell, aber Sie können es anlassen ...«

Biancone sagte leise zu mir: »Dieser Gestank. Wollen wir es ihm sagen?«

»Was?«

»Daß das verboten ist. Lockt die feindlichen Flugzeuge an.«

»Aber geh, laß das.« Wir bogen in den geschotterten Weg ein, der aufwärts ins freie Land hinausführte.

Aus da und dort verstreuten Häusern schienen schwache Streifen blauen Lichts, und man hörte gedämpfte Laute: Stimmen, Tellerklappern, Kinderweinen. Die Nacht draußen war die Kehrseite der Nacht im Hause: Wir waren der unbekannte Schritt, der auf der Straße hallt, das gepfiffene Liedchen, dem der, der noch nicht schläft, nachlauscht, während es sich in der Ferne verliert.

Aus dem Fenster der Hausmeisterin schimmerte ein Lichtstreif. Biancone schrie, um sogleich ein autoritäres Verhältnis herzustellen. »Licht! Licht!« Hier jedoch brannte das Licht weiter.

»Bigín!« riefen wir. »Bigín!«

»Wer ist da?«

»Den Schlüssel! Wir möchten den Schlüssel für die Schule!«

»Wer seid ihr?«

»Wir sind der Luftschutz! Das Licht! Hallo, das Licht!«

Ein Fensterladen ging auf, und nun strahlte der Lampenschein ungehindert im ganzen Fensterquadrat, in dem sich der farbige Anblick einer Küche mit Kupfer- und Emaillegeschirr an den Wänden bot, und die Bigín sagte: »Macht mir bloß keine Angst!« Sie hielt ein Messer in der Rechten, von dem rote Tropfen rannen, und in der anderen Hand eine halbe Tomate.

Sie schlug den Laden zu, es war wieder finster, und wir standen geblendet da.

Die Bigín kam uns unter einer niedrigen Pergola entgegen. Ein Rohrgestell stand dort, auf das sie die Tomaten legte, um sie einzusalzen. Sie war ein dunkles Frauchen, dem die hohe Frisur mit Chignon einen Anflug von Großartigkeit gab. Sie blieb unter der Pergola und salzte die Tomaten im Dunkeln weiter, mit sicheren Bewegungen, als könnte sie dabei sehen.

Uns gegenüber war sie mißtrauisch, oder sie hatte keine Lust, sich zu rühren. »Seid ihr auch wirklich vom Luftschutz?«

»Natürlich, schauen Sie: Wir haben sogar die Schlafanzüge mit«, sagte Biancone, als wäre dies eine völlig logische Antwort, und er entrollte aus seinem Bündel ein Paar buntgestreifte Hosen, die er sich vor den Körper hielt, als wollte er beweisen, daß sie wirklich seine Größe hatten.

Indes, die Schuldienerin fand an dieser sonderbaren Vorführung von Dokumenten offenbar nichts auszusetzen. Sie sagte nur: »Aber warum ist dann Lehrer Belluomo nicht dabei?«

Belluomo war ein junger Grundschullehrer, der eben die Sache mit dem Wachdienst zu beaufsichtigen hatte.

»Weil wir es sind. Er hat uns geschickt.«

Endlich ließ die Bigín von den Tomaten ab und trocknete sich die Hände an der Schürze. Wir sagten ihr, sie möge sich durch uns nicht stören lassen, wir brauchten ja nur die Schlüssel; aber nein, sie wollte mitkommen, um uns alles zu zeigen, weil wir ja nicht Bescheid wüßten. »Habt ihr eine Taschenlampe?«

»Nein. Wir können im Dunkeln sehen, wir sind vom Luftschutz.«

»Egal. Ich hab eine«, und sie holte eine kleine blecherne Stablampe aus der Tasche ihrer großen Schürze und ließ den feinen Lichtstrahl wie eine Stockspitze tastend vor ihren Füßen herlaufen, bevor sie einen Schritt machte.

So gingen wir beide hinter dieser langsamen Hausmeisterin den geschotterten Abstieg hinunter, vorbei an den Mauern der Gärten und der Weinberge.

»Du hattest mir aber nicht gesagt, daß du mich mitnimmst, damit ich die Nacht auf dem Lande verbringe«, sagte ich zu Biancone.

Biancone verschwand ohne ein Wort.

Die Hausmeisterin suchte ringsum mit der Taschenlampe. »Wo ist er hin, der andere?«

»Was weiß ich.«

Plötzlich sprang Biancone von einer kleinen Mauer herunter, der Hausmeisterin fast auf den Rücken. In der Hand hielt er zwei Weintrauben. »Hier, iß«, sagte er und warf mir eine zu.

»Schöne Sachen!« meinte die Schuldienerin. »Wenn der Besitzer euch sieht, schießt er!«

Nun waren wir also nächtliche Obstdiebe, solche, denen mein Vater immer gedroht hatte, ihnen mit der Flinte eine Ladung Salz auf den Pelz zu brennen, und denen meine kindliche Einbildungskraft, die eines gesetzliebenden Kindes, vergebens ein Gesicht zu geben suchte. So erschien mir die Regellosigkeit der Nacht wieder in jener fernen Vorstellung der Kinderjahre.

»Schöne Sachen!« sagte die Hausmeisterin.

»Nanu! Ein Hühnerstall!« bemerkte Biancone. »Was hältst du davon?«

An dem mondlosen Himmel konnte man kaum die weichen Schatten der Fledermäuse erkennen. Braune Nachtfalter flatterten um die Taschenlampe der Hausmeisterin. Eine Kröte, die über die Straße hüpfte, stockte geblendet. »Sie, passen Sie auf, daß Sie sie nicht zertreten!« Aber nein, sie schlüpfte ihr zwischen den Füßen durch.

Wir gelangten an eine Stelle, wo die ländliche Umgebung endete und man unten das Dächermeer ahnte. Jetzt wird sie einen Besen besteigen und über die Stadt fliegen, dachte ich. Die Hausmeisterin jedoch führte uns zur Tür der Schule und öffnete.

Ohne Licht anzuschalten, geleitete sie uns durch die Korridore und über die Treppen. Im Schein der Taschenlampe zogen die Türen der Klassenräume und die an den Wänden hängenden großen Lehrtafeln an uns vorüber. Die Hausmeisterin blickte mit besorgter Miene umher, als fürchtete sie, diese Gegenstände und diese Umgebung, deren Sauberkeit und Ordnung sie soviel Mühe gekostet hatten, unserer Gewalt zu überlassen.

Nachdem sie uns so über viele Treppen geführt hatte, öffnete sie die Tür zu unserem Quartier und verschwand dann. Während wir Besitz von dem Raum ergriffen, hörten wir sie noch in den Korridoren schlufen und brummen, in dem einen Stockwerk, dann in einem anderen. »Was macht sie bloß? Schließt sie alles ab? Oder will sie auch die ganze Nacht hier bleiben und Wache halten?«

Mit einemmal quietschte im Erdgeschoß die Eingangstür in den Angeln, und das Schloß schnappte zu.

»Ist sie fort?«

»Und den Schlüssel hat sie uns nicht dagelassen? Sie hat uns eingeschlossen! Hexe!«

Wir gingen hinunter, um uns die Fenster im Erdgeschoß anzusehen, doch die ohne Eisengitter lagen hoch über der Erde, zwar nicht so, daß man nicht hätte hinunterspringen können, aber hoch genug, damit man nicht wieder hineinsteigen konnte.

Wir setzten uns ans Telefon, um diesen Belluomo zu suchen, der ja auch einen Schlüssel haben mußte. Wir weckten bei ihm zu Hause seine Mutter auf, aber er war nicht da. In den anderen Schulen, wo sich ebenfalls solche mobilisierten Luftschutzrekruten wie wir aufhalten mußten, antwortete niemand, auch nicht in der faschistischen Jugendorganisation oder im Fascio. Wir weckten oder belästigten die halbe Stadt, fanden Belluomo aber schließlich ganz zufällig in einem Café, wo wir nachfragten, ob wir für das Kugelspiel unsere Wetten telefonisch abgeben könnten.

»Ach ja, ich komme sofort«, sagte der Unglücksmensch.

Während wir auf ihn warteten, machten wir einen Rundgang durch die Schule, schauten in die Klassenräume, in die Turnhalle, fanden jedoch nichts Interessantes und konnten auch das Licht nicht einschalten, weil fast überall an den Fenstern die Schutzvorhänge fehlten. So kehrten wir zurück und warfen uns auf unsere Feldbetten, um zu lesen und zu rauchen.

Die Illustrierte, die mir Biancone halb verbrannt hatte, enthielt Aufnahmen von englischen Städten, die vom Flugzeug aus gemacht worden waren: Man sah, wie die Bomben in Trauben darauf fielen. Wir wußten nicht, was das bedeutete, und blätterten zerstreut weiter. Die Zeitung brachte noch die ganze Story über König Carol von Rumänien, denn in jenen Tagen hatte es dort einen Staatsstreich gegeben, und sie hatten den König abgesetzt. Der Artikel war unterhaltsam, zumal für uns, die wir nicht gewohnt waren, in den Zeitschriften über Hofintrigen und Politik zu lesen. Ich las ihn Biancone laut vor. Da war auch die Geschichte von der Lupescu, die wir lachend und mit erregten Ausrufen kommentierten, nicht so sehr wegen der Sache an sich als vielmehr wegen des Namens: Lupescu – so geschmeidig tierisch und so voll düsterer Ahnungen.

»Die Lupescu! Die Lupescu!« riefen wir und sprangen dabei auf den Feldbetten auf und ab.

»Die Lupescu!« schrie ich durch die widerhallenden Korridore und vor den Fenstern, wo ich auf den finsteren Mantel der Nacht starrte, in den ich mich noch nicht hatte hüllen können.

Biancone hatte zwei Gasmasken gefunden. »Die sind für uns!« Gleich versuchten wir sie uns aufzusetzen. Es fiel schwer, darin zu atmen, das Innere der Masken roch unangenehm nach Kautschuk und nach Magazin, aber sie waren für uns keine gänzlich ungewohnten Gegenstände, da man uns in der Schule von Kindesbeinen an den Gebrauch der Gasmasken und die Leichtigkeit, sich damit vor eventuellen, ja höchst wahrscheinlichen Gasangriffen zu schützen, als Glaubensartikel eingetrichtert hatte. Während so unsere Köpfe in die riesiger Ameisen verwandelt waren, wie sie einem unter dem Mikroskop erscheinen mögen, stießen wir ein unartikuliertes Gebrüll aus und tappten halb blind durch die Gänge der Schule. Wir fanden auch Stahlhelme, aber alte, noch aus dem Krieg von 1915, Beile und auch Stabtaschenlampen mit blauer Blende. Unsere Luftschutzhelferausrüstung war nun vollkommen. Wir bewehrten uns mit alledem und paradierten durch die Korridore unter dem Abgesang eines Marschliedes: »Luft-schutz! Luft-schutz!«, was durch die Gasmasken jedoch wie ein undeutliches »Uff-puh! Uff-puh!« klang.

»U-e-u!« brüllte Biancone, während er sich mit schlängelnder Bewegung in einen Fenstervorhang wickelte.

»Uh! Uh!« antwortete ich ihm und hob wie zu einem Kriegsruf das Beil.

Biancone machte ein verneinendes Zeichen. «U-e-u!« skandierte er wieder und unterstrich das Wort mit einem lasziven Wiegen der Hüften.

»Ah!« Begeistert griff ich den Einfall auf. »Lupescu! Lupescu!« Und nun begannen wir, Szenen eines Gasangriffs aus dem Leben König Carols und seiner Geliebten aufzuführen.

Die Klingel schrillte. Das war Belluomo. Wir machten einander Zeichen, still zu sein. Geräuschlos stiegen wir zu den Klassenzimmern im Erdgeschoß hinunter. Belluomo klingelte wieder und klopfte. Wir hatten die Fenster im Erdgeschoß, die wir anfangs auf ihre Ausstiegsmöglichkeit untersucht hatten, offengelassen. Jetzt stellte sich jeder an ein Fenster, mit Gasmaske, Stahlhelm und Antipyerithandschuhen, Biancone mit einem Beil in der Hand, während ich einen Wasserschlauch hielt. Belluomo war ein untersetzter junger Mann, blond, eng eingeschnürt in eine Scharführeruniform der GIL, mit Tropenjacke und Stiefeln. Des Klingelns müde, zumal er kein Lebenszeichen hörte noch Licht brennen sah, wollte er wieder gehen. Da schlug Biancone dreimal mit dem Beil auf. Belluomo wandte sich zu seinem Fenster um und bemerkte die Silhouette dahinter. »He!« rief er. »Bist du's, Biancone?« Wir schwiegen. Er knipste seine Stabtaschenlampe an und richtete sie auf das Fensterbrett. »Oh!« Er hatte die Gasmaske und das Beil angestrahlt. »He, was hast du denn da? Bist du verrückt?« In diesem Augenblick hörte er es prasseln. Ein Wasserstrahl schoß aus einem anderen Fenster auf den Bürgersteig. Ich hatte den Schlauch an einen Hahn angeschlossen.

Auf der Straße gingen gerade Leute vorbei, die beim Anblick dieses Treibens stehenblieben. Belluomo hatte rasch seine Taschenlampe auf mein Fenster gerichtet. Er konnte eben noch meine Maske erkennen und sehen, wie meine behandschuhten Hände den Schlauch zurückzogen und verschwanden.

Er lenkte den Lichtstrahl erneut auf das erste Fenster, aber auch dort war niemand mehr. Die Passanten umringten ihn. »Was ist los? Was ist los? Gas? Gas?« Es widerstrebte ihm, zu sagen, es müsse sich um einen Scherz handeln, er glaubte dadurch an Autorität zu verlieren; und schließlich begriff er die Sache auch nicht so ganz; er war ein kleinlicher Typ ohne jeden Sinn für Humor.

»Da! Da oben!« rief ein Passant und deutete auf ein Fenster im dritten Stock. Er hatte eins dieser stummen, gasmaskenbewehrten Gespenster erblickt. Belluomo versuchte es mit seinem

Scheinwerfer zu erreichen. Es verschwand. »He! Idioten! Kommt runter!« Im vierten Stock tauchte ein anderes auf. »Was ist denn los?« fragten die Passanten. »Ist etwa Gas in der Schule?« Und Belluomo: »Aber nein, es ist nichts ...« Wir trieben unser Spiel weiter, erschienen und verschwanden an den Fenstern. »Werden hier Übungen abgehalten?« fragten die Leute. »Nein, nein, weitergehen, weitergehen«, und er schickte sie fort. Wir hatten unseren Spaß nun gehabt und hörten auf.

Dieser Belluomo besaß nicht einen Funken Autorität. Er war ein gutmütiger Bursche, muß ich schon sagen, oder er hatte ein zu schwaches Gedächtnis und war zu schlapp, um rachsüchtig zu sein. »Ach, was habt ihr bloß gemacht, seid ihr denn blöd, so was ist doch blödsinnig«, fing er auf seine jammernde Manier mit seinen matten Schimpfworten zu zanken an, und man begriff gleich, daß das bißchen Lebhaftigkeit, das in ihm war, sich rasch verflüchtigen würde, weil in seinem Kopf alles dazu neigte, zu verflachen und zu verläppern. Der doch recht ungewöhnliche Spott, den wir mit seiner Autorität und unseren Pflichten getrieben hatten, war an ihn völlig vergeudet: Er betrachtete uns mit der gewohnten verdrossenen Miene eines Lehrers, der es nicht versteht, Disziplin zu halten. So ging er denn auch nach ein paar kläglichen Vorwürfen dazu über, uns das Material auszuhändigen, das wir allerdings schon auf eigene Faust übernommen hatten, und erläuterte uns unsere Aufgaben. Er führte uns in die Dachkammern und zeigte uns die Kisten mit Streusand, mit dem die Brandbomben zu löschen waren.

Inzwischen hatte er neuen Mut gefaßt und schien sich seiner Autorität wieder bewußt zu werden. Er händigte uns den Schlüssel aus und schärfte uns ein, in gar keinem Fall das Gebäude unbewacht zu lassen.

»Jawohl, jawohl, wird gemacht ... Wir gehen jetzt aus, um uns mit Frauen zu vergnügen«, sagte Biancone zu ihm mit seiner unschuldigen Miene.

Belluomo machte den Mund auf, runzelte die Stirn, zuckte die Achseln und entfernte sich brummend. Er war wieder düster und unglücklich.

Bald darauf gingen wir weg. Mitternacht war vorüber. Die laue sternlose, windlose Finsternis dauerte an. In den Straßen war fast niemand mehr. Unter der äugenden Verkehrsampel auf dem Platz war der Schatten eines untersetzten Mannes zu sehen, mit dem Lichtpünktchen einer brennenden Zigarette. Biancone erkannte ihn an der Haltung: Hände in den Taschen und die Beine gespreizt. Es war ein Freund von ihm, Palladiani, ein großer Nachtwandler. Biancone pfiff das Motiv eines Liedes, das für sie beide eine besondere Bedeutung haben mußte; der andere nahm wie in einem plötzlichen Ausbruch von Fröhlichkeit die Melodie auf und sang sie weiter. Wir kamen heran. Biancone wollte eine Zigarette von ihm pumpen, aber Palladiani behauptete, keine zu haben, und erschlich sich im Gegenteil noch eine von Biancone. Im Schein der Streichholzflamme erblickte ich das blasse Gesicht eines gealterten jungen Mannes.

Er behauptete, er warte auf eine gewisse Ketty, die Biancone gut kannte; sie sei zu einem Fest in eine Villa gegangen und müsse jetzt zurückkehren. »Es sei denn, sie bleibt da«, sagte er plötzlich lachend und summte ein Motiv aus einem Foxtrott. Er erzählte auch, wie er eine gewisse Lori mit einer gewissen Rosella getroffen und ihnen eine Anspielung zugerufen habe, die ich nicht verstand, die Biancone indes über die Maßen zu genießen schien. Dann fragte er uns: »Kennt ihr die neuesten Verdunkelungsspäße?« Wir verneinten, und er erklärte sie uns. Begeistert wollten wir sie gleich ausprobieren. Aber Palladiani, den irgendwelche geheimnisvollen Verpflichtungen riefen, verabschiedete sich und entfernte sich trällernd.

Die Verdunkelungsspäße sahen zum Beispiel so aus: Wir gingen beide mit brennenden Zigaretten und sehr schnell; ein einsamer Passant näherte sich uns auf demselben Bürgersteig; darauf hoben wir, weiter dicht nebeneinander gehend, der eine die linke, der andere die rechte Hand mit der brennenden Zigarette über den Kopf. Der Passant sah die beiden Lichtpünktchen der Zigaretten in ziemlicher Entfernung voneinander und glaubte, zwischen ihnen hindurchkommen zu können, fand aber auf einmal den Weg von zwei Personen versperrt und stand wie ein Tölpel da. Und dann konnten wir auch das Gegenteil machen: in einiger Entfernung voneinander gehen und die Zigaretten zwischen uns dicht beieinander halten; der Passant glaubte, wir gingen in der Mitte des Bürgersteigs, wich zur Seite aus und prallte gegen einen von uns, stammelte »Verzeihung«, wandte sich stracks zur entgegengesetzten Seite und stieß mit der Nase auf den anderen.

Mit diesen Spielen brachten wir einige vergnügliche Viertelstunden zu, solange wir die geeigneten Passanten fanden. Einige entschuldigten sich verwirrt, andere murmelten Schimpfworte oder wollten Streit anfangen, aber wir verdrückten uns eilig. Ich war jedesmal aufgeregt, da ich mir in jedem Passanten, der auf uns zukam, eine geheimnisvolle nächtliche Gestalt vorstellte, Messerstecher, verdächtige Betrunkene. Dabei waren es entweder Künstler oder Intellektuelle, die an Schlaflosigkeit litten und Jagdhunde spazierführten, oder bleiche Glücksspieler, die von ihrer Partie heimkehrten, oder Arbeiter, die im Gaswerk Nachtschicht hatten. Beinahe hätten wir uns den Scherz auch mit zwei Carabinieri erlaubt, die uns ziemlich scheel ansahen. »Alles in Ordnung im Revier?« fragte Biancone sie frech, während ich ihn am Ärmel zupfte.

»Wie? Wollt ihr was?« versetzten die Carabinieri.

»Wir sind vom Luftschutz, im Dienst«, erwiderte Biancone. »Ich sagte: Ist alles in Ordnung?«

»Was? Ja, ja, in Ordnung.« Sie grüßten nicht gerade überzeugt und gingen weiter.

Wir wären auch gern einsamen Frauen begegnet, doch wir fanden keine, ausgenommen eine ziemlich gereifte Prostituierte, mit der das Spiel mißlang, weil sie nicht einem Zusammentreffen ausweichen, sondern es vielmehr provozieren wollte. Wir zündeten ein Streichholz an, um sie uns anzuschauen, bliesen es jedoch rasch wieder aus. Nach einem kurzen Wortwechsel ließen wir sie gehen.

Diese Scherze taugten weniger für die breiten Straßen als für die engen und dunklen Gassen mit ihren Stufen, die von der Altstadt herunterführten. Aber dort machte ja schon der Schatten das Spiel aus, die Umrisse der Arkaden und der Geländer, die Enge zwischen den unbekannten Häusern, ja die Nacht selbst, und so ließen wir das mit den Zigaretten sein.

Aus dem Gespräch mit Palladiani hatte ich begriffen, daß Biancone nicht ein so großer Kenner des Nachtlebens war, wie ich mir das erhofft hatte. Er hatte immer ein wenig zu hastig gesagt: »Ja ... allerdings ... nein, ausgerechnet die!« bei jedem Namen, den Palladiani nannte, nur darum besorgt, sich informiert zu zeigen. Und grob gesehen war er das wohl auch, doch schien sein Wissen eher oberflächlich und lückenhaft gegenüber der vollkommenen Beherrschung der Materie, die Palladiani bewies. Ja, ich hatte sogar Palladianis Weggang mit einigem Bedauern hingenommen, weil ich glaubte, er und nur er, und nicht Biancone, könne mich in die Geheimnisse dieser Welt einweihen. Nun prüfte ich mit kritischem Auge jede Regung Biancones in der Erwartung, mich in meiner ursprünglichen Hoffnung bestätigt zu sehen oder sie vollends zu verlieren.

Freilich, ich empfand eine gewisse Enttäuschung über unseren nächtlichen Spaziergang. Oder zumindest hatte ich einen Eindruck gewonnen, der dem erwarteten entgegengesetzt war. Wir schritten durch eine ärmliche, enge Gasse; niemand kam vorbei, alles Licht in den Häusern war erloschen, und dennoch fühlte man sich wie inmitten vieler Menschen. Die regellos auf die dunklen Hauswände verteilten Fenster standen offen oder waren angelehnt, und aus jedem drang leises Atmen oder mitunter ein dumpfes Schnarchen, dazu das Ticken der Wecker und das Tröpfeln der Wasserhähne. Wir befanden uns draußen, und diese Laute waren häusliche Geräusche, von hundert Häusern zusammengenommen; und selbst die Luft, in der kein Windhauch sich regte, hatte jene Schwere, die der menschliche Schlaf in den Zimmern lasten läßt.

In ehrbaren Gemütern erweckt die Anwesenheit schlafender Fremder einen natürlichen Respekt, und so waren auch wir wider Willen eingeschüchtert. Dieser unregelmäßige, unterbrochene Akkord keuchenden Atmens, das Ticken der Wecker, die Armut der Häuser machten den Eindruck einer unsicheren, überbeanspruchten Ruhe; und die Zeichen des Krieges, die ringsum zu sehen waren: blaue Lichter, Pfähle zum Abstützen der Mauern, Haufen von Sandsäcken, Pfeile, die den Weg zu den Luftschutzkellern wiesen, ja selbst unsere eigene Anwesenheit, schienen eine Bedrohung für diesen Schlaf müder Menschen. So hatten wir denn unsere Stimmen gedämpft, hatten, ohne es zu merken, unsere Einstellung, die von Randalierern, von Rebellen gegen die Ordnung, von gewalttätigen Verächtern jeglicher menschlicher Rücksicht, abgelegt. Das Gefühl, das uns jetzt beherrschte, war etwas wie Komplizenschaft mit den unbekannten Menschen, die hinter diesen Mauern schliefen, war der Eindruck, eins ihrer Geheimnisse zu entdecken und es respektieren zu können.

Die Straße endete in einer Treppe mit Eisengeländer, und darunter war im schwachen Mondlicht ein leerer Platz zu erkennen, mit Bänken und aufgestapelten Holzböcken für den Markttag. Und ringsherum stand das Amphitheater der alten Häuser, die schwanger waren von Schlaf und Ruhe.

Aus einer Straße, die zum Platz hinabführte, dröhnten Schritte und Gesang: ein rauher Chor, Stimmen ohne Harmonie und Wärme, dazu das Stampfen von groben Stiefeln. Ein Trupp der Miliz kam da anmarschiert, Männer mittleren Alters, einer hinter dem anderen, und dann eine ganze Schar, die jene ersten im Laufschritt einzuholen suchte, in Schwarzhemden und in der plumpen graugrünen Uniform, mit Gewehren und pendelnden Brotbeuteln. Sie sangen einen vulgären Refrain, jedoch zögernd und zaghaft, als müßten sie sich zwingen, nun, da doch die Nacht sie von jeder scheinbaren Disziplin befreite, mit ihrem Charakter von Söldnern zu prahlen, den Feinden aller und erhaben über das Gesetz.

Ihr Einbruch in diesen Ort brachte einen Hauch von Gewalt mit sich; ich schauderte, als wäre ich mit einemmal in den Bürgerkrieg gestürzt worden, einen Krieg, dessen Feuer seit jeher unter der Asche schwelte und hin und wieder mit züngelnder Flamme aufflackerte.

»Eine Bande, was!« sagte Biancone; wir schauten ihnen vom Geländer aus nach, wie sie sich über den leeren Platz hin entfernten, der unter ihren Schritten erdröhnte.

»Woher kommen sie, woher? Was mag da oben nur sein?« fragte ich, fest überzeugt, sie kämen aus irgendeinem Bordell, während es vielleicht ein Zug war, der von seinem Dienst auf irgendeinem unnütze Wachposten im Gebirge oder auch von einem Manövermarsch zurückkehrte.

»Da oben? Na ja, das muß doch wohl ...«, versetzte Biancone zögernd und verriet erneut seine beschränkte Zuständigkeit in diesen Dingen. »Aber komm lieber mit, ich weiß, wohin ich dich führen muß!«

Das Erscheinen der Milizsoldaten hatte jene Atmosphäre der Ruhe zerstört, die uns gezähmt hatte: Jetzt waren wir wieder gespannt, erregt, verspürten neuen Tatendrang, dürsteten nach Überraschungen.

Wir stiegen die Treppe hinunter auf den Platz.

»Wohin gehen wir?« frage ich.

»Nun, zur Lupescu!« sagte er.

»Die Lupescu!« rief ich und wich zur Seite aus, weil ein Mann in gebeugter Haltung, mit grauem, fast kurz geschorenem Kopf und in Hemdsärmeln die Stufen emporstieg, wobei er sich mit einer großen, knorrigen Hand am Geländer festhielt. Plötzlich sagte der Mann, ohne uns anzusehen, während er weiter hinaufstieg, mit einer kräftigen Baritonstimme: »Arbeiter ...«

Biancone hatte bereits eine Erwiderung parat – da sei gar nichts zu höhnen, auch wir arbeiteten auf unsere Weise –, als der Alte, der inzwischen oben auf der Treppe angelangt war, immer noch recht laut, jedoch in einem tieferen Ton hinzufügte: »... vereinigt euch!«

Ich blieb mit Biancone stehen.

»Hast du gehört?«

»Ja ...«

»Ist er ein Kommunist?«

»›Arbeiter, vereinigt euch!‹ Das ist ein Kommunist! Die Altstadt, ist voll davon!«

»Komm, reden wir mit ihm!«

»Los, holen wir ihn ein!«

Wir wandten uns um und rannten die Stufen wieder hoch.

»Aber was wollen wir ihm sagen?«

»Zuerst machen wir ihm klar, daß er mit uns sprechen kann ... Dann bitten wir ihn, daß er uns den Satz erklärt ...«

Aber der Mann war nicht mehr da; verschiedene Gassen gingen hier ab, und wir liefen aufs Geratewohl von der einen zur anderen: Er blieb verschwunden. Unbegreiflich, wohin er in dieser kurzen Zeit entwischt sein konnte, wir fanden ihn jedenfalls nicht wieder.

Wir brannten vor Neugier und Verlangen: Verlangen, die Zügel zu zerreißen, etwas Neues und Verbotenes zu tun. Die Vorstellung jedoch, in der sich dieser urplötzliche Wunsch am leichtesten äußerte, war eben der Sex, und so wandten wir uns zum Haus einer gewissen Meri-meri.

Diese Meri-meri wohnte in einem niedrigen Haus, in dessen

Erdgeschoß die Ställe von Fuhrleuten untergebracht waren; es stand an der Grenze zwischen der dichten Ansammlung von Häusern der Altstadt und den Gartengrundstücken. Die geschotterte Straße führte aus einem dunklen Torbogen hinaus und verlief hinter Meri-meris Haus weiter, flankiert von einem Drahtnetz, hinter dem sich eine Lawine von Unrat über einen unbebauten Hang ergoß.

Wir stellten uns vor dieses Haus, aus dessen einem Fenster hinter einem dicken Vorhang Licht hervorsickerte: Biancone pfiff zweimal, dann rief er: »Meri-meri!«

Der Vorhang wurde hochgehoben, und am Fenster erschien das Weiß einer Frau: ein längliches Gesicht, wie es schien, umgeben vom Schwarz der Haare, dazu die Schultern, die Arme. »Was gibt's? Wer seid ihr?«

»Die Lupescu!« flüsterte ich Biancone zu. »Sag bloß, das ist die Lupescu, die da!«

Biancone suchte sich in das Licht einer schwachen Laterne zu stellen. »Ich bin's, erkennst du mich nicht? Aber ja, ich war doch vorige Woche hier! Mit einem Freund war ich hier. Läßt du uns rauf?«

»Nein. Kann nicht.« Sie ließ den Vorhang wieder herunter.

Biancone pfiff noch einmal und rief: »Meri-meri! O Merimeri!« Er begann mit den Fäusten an die Tür zu trommeln. »Sie muß aufmachen, verdammt! Warum kann sie denn nicht?«

Die Frau zeigte sich erneut am Fenster. Diesmal hatte sie eine Zigarette im Mund. »Ich bin nicht allein. Kommt in einer Stunde wieder.« Wir lauschten einige Augenblicke, bis wir hörten, daß da wirklich ein Mann in ihrem Zimmer sein mußte.

Wir nahmen unsere Wanderung wieder auf. Jetzt befanden wir uns in einer Straße zwischen den alten und den neuen Stadtvierteln, in der die altertümlichen, engen Häuser einen zweifelhaften städtischen, modernen Farbanstrich trugen.

»Das hier ist eine gute Straße«, sagte Biancone. Ein Schatten kam auf uns zu: ein kahlköpfiges Männlein in Sandalen, bekleidet mit einer Hose und einem ärmellosen Sporthemd trotz der nächtlichen kühlen Stunde und mit einem schmalen dunklen Schal um den Hals.

»He, ihr Burschen«, sagte er leise und riß seine runden, von dichten schwarzen Brauen überdachten Augen weit auf, »wollt ihr eine Frau zum Lieben? Wollt ihr zu Pierina gehen? Wie? Wenn ja, dann gebe ich euch die Adresse …«

»Nein, nein«, entgegneten wir, »wir haben schon eine Verabredung.«

»Die Pierina ist schön, wißt ihr. Na?« Das Männchen mit den besessenen Augen blies uns vor Aufregung ins Gesicht.

Aber wir hatten bereits jemand anderen mitten auf der Straße erblickt, ein hinkendes Mädchen, nicht hübsch, in einem Trikot, das man »Nicki« nennt, und mit kurzgeschnittenem Haar. Sie war in einiger Entfernung von uns stehengeblieben. Wir wichen dem glatzköpfigen Männlein aus und gingen auf das Mädchen zu. Sie streckte eine Hand mit einem Zettel vor. »Wer von ihnen ist Signore Biancone?« fragte sie mit dünner Stimme. Biancone nahm den Zettel. Im Schein einer Laterne lasen wir die Botschaft, die in einer deutlichen, ein wenig schülerhaften Schönschrift abgefaßt war: »Kennst du das Vergnügen der Liebe? Vito Palladiani.«

Der Sinn der Botschaft und die Art, wie sie uns zugestellt wurde, waren geheimnisvoll, aber der Stil Palladianis war unverwechselbar.

»Wo ist Palladiani?« fragten wir das Mädchen.

Sie lächelte schief. »Kommen Sie mit.«

Sie trat in ein dunkles Tor, und wir klommen eine enge, steile Stiege ohne Treppenabsätze empor. Sie klopfte mit einem verabredeten Zeichen an eine Tür. Die Tür öffnete sich. Wir sahen einen Raum mit geblümter Tapete, eine alte geschminkte Frau, die in einem Sessel saß, und in einer Ecke ein Grammophon mit Trichter. Das hinkende Mädchen machte eine Tür auf, und wir traten in ein anderes Zimmer, das voll Leute war und voll Zigarettenqualm. Sie standen um einen Tisch herum, an dem Karten gespielt wurden. Niemand drehte sich nach uns um. Der Raum war abgeschlossen und der Qualm so dicht, daß man kaum etwas sehen konnte, und die Hitze so groß, daß alle schwitzten. Unter den Personen, die den anderen stehend beim Spiel zuschauten, waren auch Frauen, weder schön noch jung; eine hatte nur einen Büstenhalter und einen Unterrock an. Das hinkende Mädchen führte uns unterdessen weiter in eine Art japanischen Salon.

»Aber wo steckt Palladiani?« fragten wir.

»Er kommt gleich«, sagte sie und ließ uns allein.

Wir musterten neugierig den Raum, da kam auch schon Palladiani in großer Eile herein, einen Haufen zerknüllter Bettwäsche im Arm. »Meine lieben Jungen, wie geht's, wie stehts's?« sagte er, fröhlich wie immer. Er war in Hemdsärmeln und trug eine Fliege in lebhaften Farben, die er noch nicht umgehabt hatte, als wir ihm unterwegs begegneten, dessen war ich sicher.

»Habt ihr Dolores gesehen? Wie? Ihr kennt Dolores nicht? Ach, nicht möglich!« Und er verschwand mit dem Armvoll Laken.

»Zum Teufel, was für ein Gewerbe betreibt dieser Palladiani eigentlich?« fragte ich Biancone. »Kann man das vielleicht erfahren?«

Biancone zuckte die Achseln.

Eine Frau trat herein, noch recht gut gebaut, mit einem müden, gepuderten Gesicht. »Ah, Sie sind Dolores?« fragte Biancone.

»Aber geh«, erwiderte sie und schritt zur anderen Tür hinaus.

»Nun gut, warten wir.«

Bald darauf erschien Palladiani wieder. Er setzte sich zwischen uns auf die Couch, bot uns zu rauchen an, klopfte uns mit der Hand aufs Knie. »Hach, meine lieben Jungen, Dolores, das wird ein Spaß werden.«

»Aber wieviel kostet sie?« erkundigte sich Biancone, ohne sich von dieser Begeisterung anstecken zu lassen.

»Ja, was habt ihr denn der Frau beim Hereinkommen gezahlt? Na, der am Eingang ... Wieso nichts? Hier gibt man zuerst etwas der Signora ...« Und er zuckte die Achseln und breitete die Arme aus, als wollte er sagen: So sind nun einmal die Bräuche, was kann man da machen.

»Also wieviel?«

Palladiani verzog ein wenig den Mund und nannte eine Zahl. »In einem Kuvert, rate ich euch, es ist feiner, jawohl ...«

»Na dann«, versetzte Biancone, »gehn wir gleich, gehn wir gleich zahlen ...«

»Nicht doch«, sagte Palladiani, »jetzt macht das nichts mehr aus, ihr bezahlt hinterher ...«

»Nein, lieber gleich«, sagte Biancone und schubste mich bereits durch den Raum mit den Spielern und durch das Vorzimmer und drängte mich in höchster Eile auf die Treppe hinaus.

»Der muß ja verrückt sein«! rief er, während wir hinunterliefen. »Weg von hier, schnell! Bei Mermi-meri zahlen wir die Hälfte.«

Unterwegs begegneten wir wieder dem Männchen im Sporthemd.

»Na, seid ihr bei der Pierina gewesen?« fragte er uns. »Habt ihr zu ihr gesagt: Knie nieder?«

»Nein, wir sind nicht dagewesen«, antworteten wir, ohne stehenzubleiben.

Aber er trippelte rückwärts immer vor uns her, immer mit diesen runden, leuchtenden Augen: »Knie nieder! Man sagt zu ihr: Knie nieder! Und sie, die Pierina, kniet sich hin ...«

Wir kehrten zur Meri-meri zurück. Diesmal kam sie auf unser Rufen hin herunter und öffnete die Tür ein wenig. Ich konnte sie gut sehen. Sie war groß, mager und pferdeähnlich, mit länglichen Brüsten; sie blickte einem nicht ins Gesicht, sondern starrte mit den unter einem krausen Lockenbüschel halb geschlossenen Augen gerade vor sich hin.

»Los, laß uns rein«, sagte Biancone.

»Nein, es ist spät, ich schlafe jetzt.«

»Aber hör mal, wir haben die ganze Nacht auf dich gewartet.«

»Na und, jetzt bin ich müde.«

»Wir bleiben nur fünf Minuten, Meri-meri.«

»Nein, ihr seid zu zweit, beide laß ich nicht rauf.«

»Aber für alle beide nur fünf Minuten ...«

»Na, dann warte ich eben ...«, warf ich ein. »Also? Ich warte draußen.«

»Schön«, sagte Biancone, »ich komm rauf, und hinterher kommt er rauf, in Ordnung!« Und zu mir: »Wart eine Viertelstunde, dann komm ich runter, und du gehst rauf.« Er schob sie ins Haus und folgte ihr.

Ich schlug den Weg zum Meer ein. Durchquerte die Stadt. Eine Kolonne von Militärlastwagen fuhr die Hauptstraße entlang. Gerade in diesem Augenblick hielt sie an. Im milchigen Licht der Scheinwerfer sah man, wie die Soldaten herabstiegen, die Arme reckten, sich die Beine vertraten und mit schläfrigen Augen die finstere, unbekannte Stadt betrachteten.

Gleich kam wieder der Befehl zur Weiterfahrt. Die Fahrer setzten sich ans Lenkrad, die anderen schwangen sich hinauf und verschwanden im Dunkel der Lastwagen. Die Kolonne, halb unsichtbar für die vom stetigen Wechsel des Lichts und der Dunkelheit geblendeten Augen, fuhr mit ihren hustenden und kratzenden Motoren vorüber und verschwand, als hätte sie nie existiert.

Ich kam am Hafen an. Das Meer glänzte nicht, man nahm es nur an dem gurgelnden Plätschern gegen den glitschigen Molendamm wahr und an dem altgewohnten Geruch. Eine träge Welle umspülte die Klippen. Vor dem Gefängnis schritten die Wachposten auf und ab. Ich setzte mich auf die Mole an eine windgeschützte Stelle. Vor mir lag die Stadt mit ihren ungewissen Lichtern. Ich war schläfrig und mißmutig. Die Nacht stieß mich zurück. Und vom Tage erhoffte ich mir gar nichts. Was sollte ich tun? Am liebsten hätte ich mich in der Nacht verloren, hätte ihr Leib und Seele geweiht, ihrer Finsternis, ihrem Aufruhr, doch ich begriff, daß das, was mir an ihr so verlockend erschien, nur die dumpfe, verzweifelte Verneinung des Tages war. Jetzt vermochte mich nicht einmal mehr die Lupescu aus der Gasse zu reizen: Sie war ein behaartes, knochiges Weib, und ihre Wohnung stank. Ich hätte gewünscht, daß sich aus jenen Häusern, von jenen Dächern, aus jenem stummen Gefängnis etwas erheben, aufwachen würde, etwas, was in der Nacht gärte und einen ganz anderen Tag eröffnete. Nur große Tage, überlegte ich, können auch große Nächte haben.

Eine Schar Fischer ging mit Rudern und Netzen zu den Booten, die an der Mole festgemacht hatten. Sie unterhielten sich laut in der Stille. Im Morgengrauen mußten sie schon auf offener See sein. Sie rüsteten die Boote aus, fuhren ab, verschwanden auf dem dunklen Wasser, aber ihre Stimmen waren noch weit draußen zu hören.

Das Gefühl dieses Aufbruchs in der Finsternis, dieser traurigen Abfahrt, dieses Ruderns in der kalten Luft vor dem Morgengrauen verdoppelte meine Schauer und die Schwere, die auf den Lidern lastete. Mit zitterndem Gähnen reckte ich die Arme. Und in diesem Augenblick ertönte das Geheul der Sirene, als käme es aus meiner Brust. Fliegeralarm.

Da fiel mir die Schule ein, die wir unbewacht zurückgelassen hatten, und ich rannte stadteinwärts. Zu jenen Zeiten hatten wir noch keine Ahnung, was Luftterror bedeutet. Während ich durch die Straßen lief, fielen mir nur spärliche Zeichen des allgemeinen jähen Erwachens auf: Stimmen in den Häusern, Aufflammen abgeschirmter Lichtquellen, die gleich wieder erloschen, und halb angekleidete Menschen auf den Schwellen zu den Luftschutzkellern, die prüfend zum Himmel aufblickten.

Ich langte an der Schule an, den Schlüssel hatte ich ja, also ging ich hinein, machte einen Rundgang durch die Klassenzimmer und öffnete die Fenster, wie man es mir aufgetragen hatte. Während ich gerade einen Fensterflügel aufriß, vernahm ich ein Brummen: Ein mit Bomben beladenes Flugzeug, Sohn und König dieser absurden nächtlichen Welt, überquerte den Himmel. Ich versuchte es mit dem Blick einzuholen, und mehr noch, ich bemühte mich, mir den Mann da oben in seiner Kanzel vorzustellen, mitten im leeren Raum; wie er den Kurs zu halten suchte. Es verschwand; der Himmel war wieder leer und stumm. Ich kehrte in unser Zimmer zurück und setzte mich auf mein Feldbett. Beim Durchblättern der Illustrierten kamen mir die zertrümmerten, von Leuchtspurmunition erhellten englischen Städte vor die Augen. Ich zog mich aus und legte mich hin. Die Sirene heulte, der Alarm war zu Ende.

Kurz darauf kam Biancone. Er war munter, wohlfrisiert, geschwätzig, als hätte der Abend gerade erst begonnen. Er erzählte mir, wie der Alarm ihm das Liebesspiel verdorben habe, als es auf dem Höhepunkt war, und schilderte unglaubliche Szenen, wo Frauen halbnackt in die Luftschutzkeller rannten. Wir rauchten, er auf dem Feldbett sitzend, ich im Liegen, und unterhielten uns noch eine Weile. Schließlich legte auch er sich hin, wir wünschten uns einen guten Tag und glückliche Träume; der Morgen graute.

Es gelang mir jedoch nicht einzuschlafen, ich wälzte mich hin und her. Um diese Zeit war mein Vater bereits aufgestanden, hatte sich keuchend die Stiefelschächte zugeschnallt und die Jagdjacke übergezogen, die mit Werkzeug gespickt war. Ich glaubte zu hören, wie er sich in dem dunklen Haus bewegte, in dem noch alles schlief, den Hund weckte, sein Kläffen beschwichtigte, mit ihm sprach und ihm antwortete. Er wärmte auf dem Gasherd das Frühstück auf, für sich und für den Hund; sie aßen gemeinsam in der kalten Küche. Dann hängte er sich einen Korb über die Schulter, nahm einen anderen in die Hand und ging mit lang ausholenden Schritten hinaus, den weißen Ziegenbart in den Schal gehüllt. Sein schwerer Schritt auf den Saumpfaden, begleitet vom Geklingel der Hundeschelle, und sein beständiges Husten und Schneuzen waren gleichsam das Zeichen der Stunde, und wer an seinem Wege wohnte und ihn im Halbschlaf hörte, begriff, daß es Zeit war, aufzustehen. Mit den ersten Sonnenstrahlen langte er auf seinem Gut an, weckte die Landarbeiter, und noch ehe sie an die Arbeit gingen, hatte er bereits die Felder abgeschritten, das geleistete Tagewerk und das noch zu leistende in Augenschein genommen und begonnen, zu schreien und zu schimpfen, daß das Tal von seiner Stimme widerhallte. Je älter er wurde, desto schärfer bekundete er seine Polemik gegen die Welt in diesem frühen Aufstehen, in diesem »Auf dem Land als erster auf den Beinen sein«, in dieser fortwährenden Anklage gegen alle: die Kinder, die Freunde, die Feinde – alle seien sie eine Herde unnützer Faulenzer. Und vielleicht waren seine einzigen glücklichen Augenblicke eben die im Morgengrauen, wenn er mit seinem Hund über die vertrauten Wege schritt, die Bronchien von dem Katarrh befreite, der ihn nachts bedrückt hatte, und sah, wie in den Reben der Weingärten und zwischen den Olivenzweigen aus dem verschwommenen Grau allmählich die Farben zu neuem Leben erwachten und er die Morgenvögel einen nach dem andern an ihrem Gesang erkannte.

Während ich so mit den Gedanken den Schritten meines Vaters über das Land folgte, schlief ich ein; und er erfuhr es nie, daß ich ihm so nahe gewesen war.

Übersetzt von Caesar Rymarowicz

Nachwort

Auf die von ihm vielfach beklagte »Schwere und Unerträglichkeit« der Welt reagierte Italo Calvino, der geistreichste und phantasievollste Erzähler des italienischen 20. Jahrhunderts, mit immer neuen Entwürfen literarischer Gegenwelten von spielerischer Leichtigkeit und Heiterkeit. Obwohl seine Skepsis angesichts des heutigen »Chaos« mit zunehmendem Alter wuchs, war er doch keineswegs bereit, »vor dem Labyrinth zu kapitulieren«. Vielmehr bestand er als ein der französischen Aufklärung verpflichteter Moralist auf der Forderung, daß jeder Schreibende – sei er nun Philosoph oder Dichter – »die Wahl jener Werte treffen« müsse, »die es aus der Riesensumme negativer Erfahrungen, die Geschichte heißt, zu retten gilt«.

Eine im Sommer 1984 ausgesprochene Einladung der Harvard University bot ihm als erstem italienischen Schriftsteller die Gelegenheit, im Rahmen einer Vortragsreihe der durch Borges, Eliot und Paz berühmt gewordenen Charles Eliot Norton Poetry Lectures seine ›Sechs Vorschläge für das nächste Jahrtausend‹ zu entwickeln. Doch die zum Studienjahr 1985/86 geplante Reise in die Vereinigten Staaten fand nicht statt. Am 19. September 1985 starb Italo Calvino in Siena an den Folgen eines Gehirnschlags. Glücklicherweise hatte »der Zauberer«, wie ihn seine amerikanische Kollegin Mary McCarthy nannte, schon fünf der beabsichtigten sechs Vorlesungen niedergeschrieben und mit diesen sein literaturtheoretisches Vermächtnis hinterlassen. Die poetischen Werte, die Calvino gerettet wissen wollte, waren Leichtigkeit, Schnelligkeit, Genauigkeit, Sichtbarkeit und Vielschichtigkeit. Und das sind genau jene Werte, dank derer seine Romane und Erzählungen sich auf unverwechselbar originelle Weise vom oft ballastig banalen Wust zeitgenössischer Literaturprodukte abheben.

Als die Harvard-Aufzeichnungen 1988 in Italien veröffentlicht wurden, beeindruckten sie erstaunlicherweise einen Autor zutiefst, dessen zur klischeehaften Selbstwiederholung erstarrtes Alterswerk nun wirklich keine der von Calvino erhofften Qualitäten aufwies. Es war der Gesellschaftskritiker Alberto

Moravia, der als noch immer aufmerksamer Beobachter den ›Amerikanischen Vorlesungen‹ am 19. Juni 1988 in seinem – vier Jahre später als ›Diario europeo‹ postum erschienenen – Tagebuch »geniale und brillante Jugendlichkeit« bescheinigte. Die ihnen eigene »Aura des Jünglingshaften« führte Moravia darauf zurück, daß »Italo Calvino uns in diesen fünf Kapiteln im Grunde weniger von Erfahrungen als von Idealen erzählt, d.h. von etwas, das mehr dem Traum als der Wirklichkeit angehört, mehr der Zukunft als der Gegenwart«.

Tatsächlich hat sich Calvino trotz aller proteischen Wandlungen diese kindhaft jugendliche Neigung zur Fabel, zur irrealen Märchenwelt seit seinen literarischen Anfängen bis hin zu seinem letzten Buch bewahrt. Selbst dessen stellenweise unverkennbar autobiographischer Titelheld – der »Herr Palomar« – muß in all seiner hyperintellektuellen Nachdenklichkeit erleben, daß die Wirklichkeit sich mit dem Verstand allein »nicht beherrschen läßt«, daß »die Oberfläche der Dinge unerschöpflich ist« und ein Geheimnis birgt, welches sich in einem Unendlichen verliert, »zu dem Worte nicht vordringen«.

Die Frage einer möglichen Verbindung zwischen Vernunft und Poesie, zwischen Wissenschaft und Literatur hat den am 15. Oktober 1923 in Santiago de las Vegas auf Cuba als Sohn eines ligurischen Agronomen und einer sardischen Botanikerin geborenen Italiener zeitlebens beschäftigt. Mit unbändiger Fabulierlust und verblüffender Kombinationsgabe ist es ihm immer wieder gelungen, seine enzyklopädische Bildung literarisch zu umspielen und spannend aufzufächern. Denn, wie er in einem seiner durchdringenden Essays erklärte, »die naturwissenschaftliche und die dichterische Haltung treffen sich. Beide sind sowohl Positionen der Forschung und der Planung als auch der Entdeckung und der Erfindung«.

Als Italo Calvino zwei Jahre alt war, kehrten seine Eltern mit ihm in die Heimat des Vaters nach San Remo an die Riviera di Ponente unweit der französischen Grenze zurück. In der Villa Meridiana, deren Park die staatliche Versuchsanstalt für Blumenzucht umschloß, verbrachte er seine Kindheit und Jugend. Angeleitet vom Vater, dessen Interessen sich »auf das Reich der Pflanzen, seine Wunder und Kräfte« konzentrierten, sammelte er früh naturwissenschaftliche Erfahrungen. Als vagabundierender Einzelgänger durchstreifte er das damals noch weitgehend unberührte Hinterland, das in seinen frühen Romanen und in den 1947–1956 entstandenden *Racconti*, zu denen auch die hier vorgelegten Erzählungen gehören, eine große Rolle spielen wird: »Aus dem Bild meiner Stadt, San Remo, tilgte ich radikal den ganzen touristischen Küstenbereich – die Strandpromenade, das Casino, die Hotels, die Villen – fast als schämte ich mich ihrer. Ich begann bei den Gassen der Altstadt, stieg die Wildbäche empor, vermied die geometrischen Nelkenfelder, zog ihnen die schmalen ›Bänder‹ der Weingärten und Olivenhaine mit ihren alten Stützmauern aus losen Feldsteinen vor, ging die Saumpfade auf den riedigen Hügelrücken bis dahin hinauf, wo die Pinienwälder anfangen und dann die Kastanien. Und so war ich vom Meer – das von oben herab immer als Streifen zwischen zwei grünen Kulissen sichtbar blieb – in die gewundenen Täler der ligurischen Voralpen gelangt. Ich hatte eine Landschaft.«

Doch von einer tiefen, existentiellen Bindung an diese Landschaft konnte bei Italo Calvino erst seit seiner Teilnahme an der *Resistenza*, der italiensichen Widerstandsbewegung, die Rede sein. Zwar hatte er sich 1942 nach dem Abitur an der Landwirtschaftlichen Fakultät in Turin eingeschrieben, aber er brach dieses Studium ab, als sich nach dem Waffenstillstand vom 8. September 1943 die ersten Partisanenverbände in Ligurien gegen die ehemals verbündeten und nunmehr feindlichen deutschen Truppen formierten. Religionsfrei und antifaschistisch erzogen, begann er mit dem Kommunismus zu sympathisieren und schloß sich deshalb einer Brigade der »roten« Garibaldiner an, die im Gebirge hinter San Remo operierte: »Bevor ich zu den Partisanen ging, war ich ein junger Bourgeois gewesen, der immer in der Familie gelebt hatte. Mein stiller Antifaschismus bedeutete vor allem Gegnerschaft gegen den Kult der militärischen Gewalt, war eine Frage des Stils, des ›sense of humor‹. Und plötzlich führte mich die Treue zu meinen Ansichten mitten unter die Gewalt der Partisanen, zwang mich, ihre Maßstäbe auch an mich selbst zu legen. Es war ein Trauma...«

Von diesem Trauma hat sich Italo Calvino nach seinem, mit einer Promotion über Joseph Conrad abgeschlossenen Literaturstudium 1947 in Turin mit seinem ersten Roman ›Wo Spinnen ihre Nester bauen‹ freigeschrieben. Da arbeitete er, zusammen mit Cesare Pavese und Elio Vittorini, als Lektor des renommierten Verlagshauses Einaudi. Beide Schriftsteller hatten als Übersetzer und Kritiker die unter Mussolini verpönte neuere englische und amerikanische Literatur propagiert und damit entscheidend zur Durchlüftung der vom verlogenen Prunkpathos des Faschismus angemufften Literatur ihres Landes beigetragen. Und beide waren sie Mitglieder der Kommunistischen Partei und als Autoren bemüht, nun nach Kriegsende wenigstens einige der Forderungen einzulösen, die Antonio Gramsci, der Mitbegründer und Theoretiker des PCI, bis zu seinem frühen Tod im Jahre 1936 vergeblich an die italienischen Intellektuellen gestellt hatte. Vornehmlich galt es, deren vom Volk abgetrennten »Kastengeist« zu überwinden durch das, was Gramsci »aktive und bewußte Teilnahme, ja ›*Mit*leidenschaftlichkeit‹ an den Problemen der unteren Schichten« genannt hatte.

Dem Vorbild Paveses und Vittorinis folgend, befleißigten sich die jungen Schriftsteller eines weitgehend antifaschistisch drapierten und utopisch-kommunistisch orientierten *Neorealismus,* in dem der *Resistenza* eine Glorifizierung widerfuhr, die schon an mythifizierende Geschichtsklitterung grenzte. Zwar hatte es in Italien durchaus opferreichen Widerstand gegen den Mussolini-Faschismus und die anschließende Besatzerrolle der Deutschen gegeben. Doch der hatte wenig gemeinsam mit jener Heldenromantik, zu der sich mancher Literat bei der Verklärung des Partisanenkampfes verstieg. So kam ein Partisan selbstverständlich aus dem Volk, war ein wackerer Patriot und schon immer Kommunist gewesen. Damit hatte er das Herz auf dem rechten Fleck und sein Innenleben in Ordnung.

Italo Calvino hingegen, der inzwischen ebenfalls in die Kommunistische Partei eingetragen war, polierte mit ›Wo Spinnen ihre Nester bauen‹ keineswegs am Glanz heroischer Volkesgröße. Denn er hatte als Partisan unter den »Männern ohne Uniform und Fahne« selbst erlebt, daß »der Kult der militärischen Gewalt« nicht allein den Faschisten fragwürdigen Halt verlieh. Seine geistige und moralische Integrität, die ihn 1956 nach dem Einmarsch sowjetischer Truppen in Ungarn mit der Partei brechen ließ, erlaubte ihm schon in seinem Partisanenroman keine ideologischen Zugeständnisse. Und sie hinderte ihn auch daran, trotz aller Selbstbetroffenheit den Leser mit persönlicher Vergangenheitsbewältigung im Sinne von Bekenntnisliteratur zu strapazieren.

Wie der Freund und Förderer Cesare Pavese in seinem damaligen Vorwort zu ›Wo Spinnen ihre Nester bauen‹ hervorhob, griff Italo Calvino, dieses »Eichhörnchen der Feder«, zu einer »List: Er klettert auf die Bäume – mehr zum Spiel als aus Furcht –, um das Partisanenleben wie ein aufregendes, buntes, ›neues‹ Märchen des Waldes zu beobachten«. Von Anfang an hält dieses erzählerische Naturtalent nichts von marxistischer Widerspiegelungstheorie, sondern versteht und verwirklicht Literatur als Kunst. Mit besonnener Humanität und burlesker Frische verfolgt er die Abenteuer seines elternlosen Protagonisten, des kleinen, pfiffig frechen Jungen Pin, den das Gewerbe seiner »Matratze« genannten Schwester zu einem frühreifen Außenseiter gemacht hat: »Pin erzählt nur Geschichten von Männern und Frauen im Bett und ermordeten und eingesperrten Männern. Geschichten, die er von den Erwachsenen gehört hat, die Art von Märchen, wie sie die Erwachsenen einander erzählen...« Natürlich will sich »das Kind, das nicht spielen kann«, auch als Mann bewähren und landet schließlich bei einem Partisanentrupp.

Wie abgebrüht sich Pin unter diesen wenig vorbildlichen Haudegen auch immer gibt, er bleibt der Unterlegene, gerade noch Geduldete. Bleibt ein Kind, das um so mehr auf Wunder hofft, je grausamer die Wirklichkeit sich darstellt. Nur in der Natur seiner Spinnennester als Oase idyllischer Reinheit erlebt er die eigentliche Freiheit. Denn ihm ist klar geworden, daß die Partisanen letztlich Gefangene ihres politisch völlig unausgegorenen Wunschdenkens sind. Zwar reden sie von einer neuen Gesellschaft, doch wie diese auszusehen hat, darüber vermag selbst ihr Kommissar Kim, der einzige Intellektuelle des Buches, keine gültigen Aussagen zu machen. Sein langes Gespräch mit dem Kommandanten Ferriera, einem kühlen, kopfklaren Arbeiter, dessen revolutionäres Denken in den Fabriken gereift ist, gehört zum Gültigsten, was je über die Veränderungsmöglichkeiten linken Engagements geschrieben worden ist. Dabei läßt Calvino keinen Zweifel daran, daß man auch in Italien die

Stunde Null nicht hinreichend genutzt hat. Daß das Abenteurertum oft die ethische Verpflichtung überwog, einen neuen Staat zu schaffen. Doch bei all diesen schwerwiegenden Überlegungen dominiert weder die ideologische noch die historische Diskussion. Pin, der Pikaro, der Schelm, ist menschlich all diesen Männern über, denen er mit der traumtänzerischen Zuversicht dessen vorangeht, der seine Sicherheit aus seiner elementaren Unbekümmertheit bezieht.

Dies trifft auch auf den zwölfjährigen Baron Cosimo Piovasco di Rondò zu, der im zweiten Band von Calvinos Roman-Trilogie ›Unsere Vorfahren‹ an einem Junitag des Jahres 1767 auf eine Steineiche im väterlichen Park klettert, weil er nicht gezwungen werden will, ein scheußliches Schneckengericht aufzuessen. Sein ganzes – von seinem jüngeren Bruder Biagio aufgezeichnetes – Leben wird ›Der Baron auf den Bäumen‹ nun zwischen den Zweigen verbringen. Das aber bedeutet keineswegs, daß sich Cosimo der Welt entzieht. Zwar »hält er zwischen sich und den anderen Menschen diesen winzigen, aber unüberschreitbaren Abstand ein«, auf den Italo Calvino unter dem Anagramm Tonio Cavilla in einem Nachwort verweist. Doch eben diese Distanz ist die Voraussetzung für alles schöpferische Tun, ganz gleich, ob es sich nun auf die Bereiche der Kunst, der Gesellschaft oder der Politik erstreckt. In jedem wird Cosimo aktiv. Mit Rat und Tat greift er von oben in das Geschehen unten im Ort ein, dessen Düsternis bezeichnender Name *Ombrosa* schon andeutet, daß hier Erhellung nottut. Cosimo, der vielbelesene, lehrt die Bauern neue Saat- und Erntetechniken, rettet Verfolgte, wettert gegen den Obskurantismus der Kirche, korrespondiert mit dem Aufklärer Diderot und wird darüber so berühmt, daß Voltaire sich bei einem Besuch des Erzählers Biagio in Paris nach seinem Ergehen erkundigt und die Devise des kapriziösen Aristokraten gutheißt: »Wer die Erde richtig sehen will, muß sich in entsprechendem Abstand von ihr halten.«

1957 zu einem Zeitpunkt erschienen, als der italienische Neorealismus in linksdogmatischem Solidaritäts- und Proletarierkult zu erstarren drohte, beinhaltete ›Der Baron auf den Bäumen‹ eine kühne Absage an die herrschende Vorstellung vom kollektiven Engagement. Um als Künstler und Intellektueller

»allen Menschen etwas geben zu können«, bedarf es zunächst der distanzierten Erkenntnis des einzelnen und zudem einsamen Individuums. Das ist Italo Calvinos Credo geblieben, verknüpft mit der Überzeugung, daß Literatur autonom bleiben müsse und sich keinem flachen Abbildungsprinzip verschreiben dürfe. Er selbst vermied dies, indem er Cosimos Geschichte unter Rückgriff auf literarische Vorbilder in eine Allegorie überführte.

Um eine Allegorie handelte es sich schon 1952 bei ›Der geteilte Visconte‹, dem ersten Band des thematisch unverbundenen ›heraldischen Triptychons‹, das Calvino 1959 mit dem Roman ›Der Ritter, den es nicht gab‹ abschloß. War der in den Türkenkriegen von einer Kanone in zwei Stücke gerissene ligurische Landadlige Medardo di Terralba zum Symbol moderner Schizophrenie geworden, so illustrierte Agilulfo, ein Paladin Karls des Großen, als wandelnde leere Ritterrüstung die fatale Neigung des Menschen, sich mit dem jeweiligen Zeitgeist zu identifizieren und die Rolle eines automatisierten Ideologieträgers zu übernehmen, dessen Ich im Über-Ich aufgeht.

Das Modell dieser Ritter-Trilogie ist für jeden Italiener sofort offenkundig: Es ist der *Orlando furioso,* das große Versepos vom ›Rasenden Roland‹, mit dem Ludovico Ariosto im 16. Jahrhundert den Krieg zwischen Karl dem Großen und den Mauren in einem wunderbar labyrinthischen Märchenkosmos toben ließ. Immer wieder hat Italo Calvino in seinen literaturtheoretischen Äußerungen auf Ariost als seinen großen Lehrmeister hingewiesen. Wenn er aus dessen Werk Themen, Fabeln und Gestalten übernahm, um sie kunstvoll mit historischen und gegenwärtigen Tatsachen zu verflechten, so ist das keineswegs als Wirklichkeitsflucht zu verstehen. Bei dem ausgeprägten Traditionsbewußtsein nicht nur der italienischen Schriftsteller, sondern auch des italienischen Publikums erschien dies ein durchaus legitimes Verfahren, um den Primat der Literatur vor der Wirklichkeit zu verdeutlichen. Erzählen heißt nach Calvinos eigenen Worten »einen kombinatorischen Prozeß verfolgen, offene autonome Strukturen schaffen, die nicht Realität abbilden, sondern Ideen variieren und abwandeln«. Die Nähe dieses poetologischen Ansatzes zu den französischen Strukturalisten und Semiologen ist hier offenkundig, mit denen Calvino in fast siebzehn Jahren, die er vorwiegend in Paris verbrachte, regen Kontakt pflegte.

›Der Baron auf den Bäumen‹ zeigt aber auch Calvinos Nähe zu dem Argentinier Jorge Luis Borges. Wie jener bewegt er sich oft fast ausschließlich in der Welt bereits existierender literarischer Werke, versteht er Schreiben als Repräsentation seines enormen Wissens. Das allerdings breitet er niemals wertfrei aus. So endet z.B. Cosimos Robinsonade in den Baumkronen 1820, zur Zeit einer optimismusfeindlichen Restauration, die manche Parallelen zum Italien des Jahres 1957 aufweist. Ähnlich wie Cosimo, der die Welt – leider vergeblich – mit seinen sozialutopischen Ideen zu erneuern versuchte, sahen sich auch die italienischen Intellektuellen mit ihren revolutionären Entwürfen gescheitert. »Die Rettung der Verbindung zwischen Individuum, Geschichte und Natur« hatte nicht stattgefunden, wie Calvino in seinem Essay ›Das Meer des Objektiven‹ beklagte. In diesem Meer – diesem »ununterbrochenen Fluß ... dessen, was existiert, dem sich zu widersetzen vergeblich ist« – waren alle aufklärerischen Hoffnungen, alle Versuche gesellschaftsverändernder Praxis untergegangen.

Trotz seiner Enttäuschung über die Vergeblichkeit humanen Engagements, wagte Italo Calvino ›Die Herausforderung des Labyrinths‹ nicht nur in einem Essay dieses Titels. In einer Reihe nunmehr nüchtern realistischer Erzählungen wie ›Die Bauspekulation‹, in dem Kurzgeschichtenzyklus ›Marcovaldo oder Die Jahreszeiten in der Stadt‹ und in dem Roman ›Der Tag eines Wahlhelfers‹ setzte er sich mit den konkreten Problemen der Stadt- und Industriegesellschaft unserer Zeit auseinander, deren naturferne, brutale Zweckdynamik massiv zur Entfremdung des Menschen beiträgt. Leider erwies sich Calvino bei diesen Ausflügen in die – von ihm bald wieder verlassenen – Niederungen des Realismus fast als ein ebenso hilfloser Intellektueller wie manche seiner damaligen Protagonisten. Die reine, auf die Oberfläche fixierte Mimesis war seine Stärke nicht. Erst dort, wo er sich erneut spielerischen Kombinationen hingab, wie 1965 in seinen ›Kosmokomischen Geschichten‹, erreichte er wieder die ihn auszeichnende Originalität.

Die in der zweiten deutschen Übersetzung unter dem Titel ›Cosmicomics‹ präsentierten Geschichten sind in der Tat kosmisch und komisch zugleich. Denn sie beziehen sich – witzig und einfallsreich exemplifiziert – vornehmlich auf naturwissenschaftliche Theorien und Hypothesen über die Entstehung und Entwicklung des Universums. Meistens stehen Kernsätze einer verfestigten Theorie – sei sie nun von Darwin, Hubble oder anderen – als Motto über den einzelnen Erzählungen, mit denen »das Eichhörnchen« Calvino weit über die Bäume hinaus ins Weltall geklettert ist: auf den Mond, auf Fixsterne, Milliarden Jahre zurück und mitten hinein in eine für uns trotz aller Erkenntnisse der Wissenschaft noch immer fabulöse Urzeit, die unserer gegenwärtigen Zeit manchmal recht ähnlich ist.

Auf den Vorwurf des italienischen Kritikers Angelo Guglielmi, er habe mit diesen Geschichten doch nur unengagierte Evasionsliteratur geschrieben, hat Italo Calvino entgegnet: »Die zeitgenössische Wissenschaft liefert uns keine Bilder mehr, die wir abbilden können. Die Welt, die sie uns eröffnet, liegt jenseits jedes möglichen Bildes. Und doch ruft die Lektüre wissenschaftlicher Bücher oder enzyklopädischer Texte in einem einfachen Leser wie mir, der sich für Kosmogonie und Kosmologie begeistert, mit einem einzigen Satz manchmal ein Bild herauf. Ich habe versucht, einige davon aufzuzeichnen und sie in einer Erzählung zu entwickeln.«

Es sind faszinierende Bilder unendlicher Verwandlung, voller skurriler Phantastik, die einer labyrinthischen Wirklichkeit zu entsprechen suchen, einer mit vielen Zeichen »zerkritzelten« Welt. Auch ›Die unsichtbaren Städte‹ erscheinen als kühn verdichtete Phantasiebilder, mit denen Calvino 1972 eine virtuose Variation zu Marco Polos Reisebericht ›Il Milione‹ vorlegte. Beim Schachspiel verführt der venezianische Entdecker den Tartarenkaiser Kublai Khan zum Spiel mit der Imagination, indem er ihm die Porträts von fünfundfünfzig fiktiven Städten entwirft, die elf Themenkreisen zugeordnet sind wie z. B. »Die Städte und der Wunsch«, »Die Städte und die Erinnerung«, »Die verborgenen Städte«. Jede dieser Städte, die alle einen anderen weiblichen Namen tragen, ist sowohl eine Allegorie menschlicher Ängste und Sehnsüchte als auch eine Utopie aller möglichen und unmöglichen Städte. Miteinander verbunden sind diese höchst kunstvollen poetischen Architekturen durch ein verschlüsseltes geometrisches Zahlensystem, das an die Zahlenmagie mittelalterlicher Kathedralbauten erinnert. Um dieses intellektuelle Verwirrspiel des *poeta doctus* Italo Calvino enträtselnd aufzulösen und die zahlreichen Bezüge zu unseren heutigen Stadtlandschaften zu erkennen, bedarf es des imaginativen Mitspiels des Lesers. Denn, wie Marco Polo betont: »Wer der Erzählung gebietet, ist nicht die Stimme: Es ist das Ohr.«

Damit macht der Venezianer den Leser zum Gefährten und Partner seiner Abenteuer, überläßt er dessen Vorstellungskraft die Ausdeutung einer scheinbar undurchdringlichen, unverstehbaren Welt. In dieser »Ordnung zu schaffen« ist das Ziel des Erzählers von ›Das Schloß darin sich Schicksale kreuzen‹. Um ihre Stimme gebrachte Reisende versuchen in einer noblen Tafelrunde mit Hilfe der Bilder von Tarockkarten ihre Lebensgeschichte zu erzählen. Aus der Reihung und Kombinierung der archetypischen Figuren des Spiels ergeben sich tatsächliche Zusammenhänge, deren tieferer, keineswegs nur hypothetischer Sinn sich wiederum nur dem Leser enthüllt, der bereit ist, sich an der Deutung der Schicksale zu beteiligen. Im Nachwort zu diesem Buch, dessen farbige Phantastik viel über Calvinos lebenslange Tätigkeit als Sammler und Herausgeber italienischer Märchen verrät, erklärte der Autor: »Ich habe immer das Bedürfnis, die eine Schreibart mit einer ganz anderen zu wechseln und mich jedesmal ans Schreiben zu machen, als hätte ich nie zuvor etwas geschrieben.«

Sein 1979 erschienener Roman ›Wenn ein Reisender in einer Winternacht‹ nimmt diesen Drang zum ständigen Neuanfang wörtlich. Denn abgesehen von der Rahmenhandlung, in der ein Leser und eine Leserin mit kriminalistischem Eifer nach dem vollständigen Text von ›Wenn ein Reisender in einer Winternacht‹ suchen, besteht das Buch aus zehn völlig unterschiedlichen Romananfängen. Diese variieren – als erotischer, naturalistischer und phantastischer Roman inszeniert oder als Agententhriller und Schauerpostille drapiert – auf stilistisch höchst raffinierte Weise das Grundthema vom Abenteuer des Lesens. Immer wieder wird diese »Lust am Text« vom Autor Calvino kaleidoskopisch gebrochen, indem er den Leser persönlich anspricht, ihn sogar vertraulich duzt und ihn teilhaben läßt an der vertrackten Entstehungsgeschichte des Buches, das ohne die Mithilfe des Lesers nur Fragment bleiben würde. Obwohl Italo

Calvino in diesem Roman über den Autor, den Leser und die Gattung Roman selbst eine Fülle von Literaturtheorie hineingepackt hat, verringern die beziehungsreichen Diskussionen über die möglichen Arten des Lesens und Interpretierens von literarischen Texten nicht die Freude an der Lektüre. Denn Calvino reflektiert unaufdringlich spielerisch und verliert dabei nie die Probleme der heutigen Gesellschaft aus den Augen. Ihr begegnet er mit der gleichen verhaltenen Ironie, die die immer mehr oder weniger abenteuerlichen Erlebnisse der Protagonisten in seinen frühen Erzählungen als »heikel« erscheinen lassen. Schon da ist das »Labyrinth« einer das Individuum entfremdenden unheilen Welt vorgezeichnet, allerdings noch nicht mit einem so trickreich ausgeklügelten »Netz von Linien, die sich überschneiden« wie in ›Wenn ein Reisender in einer Winternacht‹. Für den jungen Calvino der *Racconti* war die Welt damals noch »lesbar«, wie er einmal sagte. Und sie ließ sich mit spontaner Frische erzählen.

Ute Stempel

Italo Calvino im dtv

»Calvino ist als Philosoph unter die Erzähler gegangen, nur erzählt er nicht philosophisch, er philosophiert erzählerisch, fast unmerklich.«

W. Martin Lüdke

Das Schloß, darin sich Schicksale kreuzen
Erzählung
dtv 10284

Die unsichtbaren Städte
Roman · dtv 10413

Wenn ein Reisender in einer Winternacht
Roman
dtv 10516 und
dtv großdruck 25031

Der Baron auf den Bäumen
Roman · dtv 10578

Der geteilte Visconte
Roman · dtv 10664

Der Ritter, den es nicht gab
Roman · dtv 10742

Abenteuer eines Reisenden
Erzählungen
dtv 10961

Zuletzt kommt der Rabe
Erzählungen
dtv 11143

Unter der Jaguar-Sonne
Erzählungen
dtv 11325

Das Gedächtnis der Welten
dtv 11475

Auf den Spuren der Galaxien
dtv 11574

Die Mülltonne und andere Geschichten
dtv 12344

Die Braut, die von Luft lebte
und andere italienische Märchen
dtv 12505

Wo Spinnen ihre Nester bauen
Roman · dtv 12632

Eremit in Paris
Autobiographische Blätter
dtv 12723

Herr Palomar
dtv 12764

Antonio Tabucchi im dtv

»Tabucchi läßt Reales und Imaginäres ineinanderfließen und webt ein Gespinst von ›suspense‹, in dem man sich beim Lesen gerne verfängt.«
Barbara von Becker in ›Die Zeit‹

Indisches Nachtstück
dtv 11952
Auf den Spuren eines Mannes, der auf geheimnisvolle Weise in Indien verschollen ist. Forscht der Autor nach seinem eigenen Ich oder nach einer wirklichen Person?

Der Rand des Horizonts
Roman · dtv 12302
In der Leichenhalle wird ein junger Mann eingeliefert, der bei einer Hausdurchsuchung erschossen wurde. Amateurdetektiv Spino will herausfinden, wer der Tote war ...

Erklärt Pereira
Eine Zeugenaussage
dtv 12424
Pereira, ein in die Jahre gekommener, politisch uninteressierter Lokalreporter, gerät unversehens auf die Seite des Widerstandes gegen Salazar ...

Kleine Mißverständnisse ohne Bedeutung
Erzählungen · dtv 12502

Lissabonner Requiem
Eine Halluzination
dtv 12614
Eine hinreißende Liebeserklärung an Lissabon, verfaßt von ihrem größten Bewunderer.

Der verschwundene Kopf des Damasceno Monteiro
Roman · dtv 12671
In einem Gebüsch findet man die Leiche eines jungen Mannes – ohne Kopf. Reporter Firmino wird nach Porto geschickt, um das Verbrechen aufzuklären ...

Träume von Träumen
Erzählungen
dtv 12806
Was träumt ein Dichter, wenn er die Träume anderer träumt? Tabucchi erfindet für seine Lieblinge aus Musik, Literatur und Geschichte die entsprechenden Traumgebilde.

Das Umkehrspiel
Erzählungen
dtv 12851

Umberto Eco im dtv

»Dass Umberto Eco ein Phänomen ersten Ranges ist, braucht man nicht mehr eigens zu betonen.«
Willi Winkler

Der Name der Rose
Roman
dtv 10551
Dass er in den Mauern der prächtigen Benediktinerabtei das Echo eines verschollenen Lachens hören würde, damit hat der Franziskanermönch William von Baskerville nicht gerechnet. Zusammen mit Adson von Melk, seinem jugendlichen Adlatus, ist er in einer höchst delikaten Mission unterwegs …

Nachschrift zum ›Namen der Rose‹
dtv 10552

Über Gott und die Welt
Essays und Glossen
dtv 10825

Über Spiegel und andere Phänomene
dtv 11319

Das Foucaultsche Pendel
Roman
dtv 11581
Drei Verlagslektoren stoßen auf ein geheimnisvolles Tempelritter-Dokument aus dem 14. Jahrhundert. Die Spötter stürzen sich in das gigantische Labyrinth der Geheimlehren und entwerfen selbst einen Weltverschwörungsplan. Doch da ist jemand, der sie ernst nimmt …

Platon im Striptease-Lokal
Parodien und Travestien
dtv 11759

Wie man mit einem Lachs verreist und andere nützliche Ratschläge
dtv 12039

Im Wald der Fiktionen
Sechs Streifzüge durch die Literatur
dtv 12287

Die Insel des vorigen Tages
Roman · dtv 12335
Ein spannender historischer Roman, der das Zeitalter der großen Entdeckungsreisen in seiner ganzen Fülle erfasst.

Vier moralische Schriften
dtv 12713

Javier Marías im dtv

»...ich glaube, das ist einer der größten im Augenblick lebenden Schriftsteller der Welt.«
Marcel Reich-Ranicki

Mein Herz so weiß
Roman · dtv 12507

»Ich liebe dich, ich würde alles für dich tun. Ich würde sogar für dich töten.« Soeben von der Hochzeitsreise zurückgekehrt, geht eine junge Frau ins Bad, knöpft sich die Bluse auf und schießt sich ins Herz ... Die meisterhaft gewebte Auflösung eines unerklärlichen Selbstmords: ein raffiniert inszenierter Roman über Liebe, Ehe, Treue und Verrat.

Alle Seelen
Roman · dtv 12575

Als Gastdozent in Oxford beginnt ein junger Spanier eine Affäre mit der verheirateten Clare. Erst in der letzten gemeinsamen Nacht enthüllt sie ihr Geheimnis ... Immer enger verknüpft Marías die Erzählfäden, immer rascher treibt er seine suggestive Sprache einem dramatischen Finale zu.

Morgen in der Schlacht denk an mich
Roman · dtv 12637

»Niemand denkt je daran, dass er jemals eine Tote in den Armen halten könnte.« Doch Marta stirbt. In Victors Armen. Den Armen eines Fremden. Der Ehemann auf Reisen, der kleine Sohn schlafend nebenan. Victor ist überfordert und flüchtet, doch bald muss er erkennen, dass nicht nur er vom Tod einer Frau verfolgt wird ...

Als ich sterblich war
Erzählungen · dtv 12779

Subtil inszenierte Geschichten über die Untiefen und Abgründe menschlicher Existenz, ganz große Kunst eines an Hitchcock geschulten Erzählers.

T. C. Boyle im dtv

»Aus dem Leben gegriffen und trotzdem unglaublich.«
Barbara Sichtermann

World's End
Roman · dtv 11666
Ein fulminanter Generationenroman um Walter Van Brunt, seine Freunde und seine holländischen Vorfahren, die sich im 17. Jahrhundert im Tal des Hudson niederließen.

Greasy Lake und andere Geschichten
dtv 11771
Von bösen Buben und politisch nicht einwandfreien Liebesaffären, von Walen und Leihmüttern ...

Grün ist die Hoffnung
Roman · dtv 11826
Drei schräge Typen wollen in den Bergen nördlich von San Francisco Marihuana anbauen, um endlich ans große Geld zu kommen.

Wenn der Fluß voll Whisky wär
Erzählungen · dtv 11903
Der Zusammenstoß zweier Welten in den USA – der Guerillakrieg zwischen Arm und Reich hat begonnen.

Willkommen in Wellville
Roman · dtv 11998
1907, Battle Creek, Michigan. Im Sanatorium des Dr. Kellogg lässt sich die Oberschicht der USA mit vegetarischer Kost von ihren Zipperlein heilen. Eine Komödie des Herzens und anderer Organe.

Der Samurai von Savannah
Roman · dtv 12009
Ein japanischer Matrose springt vor der Küste Georgias von Bord seines Frachters. Er ahnt nicht, was ihm in Amerika blüht ...

Tod durch Ertrinken
Erzählungen · dtv 12329
Wilde, absurde Geschichten mit schwarzem Humor.

América
Roman · dtv 12519

Riven Rock
Roman · dtv 12784
Eine bizarre und anrührende Liebesgeschichte.

John Steinbeck im dtv

»John Steinbeck ist der glänzendste Vertreter der leuchtenden Epoche amerikanischer Literatur zwischen zwei Weltkriegen.«
Ilja Ehrenburg

Früchte des Zorns
Roman
dtv 10474
Verarmte Landarbeiter finden in Oklahoma kein Auskommen mehr. Da hören sie vom gelobten Land Kalifornien … Mit diesem Buch hat Steinbeck seinen Ruhm begründet.

Der rote Pony und andere Erzählungen
dtv 10613

Die Straße der Ölsardinen
Roman · dtv 10625
Gelegenheitsarbeiter, Taugenichtse, Dirnen und Sonderlinge bevölkern die Cannery Row im kalifornischen Fischerstädtchen Monterey.

Die Perle
Roman
dtv 10690

Tortilla Flat
Roman · dtv 10764

Wonniger Donnerstag
Roman · dtv 10776

Eine Handvoll Gold
Roman · dtv 10786

Von Mäusen und Menschen
Roman
dtv 10797

Jenseits von Eden
Roman
dtv 10810
Eine große amerikanische Familiensaga – verfilmt mit James Dean.

Meine Reise mit Charley
Auf der Suche nach Amerika
dtv 10879

König Artus und die Heldentaten der Ritter seiner Tafelrunde
dtv 11490

Stürmische Ernte
Roman
dtv 12669

Jostein Gaarder im dtv

»Geboren zu werden bedeutet, dass wir die ganze Welt geschenkt bekommen.«
Jostein Gaarder

Das Kartengeheimnis
dtv 12500

Anita hatte sich vor Jahren nach Athen abgesetzt, »um sich selbst zu finden«. Jetzt machen sich Vater und Sohn auf den Weg, um sie zu suchen. Kaum aber erreichen sie die Alpen, gelangen sie in den Besitz dieses winzigen Büchleins mit der irrwitzigen Geschichte von einer magischen Insel ...

Sofies Welt
Roman über die Geschichte der Philosophie
dtv 12555

Mysteriöse Briefe landen im Briefkasten der 15-jährigen Sofie. Was sollen diese Fragen: »Wer bist du?« oder: »Woher kommt die Welt?« Die Briefe werden ausführlicher, und schon bald entführen sie sie in die abenteuerliche und geheimnisvolle Gedankenwelt der großen Philosophen.

Das Leben ist kurz
Vita brevis · dtv 12711

Jahrelang währte die Liebe zwischen Floria und dem berühmten Kirchenvater Augustinus, eine Liebe, der immerhin ein gemeinsamer Sohn entsprang. Wie muss Floria sich fühlen, als Augustinus sich für seine Liebe zu Gott – und damit gegen die Liebe zu ihr entscheidet?

Der seltene Vogel
Erzählungen · dtv 24111

Zehn Erzählungen und Kurztexte, in denen Grenzen überschritten werden: zwischen Realität und Traum, Zeit und Unendlichkeit, Leben und Tod. Einfühlsam und poetisch, humor- und phantasievoll, zeigt Gaarder sich hier als wunder- und wandelbarer Geschichtenerzähler.